画说京脊

MEDIAL
AXIS
OF
BEIJING

唐家三少·著

人民文学出版社

图书在版编目（CIP）数据

画说京脊/唐家三少著.—北京：人民文学出版社，2021
ISBN 978-7-02-016595-7

Ⅰ.①画… Ⅱ.①唐… Ⅲ.①长篇小说—中国—当代 Ⅳ.①I247.5

中国版本图书馆CIP数据核字（2021）第042945号

责任编辑	欧阳婧怡　李　宇　樊晓哲
装帧设计	陶　雷
责任校对	李义洲　李晓静　王筱盈
责任印制	苏文强

出版发行	人民文学出版社
社　　址	北京市朝内大街166号
邮政编码	100705
印　　刷	三河市鑫金马印装有限公司
经　　销	全国新华书店等
字　　数	243千字
开　　本	850毫米×1168毫米　1/32
印　　张	11.5　插页2
印　　数	1—20000
版　　次	2021年5月北京第1版
印　　次	2021年5月第1次印刷
书　　号	978-7-02-016595-7
定　　价	49.00元

如有印装质量问题，请与本社图书销售中心调换。电话：010-65233595

目 录

第一章　　　　"京城之脊" 1

第二章　　　　竞争对手 7

第三章　　　　点睛阁 14

第四章　　　　创意市集 21

第五章　　　　第一天 28

第六章　　　　翻页动画 35

第七章　　　　点睛之笔 41

第八章　　　　中轴线上（上）48

第九章　　　　中轴线上（下）55

第十章　　　　"同门"对决 62

第十一章　　　中轴线非遗长卷 69

第十二章　　　空无一人的故宫 76

第十三章	讲不完的故事	83
第十四章	画不完的画	90
第十五章	小时候	97
第十六章	发烧	103
第十七章	吻	110
第十八章	攻略	116
第十九章	热搜	123
第二十章	热度	129
第二十一章	色彩乐章	135
第二十二章	《我在故宫当御猫》	141
第二十三章	催更	147
第二十四章	巨款	154
第二十五章	展览	161
第二十六章	北京地下城	167
第二十七章	四十万	173

第二十八章	"画说京脊" 179
第二十九章	参观 185
第三十章	热火朝天 191
第三十一章	我都在 197
第三十二章	网红打卡点 203
第三十三章	比试 209
第三十四章	仓库与直播 215
第三十五章	文物修复师 222
第三十六章	古画 229
第三十七章	龙虎斗 235
第三十八章	《正德中轴繁景图》241
第三十九章	修补完成 247
第四十章	匠人精神 253
第四十一章	紧张 259
第四十二章	舆论 265

第四十三章	退赛的决定 272
第四十四章	拜师 278
第四十五章	《让古画活起来》284
第四十六章	思南阁 290
第四十七章	古董盲盒 296
第四十八章	正反馈 302
第四十九章	壁画修复 309
第五十章	全能修复师 315
第五十一章	销售量 322
第五十二章	门面 329
第五十三章	中轴博物馆 336
第五十四章	礼物 343
第五十五章	纪录片 350
第五十六章	文化输出 356

第一章

"京城之脊"

"我不能收你为徒。"

拒绝声斩钉截铁地响起,顿时让卫羽浑身僵滞,石雕似的坐在书桌前,好半晌才缓过神,语气干涩道:"为什么?"

摆满各类书籍、杂物及修复工具的书桌对面,端坐着一位五十来岁的中年男子,此人体态微胖,纯白色内衬外套着件蓝色工装外套,上面沾染着洗不净的各色颜料痕迹,头发梳得一丝不苟,稍显圆润的脸颊给人一种好脾气的感觉,但现在却非常严肃。

这位是童林,国内最顶尖的书画修复大师,同时也是清华美院的教授。

他眼睛盯住卫羽片刻,心里不知道叹了多少口气,但到嘴边却极为狠心:"哪有那么多为什么,不行就是不行。"

卫羽脸色渐渐苍白,他闭上眼睛,深深吐出口气,不甘地说了句:"为什么?"

童林听得心里很不是滋味儿,但碍于某些不便明说的原因,他只能如此。

其实,他何尝不想收卫羽为徒?须知,文物修复师这一职业,听起来似乎很厉害,可实际上呢?它的学术、社会、经济地位都非常低。首先,不管修复多少文物,都不参与评研究员。其次,中国职业大典里近两千种职业，却没有把文物修复师收录其中。再者，修复师长期接触各种化学物质、粉尘、X光辐射，对身体的危害性较大。最后，传承也非常困难，因为文物修复技艺的传承主要靠"师傅带徒弟"的传统方式，从入行学习到独立完成工作，至少得消磨个十来年工夫。

虽说近些年来，各大工艺美术类院校相继开办了文物修复专业，可招收的学员却是少之又少，对整个行业可以说是杯水车薪。实在是文物修复工作过于枯燥，现在的年轻人，又有几个可以静下心来，用十几年的时间去从事这项工作的？很少，真的很少。所以这也愈发显得卫羽的珍贵。

童林和卫羽相识多年，可以说童林是看着卫羽长大的，对他的家境秉性很了解。换作别人童林不敢说，但卫羽绝对可以沉下心去打磨自己。

此外，卫羽本科就读于清华美院，具备相当高的绘画、美学、历史和材质材料知识，先天就和书画修复相合，他自身也很有修复方面的天赋。

这些年来，童林虽然没有刻意去教授过，但卫羽仅凭自己琢磨研究，以及他偶尔的指点，就已经修复过不少书画古品，更遑论全心全意去学习后。

可惜啊，可叹啊。这样一个人才，这样一个完美的传承者，童林本就将他当徒弟培养，但现在却必须将他拒之门外，他内心何尝不痛？

童林心底叹了口气，看着对面眼睛微红的卫羽说："你可以做我的研究生,跟我做项目,但是拜师学手艺? 不行。"

连番的拒绝让卫羽明白,再这样自讨没趣下去,只会惹得童林生厌。而他不想令自己的"半师"难做,于是挪了挪椅子,就要站起来。

童林对卫羽这半个徒弟多了解啊。知道以他的脾性,肯定是要打破砂锅问到底的,无论是从他这里还是其他人那里。童林不想让他知道具体内情,所以早就想好了对策,于是对卫羽说:"你知道'京城之脊'吗?"

"啊?"

刚要起身的卫羽,被童林问得一怔,但他反应很快。"北京中轴线?"卫羽知道童林对北京中轴线文化很感兴趣。

童林道:"我说的是微博上的一个活动。"

卫羽摇了摇头:"那我不知道。"紧跟着他用疑惑的目光望向童林,等着后话。

童林道:"你回去可以查一下。如果你能拿下'京城之脊'的冠军,拜师这件事,其实也可以考虑。"

卫羽忍不住大喜:"真的?"

"我什么时候骗过你?"童林话还没说完,自己闹了个大红脸。什么时候? 他现在不就在骗卫羽吗? 虽说是善意的谎言,可谎言就是谎言。以卫羽对中轴线的了解,夺得冠军的概率极低。

可卫羽却瞬间恢复了活力:"没有! 那您可要说话算数!"

童林重重道:"我说话算数!"

"那童老师,我就先走啦?"卫羽站起身,把椅子推回桌下,朝童林挥了挥手，转身离去，边转身边掏出裤兜里的手机。

童林见卫羽激动的模样，忍不住笑起来，但紧跟着像是想到了什么，又重重叹了口气。

"可惜啊！"

很显然，虽然给了卫羽条路子，但他却并不相信卫羽能拿下"京城之脊"的冠军。

这只是个幌子而已，是让卫羽别钻牛角尖去找他，是想拒绝他拜师，不然会耽搁了自己的正事。

且不说童林心里有多无奈、多可惜，另一边卫羽还没走出童林的办公室呢，就已经在微博上搜索到了有关"京城之脊"活动的内容。

"京城之脊 —— 北京中轴线申遗主题活动。"卫羽简单看了下活动内容，大致有了些了解。

说的是有位叫吕然的民间收藏家，他自小在天坛附近长大，十几年的成长过程中也与中轴线上的几个地点结下深厚的缘分。在知道北京中轴线要申遗后，他立刻决定为故乡做份贡献，于是在网上发起了"京城之脊"活动。

吕然以一件乾隆年间的青花玉瓿作为冠军奖品，吸引到广大网友参加"京城之脊"活动。活动正式开始的时间，就是三天前。

卫羽虽然没拜童林为师，但以他现在的技术，其实已经算得上半个文物修复师。平时他也爱琢磨这些东西，所以认得吕然拿出来那件青花玉瓿，不由暗自心惊，那可值好几百万呢！

卫羽忍不住苦笑，难怪童林说他拿到冠军就收他为徒呢。他这是断定了他不可能拿到冠军啊！几百万的悬赏，参赛者不知凡几，其中有能耐的肯定不少，想要突破重围夺得冠军，谈何容易？

只是卫羽没别的路可以走，他必须参赛。

从童林的办公室走到楼下这段时间，卫羽已经填好参赛申请表，并知道了"京城之脊"第一关卡的内容——一场有关中轴线知识的考试。考试时间就在四天后，但并非只有这一次，而是一周一次，同时规定每人只能考一次。

作为一名清华生，考试？卫羽从来没在怕的。

卫羽自信但并不自大，所以他立刻决定去中轴线上实地考察一下，深入地了解了解北京中轴线文化。

虽说现在网络发达，什么资料都能在网上找到，但卫羽敢肯定：吕然定下的考试内容绝不会那么浅显、浮于表面，不然都对不起他拿出的那件价值数百万人民币的藏品。而且吕然举办"京城之脊"活动的目的是推广宣传北京中轴线，第一关的考试自不会太难，但往后第二关第三关绝不会简单，而且会越来越难。先去实地看看不会有错。

说起北京中轴线，卫羽的了解并不多，只知道它南起永定门，北至钟鼓楼，中轴线上的景点全都赫赫有名。全国人民哪怕没去过也都听说过，譬如全中国乃至于全世界最著名的景点之一——故宫。再者，有老一辈人最向往的天安门、可以俯瞰故宫和部分城区的景山公园、天桥、天坛、前门大街、正阳门等等。

这些地方卫羽基本都去过。

故宫不用说了，但凡有个外地同学、朋友、亲戚来北京，总要带去转转吧？景山公园就在故宫出口"神武门"的后面，顺带着也去过不知多少回。天安门广场的升降旗他也看过几次，天坛、前门大街这些自也不消说。

虽说这些地方卫羽都去过，但真要说了解其背后蕴含的文化，乃至于中轴线文化，那真没有，谁没事儿会去琢磨那些啊？是平时学业不够忙，作业不够多吗？

眼下正值盛夏的下午六点多，中轴线上的大部分景区已经关门了，要去实地考察，最多去下钟鼓楼、正阳门、永定门什么的，而琢磨着从学校去钟鼓楼最近，卫羽就决定从北到南这么开始吧。

卫羽出了学校，在地铁十五号线清华东路西口上车，坐到奥林匹克公园站转八号线到什刹海下车，又往北走了几百米，总共花去一个小时左右，终于来到了钟鼓楼。

鼓楼坐落在道路中间，向西是鼓楼西大街，向东是鼓楼东大街，向南是景山公园，向北是自然与它一体的钟楼。

七点多钟的夏日，太阳西沉，昏黄的暮光洒落在鼓楼上，将鼓楼庄严的红墙、深红的廊柱以及青绿色的飞檐晕染得愈发醉人。

只见两旁的步道上，正有大量游客驻足拍摄。

卫羽在北京生活了三年多，来鼓楼的次数没有十次也有八次了，它什么样儿基本都见过了，倒也没什么惊艳感。但出于对美的尊重，他还是举起手机拍了几张照片，其实主要是想回去研究研究。

他拍完照片收起手机，正要过人行横道，往钟楼那边走呢，忽然间反应过来，这道路两旁拍摄鼓楼的人里面，似乎有不少看上去不像游客啊？

第二章

竞争对手

　　来鼓楼的游客有几种：一是情侣同行；二是携家带口；三是好友结伴；独行的年轻人比较少。但眼下鼓楼道路两侧的年轻独行者却是不少，而在卫羽观察他们的时候，他们也用一种端详的眼神打量四周。不用想都知道，这些人大概率也是冲着"京城之脊"活动而来。
　　没怎么在意这些竞争者，卫羽过人行横道朝钟楼方向走去。
　　几分钟后，他就来到鼓楼后门，这里有一处钟鼓楼文化广场。广场上人声鼎沸，有好些位老头老太太正坐在鼓楼后门的台阶上，谈天说地唠着嗑儿，有一大群不过十来岁的小孩子追逐玩闹着，有的跳绳，有的滑滑板，有的打篮球，而他们的长辈就站在一旁边聊天边照看他们。
　　日渐西沉，昏黄的灯光亮起，把人们的影子缓缓拉长，夏日蝉鸣鸟叫，构成一幅和谐的美好画面。
　　卫羽扫视了一圈，走到竖立在售票亭门口的公告牌前，阅读起上面的文字来，看完又绕着鼓楼后门院墙走了一两圈，这才穿过烟火气十足的广场走向钟楼。每走几步，他就得侧身躲避奔跑的顽童，正是此时，忽然听见不远处响起熟悉的声音。
　　"师哥！"
　　卫羽抬头朝声源望去，只见一个身穿碎花短裙、脚蹬小白鞋、梳着高马尾的女孩正朝他走来。见他转头望去，她脚步更快了几分，不像是在走，像是在蹦。

看见她，卫羽心中顿时有些复杂。

这女孩儿叫吕思奕，是他同校同系低一届的学妹。如果只是正常的师哥师妹关系，卫羽心情当然不会复杂，关键在于吕思奕曾大胆地向他表白过，而他还拒绝了人家。

"真的是你呀，卫师哥。"

吕思奕满是惊喜，但卫羽却有些不自在地说："好巧啊。"

"是啊，好巧啊。"

吕思奕略施粉黛的俏脸上，眼睛眯得像月牙一样，显然开心得不行。只见她左右望了望，没找到卫羽的同行者，于是问："就师哥你一个人呀？"

卫羽道："是啊，你也是？"

"师哥，你该不会是因为'京城之脊'活动来的吧？"吕思奕有些疑惑，"平时也没见你研究过北京中轴线啊？"

"这……纯属意外。"卫羽叹了口气。

"怎么的呢？"吕思奕好奇。

"你知道童教授吧，我想拜他为师学习文物修复，但他先是拒绝了我，然后又答应只要我拿下'京城之脊'的冠军，就收我为徒。"卫羽说完了摊手，意思是所以我们现在才能遇到。

"啊？"听完卫羽的话，吕思奕惊讶不已。

作为卫羽的小迷妹，吕思奕是知道卫羽和童林的关系的，前者没事儿就爱往童林的工作室里钻，帮他打下手处理杂事，童林也从不吝指点。无论卫羽的同学还是师兄师弟师姐师妹，都觉得童林将来肯定是要收卫羽为徒的，毕竟过往种种显示，卫羽本身就算是半个徒弟了吧？

吕思奕哪能想到会出这样的岔子。

吕思奕很清楚卫羽对童林的感情，是既敬重又崇拜且感恩的，所以她一时间有些不知道该怎么安慰卫羽了。

"没事没事，我也想好了，把这冠军拿下不就行了？"卫羽自信道。

吕思奕听了，反而更为难了，她犹豫了半天，还是诚实道："师哥，不瞒你说，这冠军，我也想要！"

吕思奕直视着卫羽，微微扬起下巴，露出洁白的天鹅颈，那娇俏的模样让卫羽差点看呆了。但他很快就反应过来，略一思索就朝吕思奕笑道："那我们现在就是竞争对手咯？"

吕思奕重重点了点头，像是在鼓励自己："是的！"

"哈哈哈。"卫羽被吕思奕的可爱模样逗得一笑，忍不住道，"那咱们现在就分道扬镳？"

"那不至于。"吕思奕脸一红，"哪有这么严重。"

"那就一起逛逛吧，天也晚了，你一个人不安全。"卫羽顿了顿，犹豫了一下，说，"对了，吃饭没？"

"没吃。"吕思奕抬头看了眼卫羽，有些心虚。

卫羽心中微喜："那饿不饿啊？"

"还行。还是先看吧。"吕思奕朝卫羽笑了笑，两人一起缓步朝钟楼走去。

不能登楼,也不能近距离观钟,那么所谓的钟鼓楼其实也没什么好看的,卫羽主要是按捺不住心头念想,所以才想先来看看,权当是积累经验,充足知识。

看完钟楼,卫羽和吕思奕两人在附近吃了晚饭,就坐地铁回学校了。

第二天,卫羽又往南去了景山公园和故宫。虽说以前来过不知道多少次,但这次和往次不一样:卫羽沉下心去研究去探索,深挖蕴藏在景山和故宫背后的中轴线文化,而不是像以前一样,上景山只是为了在万春亭看西山日落和故宫雪景,去故宫就是走马观花地快速穿越主要观景线。如此一来,他的确学到了不少新东西。

在这两处景点,卫羽也看到许多"同道中人"。

其实吕思奕是想跟着卫羽一起的,但都被卫羽找借口拒绝了,不是他真的不想和吕思奕相处,实在是不敢罢了。他怕和吕思奕相处得多了,心里的决心被动摇。

简单来说,就是因为穷而已。

卫羽自幼丧父且家贫,小时候能读书全靠着童林资助。上大学以后,学习方面丝毫不敢懈怠,为的是拿奖学金。平时从不会闲下来,要么在勤工俭学,要么在去勤工俭学的路上。同时对自己未来的规划也很简单,拜师童林向他学习文物修复。

试问,以他的家世和未来的工作,有什么资格去跟吕思奕谈恋爱?须知后者是北京本地人,听同学说她家里是经商的,就不说她家做生意赚的钱了吧,仅房子就好几套,所以自己拿什么跟她谈恋爱，拿什么来对她好？

即便吕思奕真的不在乎这些，真心实意和他谈恋爱，等将来腻了厌了分手了，说不定还要后悔卫羽耽误了她大好青春呢。索性就不要开始了吧。

这就是卫羽拒绝吕思奕表白的原因。

表白被拒后，吕思奕也没哭也没闹，平静了一阵儿后说要和卫羽做朋友。做朋友当然没关系，可关键卫羽也喜欢吕思奕啊。他时常担心控制不住心中爱意，于是渐渐疏远了吕思奕。说起来两人好久都没联系过了，谁能想到昨天又遇见了呢？

从昨天和今天的微信聊天来看，吕思奕显然又被昨天的偶遇触动了心弦，准备再做一番努力了。真的是，何苦呢？

卫羽叹了口气，很是心疼，既心疼吕思奕，也心疼自己。心想：算了，冷淡她几天，就还像之前一样吧。

卫羽怅然若失地转过头，扯了扯被子，在室友低沉的呼噜声中渐渐入睡了。

第二天下午，卫羽继续往南，去了天安门广场，再之后是正阳门外的前门大街。

说起前门大街，它可有一个鼎鼎大名的名头——天街。作为北京城中轴线上的一个重要坐标，它堪称北京城的象征之一。据史料记载，这条北起月亮湾、南至天桥口、全长八百四十五米的前门大街，自明成祖朱棣迁都北京以来，一直都是皇帝前往天坛和先农坛祭祀的御道。天街之名由此而来。自明代到现如今六百多年里，前门大街虽然几经破坏和修缮，但始终都是北京城重要的商业街区。

此时此刻，卫羽站在正阳门外，正对前门大街。放眼望去，来往的游客熙熙攘攘，鼎沸之声不绝于耳。中间有条铁轨横穿整条天街，一辆老北京人口中的"铛铛车"正摇着声音清脆的铃铛，载着游客穿行而来。

卫羽没有直入前门大街，而是专门往那些竖起牌子、介绍天街来由和历史文化知识的地方走去。和他一样的人还有不少，大家相互都猜得到是竞争对手，但基本上没什么交流。毕竟这才是第一道关卡，用不着这么认真。

卫羽正采风问俗呢，耳畔又传来那熟悉而惊喜的声音。

"师哥！"

卫羽无奈转头，又看到吕思奕正快步走来。

今天的吕思奕换了身打扮，上身是件简单的白T恤，右边掖了角在下身的牛仔短裤里，脚上是双低帮的匡威帆布鞋，前天的高马尾换成了丸子头，肩上挂着个小包，同样不施粉黛，却仍旧美得不可方物。

四周的行人小多半都和卫羽一样在看她，但和卫羽无奈直视不一样，他们多是偷瞥，毕竟要脸，而且也要在乎身旁女朋友的情绪。与此同时，偷看吕思奕的女生也不少，但很快就收回目光，内心暗自神伤。

吕思奕快步走到卫羽跟前，见他面露无奈，心中有些微酸，但脸上却挂着笑："师哥你是不是有些误会？"

卫羽还没反应过来，吕思奕接着说："我和你一样，也想拿'京城之脊'的冠军，所以咱们在中轴线随便哪儿遇见，那不都很正常吗?"

卫羽沉默了几秒钟,点了点头说:"也是。"于是便也不在意。

他刻意不想和吕思奕多接触,但像现在这样的偶遇,他也没办法啊。但内心深处那抹欣喜却怎么也压不住。

第三章

点睛阁

前门大街历史悠久，老字号众多，诸如六必居酱园、同仁堂药店、瑞蚨祥绸布店、张一元茶庄和都一处烧卖等等，都吸引着广大游客前来参观品尝。近年来前门大街历经改建，变得愈发繁盛，入驻的各类新兴店铺也是多不胜数，已经被网友们列为北京必玩景点之一。

不过卫羽原本对这些店铺没太大兴趣，可吕思奕硬要拉着他进去东逛逛西吃吃。他也实在是没办法，谁让卫羽内心深处喜欢她，觉得对不起她呢。

又逛吃了几家店后，卫羽看天色也不早了，终于忍不住拉住了吕思奕，说："咱们还是先办正事儿吧。"

吕思奕右手捏了串山楂糖葫芦，吃得起劲的同时眼睛左瞥瞥右看看，显然又在寻摸其他好吃的呢。听到卫羽的话，她脸一红，糖葫芦都垂了下去，轻咳一声："好，那好吧。"

"所以，师妹你是为什么要参加'京城之脊'呢，还要拿冠军？"

两人正走在街上呢，思虑许久的卫羽终究忍不住问出了心中疑惑。

"这个……"吕思奕犹豫了一下，嫣然一笑道，"这是个秘密！"

吕思奕不愿说，卫羽当然也不会强求。

两人复又继续游览起来，而长近一公里的前门大街才走到三分之二，卫羽又遇到熟人了。不过这次的熟人，卫羽可不怎么喜欢。

一个略显轻浮夸张的声音响起："哟，这不是卫师弟吗？"

卫羽听见声音，立刻皱起眉头，望向声源方向，只见一个跟他差不多大的青年正朝他走来。这人浑身上下都是凸显出 logo 的名牌，张扬迈步的同时还不忘转了转左手腕上的金表，像是生怕别人不知道他有钱一样。

吕思奕凑近卫羽耳畔，低声问道："这人谁啊？"

"没谁，不太熟。"卫羽敷衍说完，又怕吕思奕误会，于是道，"这里面挺复杂的，我一会儿跟你讲吧。"

"好。"

吕思奕点头的工夫，那青年已经走到两人跟前了。他不遮不掩地打量了一番吕思奕，完了才朝卫羽笑道："这位该不会是弟妹吧？"

卫羽下意识想反驳"不是"，但他知道许兆聪那轻佻的性格，他要开口说"不是"，后者恐怕立刻就会当街要微信了，所以在略做犹豫后他没有答复。在许兆聪看来这颇有点不置可否的意思，但他也没有收敛的意思，笑道："看弟妹这么好看，怕不是电影学院的学生？"

吕思奕本就对许兆聪的观感不好，再加上卫羽的态度，就也没对他有什么好脸色，只是神色淡淡地轻"嗯"了声，声音很小，也不知道许兆聪听不听得到。

在吕思奕这里吃了瘪，许兆聪忍不住讪讪一笑。

卫羽见状，皱着眉问道："有事吗？"

许兆聪道:"也没什么事,就是同门师兄弟一场,见到总要打个招呼不是?"

"招呼打完了,那我们就先走了。"

卫羽说完就要和吕思奕匆匆而去。但许兆聪却侧身拦住了两人,说道:"别急嘛。"

卫羽眉头皱得更深了:"你干吗?"

许兆聪道:"我就是好奇,师弟来前门大街干吗,只是逛街吗?"

卫羽反问道:"关你什么事?"

许兆聪玩味地笑道:"如果你是因为'京城之脊'来的,那就关我事了。"

卫羽闻言微微一怔,旋即不再理会许兆聪,拉着吕思奕绕过他走了。

两人走出十好几步,吕思奕才转头看向卫羽。

卫羽被她盯了半天,这才叹了口气,说:"真有点复杂。"

"那咱们去旁边的咖啡厅坐坐,正好买杯饮料吹吹空调。"吕思奕擦了擦额头的汗渍。

"行吧。"卫羽也知道,现在不说,晚上吕思奕恐怕就会在微信上缠着他问了。

见卫羽答应,吕思奕顿时兴高采烈地去买了两杯咖啡,然后和卫羽对坐,一副洗耳恭听的模样。

"刚才那个人叫许兆聪,是童教授师弟的徒弟。"卫羽说。

吕思奕颇觉惊讶:"刚才那个人是文物修复师? 还真是一点都看不出来啊。"

因为家里生意,以及和卫羽的关系,吕思奕也接触过一些文物修复师。怎么说呢,他们大都看起来比较古板和内向,平时着装也比较素朴,少数例外也不会太出格,不像许兆聪这么……望之不似修复师。

"倒是我以貌取人了,得改,得改。"吕思奕嘀咕了两句。

卫羽说:"我虽然不喜欢他这个人,但他的修复技术的确可以。"

"你哪里是不喜欢啊,你都快把'讨厌'两个字写在脸上了吧?"吕思奕喝了口咖啡,忍不住笑道。

"有这么明显吗?"卫羽想了想说,"那应该是太讨厌他了吧,装不了。"

"所以师哥你为什么这么讨厌他啊?"吕思奕好奇地问道。她这个师哥平日里沉默寡言,对谁都客客气气的,很少见他这么讨厌一个人。嗯,如果只从疏离这点来看,她可以算一个。

"怎么说呢。"卫羽理了理思绪,说,"那我给你科普个知识吧,你知不知道文物修复师也有江湖?"

"啊?"吕思奕惊讶不已,"我不知道啊。"

"简单来讲呢,全国那么多城市、那么多博物馆,哪个博物馆没有文物修复师?博物馆的文物修复师哪里来的?小部分是专业院校毕业招收到的,但绝大多数还是地方上的民间修复师应聘的,有为国家工作的,当然也有为私人工作的。但相比起前者,后者的收入要高很多很多。像文物修复师这种职业传承日久,早就形成了门派这种东西,什么南派北派之类的,民间啊宫廷啊什么的。"卫羽喝了口水,顿了顿继续说,"所谓宫廷修复师,就是现在故宫博物院里的那群行业顶尖大佬。对了，之前有个纪录片叫《我在故宫修文物》，你看过吗？"

"看过的呀。"吕思奕点点头。

"那这些我就不跟你多说了，主要还是说童教授和他师弟吧。"卫羽说，"童教授和他师弟孟启阳都是一个叫'点睛阁'的修复师门派弟子。据说点睛阁最早是终南山全真教的一个分支，主要负责法器的制作和修复，后来渐渐演变成了古文物的修复。传到他们这代已经是第二十三代了，童教授就是现任点睛阁的阁主。你不要觉得听起来很厉害，其实整个点睛阁也才四个人而已，童教授他自己、孟启阳、许兆聪和他的师兄。"

"童教授宁愿当光杆司令都不愿意收你为徒？"吕思奕听得眉头一皱，"也太过分了吧。"

"我看得出，童教授也有些言不由衷。反正肯定事出有因，我也不想让他为难，所以……"卫羽没把话说完，但吕思奕知道他是什么意思，无非是把"京城之脊"的冠军拿了就是，他向来这么自信。

"我不打岔了，你先继续说你为什么不喜欢他。"吕思奕说。

卫羽说："其实也挺简单的，孟启阳不高兴师傅把阁主位置传给童教授而不传给他，所以两人之间闹得很不愉快。关键在于孟启阳技术很强，又很有经商头脑，靠着给民家收藏家修复藏品赚到了原始资金；后来慢慢发家了，就更看不起童教授了。你说当师傅的都看不起童教授，许兆聪又怎么看得起？每次童教授回去祭祀师傅的时候，许兆聪都会明嘲暗讽几句。有次我正好跟着童教授，就顶回去了，于是就这样了。"

"原来是这样。"吕思奕点了点头。

卫羽那么爱戴童教授,而许兆聪又故意挑衅,前者讨厌后者也是理所应当了。

"所以我就搞不懂了,连自己师傅的祭祀都带着你,居然不收你当徒弟。"吕思奕摇了摇头。

卫羽闻言脸色平静,也没说什么。

"听那个许兆聪的意思,这次也是冲着冠军去的啊。"吕思奕忽然看向卫羽,"师哥这次的竞争对手有点多哦。"

卫羽说:"是啊。"

"虽然师哥你有必须夺冠的理由,但我可不会放水认输哦。"吕思奕认真道,"我也有不能输的理由。"

"我也不会输的。"卫羽同样认真地看着吕思奕。

两人对视了一会儿,都笑了。

讲完师门故事,喝完了咖啡,两人复又起来继续游览。两人很快到了珠市口,这时天色已晚,就一起回学校了。

第二天卫羽又去逛中轴线了。至于上课,大四下半学期临近毕业,卫羽早就没课了。

从珠市口继续向南就是天桥了,天桥再往南则是永定门公园,附近有一个著名的景点——天坛。

"京城之脊"活动虽然说是"脊",但考的内容肯定不只是那条中轴线"脊"上的知识。中轴线两侧的知识也要考,比如已经被确定的十四处遗产点——永定门、先农坛、天坛、正阳门及箭楼、毛主席纪念堂、人民英雄纪念碑、天安门广场、天安门、社稷坛、太庙、故宫、景山、万宁桥、鼓楼及钟楼。天坛是重中之重。

就这样粗略但认真地游览了一遍后,再加上从网上汲取到的那些知识,卫羽觉得应该是够了。

终于,"京城之脊"的第一次网络考试来了。

第四章

创意市集

考试网址发布在活动官方微博下,卫羽点击后网页立刻就跳转过去。

卫羽抓住鼠标,滑动滚轮,飞快审了遍题。绝大多数都是选择题,大部分难度很低,只有几道微难,另有三道简答题,但都蛮简单的。

这也在卫羽的预料中,"京城之脊"活动的目的毕竟是宣传中轴线,这才第一关卡,怎么可能难嘛。

短短十分钟,卫羽就把全部题目答完,然后点选了提交,然后系统自动给出了评分。

所有题目全部正确,满分。

看到页面显示的评分,卫羽内心没有起丝毫的波澜,从小到大,类似的场景已经出现过不知道多少次了。

卫羽正要按下一页去看第二关卡的内容,手机忽然响起几条微信提示声,卫羽拿起来一看,是吕思奕。

"噔噔噔噔!"她先是发了一个得意扬扬的表情包,然后说,"我满分,你呢?"

卫羽想了想,扫码登录电脑微信,回了吕思奕一个截图。

"果然是人以群分,物以类聚!"吕思奕回复一个"老夫捻须含笑点头"的表情。

卫羽无言以对，伸手点击鼠标左键"下一页"。

页面刷新，第二关的详细内容也呈现在了卫羽的面前。他粗略浏览之后，不禁感叹，"京城之脊"的发起人吕然是真真有钱。

第二关的内容很简单，是给所有通过第一关的参赛者五千块钱，让他们去参加"京城之脊创意市集"，作为摊主，他们售卖的所有物品都必须和北京中轴线有关，最后根据利用五千块钱本金赚钱多少决出第二关卡的通关者。

感叹完，一个又一个问题浮现在卫羽的脑海中。摆摊？他勤工俭学时做过很多兼职，但是摆摊，还真没有过。

那么，在摊位上卖什么才能挣钱呢？还得是和中轴线相关，而且本金限制在五千块钱以内。这次参加创意市集活动的人多吗？大家都会卖些什么？他的想法必须与众不同才行。

卫羽陷入了沉思。

想了会儿，卫羽开始在微博、微信公众号、知乎和小红书上搜索创意市集，汲取他人的经验。

一小时后，卫羽确定了几件事。

首先，创意市集光靠自己一个人肯定是不行的，必须找帮手。其次，他确定了自己所要售卖的商品。卖画！

这显然没有与众不同，可已经是卫羽短时间内所能想到的最好的商品了。他自小学画，在画画这件事上，他自信还是挺厉害的。

不过创意市集上卖画实在太过普遍，想必很多人都会卖画，那要怎么从那么多画手里脱颖而出呢？卫羽也有些自己的想法。

大致捋清思路，卫羽在微信上找到陈实，给他发了条消息："这几天有空吗?"

陈实秒回:"还行吧,咋的啦?"

卫羽说:"有空的话陪我摆个摊儿。"

陈实飞快回了三个问号,继续回道:"不至于吧?不至于吧?好歹是清美毕业的,就算找不到工作,也不至于去练摊儿吧!"

发完这条消息,陈实又问:"你缺钱?"

收到消息的卫羽还没来得及回复,陈实又道:"对不起,算我没问,你有不缺钱的时候吗?"

很显然,能对卫羽这么"口嗨"的人只能是他的好朋友。事实也是,陈实是卫羽同系但不同专业的死党,是他最好的朋友。

卫羽竟无言以对了片刻后才说:"你去微博搜一下'京城之脊'。"

陈实看到消息立刻去搜,几分钟后回消息道:"大概了解,你怎么想到要参加这活动啊?"

卫羽说:"童教授说我拿下冠军才收我为徒。"

陈实发来一个"目瞪狗呆"的表情包:"童教授这是要干啥啊?"

卫羽说:"想那么多干吗呢。"

"是,不想,直接去找原因。"陈实哪能不知道卫羽、不过在嘴贱一声后,立刻又说,"练摊儿是吧?正好没体验过,走你!所以,你准备卖什么?"

卫羽说:"当然是卖画。"

"那咱俩岂不是手到擒来?"不是陈实自大,他俩好歹也是清华美院的学生,画画?他们还没怕过谁。

"这次参赛的人里有不少来头不小,不要小看了他们。"卫羽怕陈实托大，说，"吕思奕师妹也参加了。"

"小吕师妹这是何苦来哉啊！"陈实又"目瞪狗呆"了，忍不住连连感叹。

卫羽说："你想多了，她不是为了我，而且她明确跟我说了，她也有必须拿下冠军的理由。"

"干得漂亮！小吕师妹就该这么做！"陈实升起了同仇敌忾之心，不只是他，但凡知道卫羽拒绝过吕思奕的人，全都恨不得捶其狗头，谁让吕思奕是他们清美的院花呢？

卫羽懒得理他。"行了，你忙你的吧，准备工作我来做就行，反正到时候你给我当个苦力，事成之后，不会亏待你的！"

陈实回说："好滴好滴。"

结束与陈实的聊天，卫羽立刻去联系创意市集的相关负责人。他要先签订合同，才能从活动官方领取到那五千本金，之后每笔钱的花销也都需要开具发票之类的，举办方虽然有钱，但显然不傻。

其实卫羽一直在想，要是有人钱多得慌，或者存着以小博大的心态，用自己的钱去装点摊位，甚至是找演员上自己摊位买东西，那又怎么算？活动方肯定不会管，因为没必要，这对于参赛者来说实在是得不偿失。

毕竟这才第二关卡，晋级者肯定不会太少。花自己的钱去买一个位置，犯得着吗？有钱也不是这么花的吧。但如果不需要花钱也不会很麻烦的话，应该会有人出"盘外招"吧。那吕然倒是乐见其成，毕竟他本人的目的是宣传中轴线。

创意市集的举办不是一朝一夕能成的，而且也不是全靠他们这些参赛者撑起来的。

卫羽从网上了解到的信息，"京城之脊创意市集"早在三月前就开始海选"摊主"，已经决出百来位创意人。他们中有原创手工达人，有小有名气的肖像画家，也有来自陶瓷大学的陶瓷艺术家，等等，专业门类繁多，不一而足。这些人却不都是以北京中轴线为主题。

很显然，这是"京城之脊"的负责人害怕创意市集没有客人，所以提前做出的布置。人家很清楚中轴线文化太过小众，没有引子，除了前门大街特定的游客，完全没办法吸引其他客人。用心良苦啊，卫羽感叹了声。

签完合同，邮寄，等待三天，本金到账后，卫羽就开始在淘宝上网购创意市集的所需之物。其间卫羽也找了些朋友商量，从他们那里得来一些经验，虽是纸上谈兵，但总比什么都没有的好。

转眼间就来到"京城之脊"创意市集开始当天，卫羽早早起床到校门口附近等着，没过多久，在守时上从没让卫羽失望过的陈实便开着辆SUV来到他面前，随着车窗缓缓落下，扎着小辫儿的陈实左手撑住左下颏，轻飘飘斜睨了卫羽一眼："上车。"

卫羽翻了个白眼："德行。"

陈实嘿嘿一笑，开着车朝前门大街的方向而去。

此时刚五点半，天才蒙蒙亮，但北京的各大主干道上已经开始堵起来。

两人来到前门大街时已经差不多七点，街道两旁店铺未开，游客稀少，但却俨然一副热火朝天的气象。往来者手里面都搬着东西，显然全是为创意市集而来，不过由于局外人很多，所以也不知道谁是参加了"京城之脊"活动的。于是大家相看时，也就不存在敌视的眼神。

"唉，那不是小吕师妹吗？"陈实忽然指向不远处。

卫羽顺着他手指方向望去，果然是吕思奕。今天的她一身白色薄纱短裙、小白鞋、马尾辫，一身令人艳羡的冷白皮白得令人睁不开眼，一路上不知吸引了多少人的目光。她身旁还有个女生，样貌丝毫不逊色于吕思奕。

卫羽忽然想起了前几天吕思奕的话，"物以类聚，人以群分"呐。他忽然想起什么似的，转头看了眼陈实，却又对这句出自《战国策》的短语产生了质疑。

"不去打个招呼吗？"陈实见卫羽没动静儿，忍不住怂恿道。

卫羽问："打招呼干吗？"

"冷血动物！"陈实冷冷看了眼卫羽，旋即露出一张笑脸，大声朝吕思奕的方向喊："小吕师妹！"

吕思奕听到喊声，疑惑转头，旋即便笑靥如花，朝卫羽和陈实的方向挥了挥手："嗨，师兄！"

虽然知道吕思奕是在喊卫羽，但陈实还是很高兴，因为吕思奕旁边的女生也转过身，让他好一阵眼晕，真漂亮啊！

卫羽无奈地看了眼陈实，这才朝吕思奕走去，没办法，朝前的路只有一条。

"师妹。"卫羽冲吕思奕点了点头，又朝她身旁的女孩儿道："你好。"

"你好。"女孩儿的声音很清脆，说完也向陈实说了句"你好"，便站在吕思奕旁边不说话了。但卫羽能感觉到对方在打量自己,这也不奇怪,谁不好奇拒绝了吕思奕的男人呢?

吕思奕看了看两人手中的物件儿,还没来得及介绍自己的闺蜜,就有些吃惊地说:"你们也卖画啊?"

陈实听到声音,这才从吕思奕朋友的美貌那里收心,看见两人怀里的东西,同样很讶异:"你们也卖画啊?"

倒是卫羽觉得,吕思奕卖画实属意料之外,情理之中。

第五章

第一天

大家都是清美的,卖画那不是很正常吗?事实也正是如此,所以吕思奕经过短暂的惊讶,又恢复了正常,旋即向卫羽感叹:"谁能想到我们会在'战场'上相见呢?"

明明是真正意义上的竞争对手,但吕思奕却一副开心的模样,是从内到外发自内心那种,让卫羽和陈实都有些搞不懂。

"希望师妹手下留情呐!"

见卫羽没有反应,陈实忙装模作样地贫了句。

吕思奕笑了笑,忽然转头侧身,把两人视线引向她身旁的女生,说:"对了,还没给你们介绍,这是我的好闺蜜,韩竞颐。"

"你好你好。"又是陈实率先说话。

"你好。"卫羽也问了声好。

"这是我卫羽师哥,这是卫羽师哥的同学,陈实。"吕思奕向自己闺蜜道。

"干吗这么生分啊。"陈实佯怒道,"卫羽就是师哥,我就是卫羽师哥的同学,过分了啊!"

"哈哈哈。"吕思奕也不道歉,也不害羞,只是笑了起来。这无所顾忌的区别对待让陈实羡慕得不行,偏偏卫羽却全然不在乎,让他气得有些牙痒痒,真是身在福中不知福啊。

"好啦,先不聊啦,咱们先去把摊儿摆好吧。"卫羽见陈实有继续贫嘴的念头,忙打断他道。

陈实闻言,先是看了眼卫羽,又瞥了眼吕思奕,心里一叹,嘴上嘟囔了两句,却也没再说什么。

吕思奕看出陈实有点为她愤愤不平,微微笑了笑道:"那卫羽师哥你们加油哦,我们也会加油的!"说话时,吕思奕还腾出只手向卫羽握了握拳。

卫羽鼓励道:"加油!"

话落,吕思奕和韩竞颐就走了。

见两人走远,陈实忍不住埋怨道:"你看看,人家多主动,脾气多好,朋友多漂亮。再看看你,这么端着有意思吗?"

"我也是为了她好。"卫羽远看着吕思奕,语气平静。

陈实笃定道:"你迟早会后悔的。"

"他迟早会后悔的。"在距离两人不远处,还没走远的韩竞颐笃定地对吕思奕道。

吕思奕没搭话也没细问,而是反问道:"你觉得他怎么样?"

"才见了一面,话没说两句呢,你让我怎么觉得?"韩竞颐无言。

"那接下来一周,你慢慢看。"吕思奕甩了甩马尾辫,开心道。

不多时,吕思奕和韩竞颐两人来到摊位处,开始摆摊。

没多会儿,卫羽和陈实也走到摊位处,开始摆摊。

两处摊位离得不算远,中间间隔才七八个摊位,走路几步就到了。不过现在大家都在忙,人多物杂,如果不是刻意找角度,几乎一眼都看不见。

摆摊是个体力活儿，也是一个精细活儿。毕竟摆摊的那些物件，要么大而重，要么小而杂，要摆出足够吸引人的样式是非常考验审美的。卫羽和陈实出自清华美院，这点能力当然是有的。

事实上，两人摆放物件的速度与美观，很快就引得左右两处摊位摊主的注意，忍不住频频转头去望，然后迅速偷师学习。他们两人这一表现，无疑是宣告了他们竞争对手的身份。

哪个常年做市集生意的人，会临场去学这个啊？

没隔几个摊位的地方，吕思奕和韩竞颐摆摊的架势，同样吸引了不少人的注意。不过她们就不完全是因为摊位构造布局了，而是因为两人的长相身材。还有人见两人搬东西似乎有点吃力，跃跃欲试想上去帮忙呢。

而正当一个摊主终于鼓足勇气走到吕思奕和韩竞颐两人身前，出声询问是否需要帮助时，一个平静的声音忽然响起："谢谢，不用了。"

这位摊主抬起头看到卫羽，顿时羞愧到脸色发红，紧跟着落荒而逃。唉，颜值上面实在是比不过啊。

"师哥！"吕思奕惊喜地看着卫羽。

"我们来帮你们。"卫羽顺手接过吕思奕手中的木板，另一边陈实也忙不迭走向韩竞颐。

"谢谢师哥。"吕思奕开心道。

"区区小事，何足挂齿！"陈实"豪气"道。

卫羽差点忍不住在师妹面前翻白眼，哪儿这么多戏！

帮吕思奕和韩竞颐两人摆好摊后，卫羽便拉着恋恋不舍的陈实回到自己的摊位处，开始把小物件儿一一摆放好，将诸多必备之物从背包里面取出来。与此同时，太阳渐渐西移，街道上的游客开始多了起来。

韩竞颐一边忙活，一边朝身旁的吕思奕道："你这卫羽师哥挺有意思的哈。"

"怎么的呢？"吕思奕头也不回。

"我刚才一直在观察他们，明明是他一直在注意我们这边，看我们搬东西重才加快速度摆好自己那边的摊过来的。但我刚才问起时，他却说是陈实看到我们这边的情况，提出要来帮忙的。"韩竞颐看了眼吕思奕，"你说有不有意思？"

吕思奕收拾东西的手都顿了一下，没有回话。

韩竞颐见状，也只是笑笑，没多说些什么。

早晨八点半，前门大街上的店铺渐次开门，街面上开始有成群结队的游客出现，其中有不少人被规模盛大的创意市集吸引，开始逛起来。

卫羽也开始画起画来，但他不是坐着画，而是蹲在地上画。

画了十来分钟，其间他特立独行的行为，无疑为他吸引到许多游客和摊主的注意，纷纷把目光投向他。

"这是城楼吗？午门？怎么看起来怪怪的。"

"是啊，有点不伦不类啊。"

卫羽摊位右侧是一个穿搭发型都颇显艺术的青年，他摊位上摆着许多手工艺品，全都是中轴线上的景观物。他本来正忙着捏黏土呢，偶尔偏头看了几眼，觉得卫羽画得莫名其妙，忍不住走到卫羽身边，仔细看了会儿后，愈发觉得摸不着头脑，不禁问道："嘿，哥们儿，你这画什么呢？"

"三维立体画。"卫羽抬起头，微微笑了笑，"你走到我身后的位置来看看。"

艺术青年闻言，忙走向卫羽身后。紧跟着他便看见，原本平平无奇的粉笔画"午门"，像是要从地面上耸立起来，突破地面的限制，出现在立体的现实世界中。强烈的视觉错觉给他带来一种震撼感，他往左走出两步，想要把这幅画排斥出大脑，可却极难把它压缩回二维的平面世界。

这艺术青年怔了半晌，忽然朝卫羽竖起了大拇指："牛，你这画技也太强了，都让我怀疑我的手是长来干吗的了，等你画好，估计会吸引不少人吧。"

这就是门面了，是卫羽画技的体现。

对于艺术青年的夸赞，卫羽只是笑了笑，没有太过在意。

艺术青年又看了会儿，这才摇了摇头回到摊位上，不时转头和自己的女性朋友说几句话，估计是在讨论卫羽这个竞争对手。

不远处，吕思奕和韩竞颐两人也透过摊位间的缝隙看到蹲在地上的卫羽，远远看了几眼，吕思奕便知道他在做什么，不由得夸道："不愧是师哥，真聪明！"

韩竞颐沉默以对，恋爱中的女人是不可理喻的。

"请问要买点什么？我们这里有……"

吕思奕才刚刚夸完卫羽，便迎来了今天又一位顾客。

吕思奕和韩竞颐已经记不得这是今天第几拨顾客了，事实上前门大街上的人流也才刚多起来一会儿而已。不过两人毕竟都是聪明的，这些顾客里大多是年轻男人，他们到底是冲着画儿来的还是人来的就不言而喻了。

这期间不免有些顾客问东问西，都被吕思奕几句话给怼得闭上了嘴巴。吕思奕除了对卫羽会主动一点外，其他时候可一直是冷冷的，哪怕表面上和和气气，但实际上心里是冷冷的。

"唉，我要是长得跟小吕帅妹似的往这儿一杵，你还用得着担心生意？"陈实坐在木质靠椅上，望了望远处吕思奕和韩竞颐的摊位，又朝前看了看正辛苦作画的卫羽，发出了一声感叹。

卫羽闻言转头往左边人潮拥挤处看了几秒钟，当他发现年轻男生的比例多得有点不像话时，微微皱了皱眉头，复又转回去，头也不抬地说："多注意点那边的情况。"

"知道，希望不会有哪个不开眼的小火鸡跳出来让我表演一次英雄救美！"陈实揉起拳头，装出一副凶恶的样子。

一上午的时间，卫羽在自己的摊位前画出了几个三维立体画，内容自全都是中轴线上的景物，同时也吸引来了不少顾客以及保安。保安来问了下地上三维立体画的事，当他知道是粉笔画很容易清除后，也就没多说什么。

凭借几幅三维立体画，卫羽的摊位顿时成为整个创意市集最靓的仔之一。

不少游客忍不住感叹，卫羽简直是一个人体三维照相机，现代马良。但也仅此而已。

卫羽有自己的点子，其他人当然也有，而且有的人根本不需要有，譬如说吕思奕和韩竞颐两人，天生就是门面。除此之外，创意市集上有才的人着实不少，有把中轴线上景物做成冰棍儿的，有用气球做成拟人形象玩偶的或做成食物的，可以说是奇思妙想，应有尽有。

据陈实的观察，在整个创意市集里面，卫羽的摊位算不上火，甚至连前三十都排不上，主要还是因为画画的实在太多了。他虽然有三维立体画当门面，也有一些创意小作品，但不够。

不过卫羽没有灰心，因为顾客多不等于卖的货多，而且这才第一天，时间还长着呢。

下午，一天中最热的时候，顾客也少了许多。卫羽被热得汗流浃背，陈实也没好到哪里去，一个劲儿地拿画纸当扇子扇风，街上顾客约等于没有，大家都贴着那些不断涌出冷气的店铺和阴凉地儿走。

卫羽实在坐不住了，转头对陈实说了句："我去买几瓶水，顺便转转逛逛。"

陈实有气无力地回了句："嗯。"

第六章

翻页动画

盛夏，蝉鸣，热浪滚滚。

卫羽起身朝南面走去，且走且停且看。他这是在观察大家摊位的样式、销售的东西、店员的销售手法等等。忽然，他怔在了原地，只见在他左前方二十来米的地方，热闹得不像话，透过密集的人群，隐约可以看见一道熟悉的身影。

许兆聪。

卫羽瞥了一眼便收回了目光。以许兆聪的能力和人脉，晋级到第三关卡是毫无疑问的，这次创意市集对他来说更像是一场游戏，所以卫羽没有去观察许兆聪摊位的意思。但市集的路就那么窄，无论如何都会擦身而过，于是便听到了许多东西。

诸如许兆聪朋友们的吹捧，以及他摊位售卖的东西——也是画。

这并没有出乎卫羽的意料。许兆聪虽然没有上过正规的美术大学，卫羽也发自内心地不喜欢他，但不得不承认，他传承自点睛阁"唯二"师长孟启阳的绘画技法一点也不差，在商业修复领域更是已经小有名气。以他张扬的性格，自然会受到一些闲杂人等的追捧。

他都不需要别的任何手段，只要发个朋友圈说自己在前门大街卖画，肯定能吸引到一大堆愿意出大钱的顾客。

比不了啊！不过卫羽也没有跟他在这方面比的念头，如果他真能走到最后一两关，到时候再争也不迟。

往南面逛了约摸半小时，卫羽买了几件颇为有趣的小物件儿，这才又去买了冰水，朝北面走去。

正坐在摊位前的陈实看见卫羽走来，正要招呼他呢，没想到卫羽竟然直接越过他。陈实不由怔了一下，顺着他的目光转头朝北望了一眼后立刻醒悟过来，不由得嘟囔了一句："见色忘友！"

没错，卫羽走向了吕思奕和韩竞颐两人的摊位。

虽是正午炎热时，但两人的摊位前却聚拢着不少顾客，以至于吕思奕看到卫羽抱着东西来也腾不出空去招呼，只能朝他歉然一笑。不过卫羽也没多说些什么，只是把怀里的冰水和一黑一粉迷你电风扇放在两人摊位后的纸箱子里，就挥了挥手回去了。

过了好一会儿，吕思奕和韩竞颐终于送走了所有顾客，能够歇一口气了。吕思奕这才转过头去，把冰水和迷你电风扇拿了起来。

"你要哪个？"吕思奕满脸笑意地把粉色迷你电风扇递给韩竞颐。

韩竞颐接过时颇为无语。韩竞颐毕竟是闺蜜，观察点不太一样："你师哥连你喜欢黑色都知道啊！"

"嘻嘻。"这就是吕思奕高兴的缘故了，刚才卫羽怀里明明还有一绿一蓝两个迷你电风扇，按照常理来说，怎么也不可能给女生黑色的吧？除非是卫羽一开始就知道。

"心思很细腻。"韩竞颐心里给卫羽记了一笔，然后才喝了两口水就又来客人了。

另一边，卫羽回到摊位处时，陈实正在招呼客人。卫羽把冰水和迷你电风扇递给他后，替他招呼起了客人。

客人是一个十八九岁的年轻人，正在翻看摊位上的翻页动画书。

所谓翻页动画，又叫手翻书，是指有多张连续动作漫画图片的小册子，因人类视觉暂留而感觉图像动了起来，是一种动画手法。

几天前，卫羽亲手绘制了天坛、天安门广场、社稷坛、故宫、景山等遗产点的翻页动画，并加以复印。内容是一个游客游览于这些名胜之中，表面上看似乎是这些景点的宣传册，但卫羽专门设计了有趣的剧情，再加上他那精美的画风，一上午的时间吸引了不少顾客的喜爱。

又卖出几本翻页动画后，卫羽迎来了三位顾客：一对父母带着一个三四岁的小男孩儿。

父母翻看着翻页动画，小男孩儿蹲在地上伸手去碰三维立体画。过了会儿，孩子的母亲忽然指着摊位上挂着的几幅画问道："你挂的这几幅画是什么意思啊？"

孩子母亲所指的几幅画，其中左边的几幅是乱七八糟的涂鸦，隐约能看出些形状，但总体来说就像是小孩子随手画出，毫无一丝规律可言。而在那些涂鸦画的右侧，则是一幅幅画风颇美的中轴线景物图，俨然以左边涂鸦画为蓝本扩展而出。

卫羽笑着说："这几幅画都是我让一位老师的儿子随便画的；这边是我根据这些随笔画加工出来的，算是本店的特色吧。您感兴趣的话，也可以让您的孩子来涂鸦几笔，我来看看能扩展成中轴线上的哪些景物，买回去也算是当个纪念吧。"

小男孩儿的父母听完大感有趣，当即让自己的儿子拿起画本随手涂鸦起来。这一对父母显然有自己的想法，你一言我一语地指挥着自己的儿子，最后画出了一个四不像。这也正常，一个三岁的小孩儿，你能让他画出什么来？

等三位一起作完画后，卫羽接过画本，根本没有任何的犹豫，就坐在那里飞快地动笔。也就是二三十秒钟的时间，短短几次勾勒，小男孩儿笔下的随手涂鸦便有了一个粗略的形状。紧跟着小男孩儿母亲一个低头去看顾孩子的短短几十秒钟，再一抬头时，卫羽已经把先前的涂鸦描绘出一个大殿的形状，三人刚从故宫过来，认出了这正是太和殿！

小男孩儿母亲心下感叹，这跟她读书的时候上数学课有点像了。

"太厉害了！"父亲也忍不住赞叹。

卫羽在为这家人画画时，又吸引来不少顾客，然后人多又引来了更多人，不多时便围聚在一起形成规模。这让才走过来想跟卫羽聊聊的吕思奕止住了脚步，刚才她看到卫羽到处去逛，怕他见别人生意好而自己生意不好，心理会失衡，现在看来却是不用了。

转眼间，第一天过去了。从营业额及白天的热度来看，应该不用太担心能不能晋级第三关卡了。只要按照现在的局面继续下去，可能性在百分之九十九以上。

不过卫羽没有掉以轻心，第一天顺利不算什么，重点是接下来每天都得这么顺利才行，否则万一被人超过了呢？他坚信几百万的收益肯定能吸引来能人的，而且，谁知道会不会有人出奇招呢？举办方只是为了推广中轴线文化，至于你用什么办法从这第二关卡晋级，只要不触及底线，活动方肯定不会管的。事实上也正是如此。

第二天，群魔乱舞开始了。首先卫羽注意到，有摊主开始呼朋唤友了。说起来"京城之脊"第二关卡的参赛者，大部分都是北京人或者是住在北京的人，专门从外地来的人很少，毕竟最终夺冠概率小，而且一来一回很麻烦。在北京长大、上学和工作，有些朋友也不奇怪，但朋友再多也没用，除非其中有个富二代啊创一代什么的。

除此之外，有几处摊位出现了极其明显的顾客激增，而且这些顾客绝对是有目的性找来的。卫羽略一打听后就知道了，原来是经过昨天一天的取材，这几家摊位在小红书、微博等社交分享平台上火了起来，继而吸引到了大量网友。

卫羽还看到不少拿着手机支架现场直播的男男女女，显然也是在利用网络宣传。

这样一比，卫羽昨天那点热度根本不算什么，而今天的热度也因为其他摊位的分流下降了不少。不过吕思奕和韩竞颐那边的生意倒是依然很好，甚至比昨天更好了，其中原因不问自明。

陈实有些担心："咱们这样会不会翻车啊？"他转头看了看卫羽的摊位，无论翻页动画书、以中轴线景物为背景的简笔画，还是以涂鸦为蓝本作画的点子都非常好，但架不住人家会宣传啊。

卫羽倒是不怎么急，这才第二天而已，别人有备用计划，他难道没有吗？

陈实眼珠子一转，忽然说："其实我有个办法。"

"嗯？"卫羽转头看向他。

陈实被卫羽盯着看的时候，脑子里飞快转了几圈，觉得办法是好办法，但不能直接告诉卫羽，否则他肯定不会同意的。于是摇了摇头："算了。"

"莫名其妙。"卫羽转过头去,把一张几乎已经完成的画作从背包里取了出来,铺在身前的画台上。画纸上是巍峨的午门城楼。

陈实甫一看见画,立刻被它所吸引,坐直了身体仔细观看,继而又一次被折服。

这幅工笔画构图严谨,且笔法细致,线条细密分明,渲染用色脱俗,更将远近繁杂景物全数统一整合。画面长而不冗,繁而不乱,严密紧凑,宛如一气呵成,充分展现出这座已经有数百年历史的城楼强烈的生命力,已然算是一幅佳作,可它还不是成品。

陈实看着这幅画,越看越感慨。

卫羽本身是学国画的,点睛阁的绘画形式也大都是国画,童教授虽然没有系统地传授过卫羽,但他作画时从不忌讳卫羽在一边,甚至经常让他来研墨,他一身本领,其实已经相当于点睛阁的嫡传弟子了。所以陈实愈发不明白童教授为什么不收他为徒。

点睛阁传承数百年,绘画技巧非常独特,在业界堪称一绝。童教授师弟孟启阳在商业上的成就,愈发推动了点睛阁几大绘画技法的名头。只是卫羽在创意市集上展现这种绘画技法,毫无疑问是无用功,哪个认得点睛阁真传的人会来前门大街创意市集闲逛啊?

第七章

点睛之笔

卫羽铺好画纸，用镇纸压住，便开始下笔作画。

这幅画只差最后的点缀、对肌理的复勾便可宣告完成——当然，这只是对于寻常画家而言。对于他来说还有最重要的一步，那就是点睛。

陈实看着卫羽作画，颇有一种听到喜欢的音乐、看到喜欢的电影似的欢欣雀跃，内心极度放松享受，但他左右四顾，发现虽然也有人注意到卫羽画画，但都没放在心上。他们大概只看出卫羽在作画，却知其然不知其所以然。

陈实正瞻望呢，忽然看到不远处的吕思奕朝卫羽的方向走来，然后站定在卫羽的身旁静静观看，好半晌也没回去。那边忙得不行的韩竞颐送走几位顾客后，忍无可忍地跑来找吕思奕，看到她呆立在原地的模样，有点恨铁不成钢。

吕思奕被韩竞颐拍了拍肩，却是完全不顾她无奈的表情，而是兴奋地拉住韩竞颐的手，说："马上就能看到啦！"

"看到什么？"韩竞颐本有好多话要说，但被吕思奕打断了，一时间没反应过来。

吕思奕激动地说："点睛之笔啊！"

"哦。"韩竞颐恍然大悟。吕思奕之前给她说过这种画技有多么多么厉害，于是也站在了原地。陈实忙不迭凑了上去，但说了两句话就看出来，韩竞颐的心思完全都在"点睛之笔"上，就也不说话了，站在那里一起看。

所谓的点睛之笔，其实就是点睛阁祖传的一种绘画技法，具体什么原理什么手法，只略知一二的吕思奕和陈实是不清楚的。以他们的理解和直观的表示就是，卫羽作画时即将结束的那一笔笔"点睛之笔"，查漏补缺了画作的缺点部分，又看似随意地加上几笔，却为整幅画赋予了生命力，真如画龙点睛中的故事一样，点睛之后龙即飞去。

吕思奕说："我听童教授说，这技法很难的，他熟练的时候都快三十岁了。"

"把你眼里的崇拜给我收一下。"韩竞颐扶额道，说完后她顿了顿说，"所以我也愈发搞不懂你说的童教授为什么不收他为徒了。"

"那谁知道呢。"吕思奕摊了摊手，紧跟着感慨道，"只可惜这里没人认得这种技法，否则的话哪里会担心生意？"

在吕思奕和韩竞颐的注视下，卫羽开始点睛。

他下笔飞快，毛笔尖甫一落在画纸上，墨迹便缓缓盛开，寥寥几笔便让画纸呈现出更多层次的浓与淡，墨色也更加丰富，简直称得上是变化莫测。只见他笔尖轻颤间，让画中诸多细节处的线条宛如真实，流畅自然，曲折有致，仿佛有精气在自然流动。

整个点睛的过程中，韩竞颐惊讶莫名。她是真的没料到，在吕思奕口中有点脱离现实、略显传奇的绘画技法，真的有画龙点睛、妙笔生花的能力。只是短短十几分钟，寥寥数十笔，卫羽就把一幅原本只是佳作的画作变得让她眼前一亮。

她沉默了好一会儿才说："有点像我之前在网上看到的一个视频，视频里那个人是用沙子在作画，刚开始的时候一塌糊涂，没想到最后几秒钟，他把画翻过来，居然成了一幅肖像画！"

"有点像。"吕思奕点了点头。

用点睛之笔作画，前面的每一笔一画都需要牢记在心，它们既是基石，也是伏笔，这才让最后的点睛之笔发挥出应有的作用。

卫羽画完这幅午门后，又开始起新稿。他画画的样子虽然好看，但吕思奕毕竟有事要忙，最后依依不舍地被韩竞颐给拉走了。

下午三点到晚上八点这段时间，卫羽又卖出了不少东西。他这些天抽空画的国画也是全部销售一空，顾客虽然看不透他的绘画技法，但最基本的欣赏能力还是有的。但卖完归卖完，价格却上不去，按照这样的趋势，如果接下来大家都把重点放在宣传上，那卫羽最终可能会被淘汰掉，毕竟酒香也怕巷子深。

不过对此卫羽依旧没什么表示，而本该着急忙慌的陈实反倒是不说话了，他心里已经有了对策。

第二天，卫羽照常起早坐车去前门人街。

大家都是爱睡懒觉的人，而且本就是找人帮忙，陈实也不可能天天早晨来接他，第一天主要是为了搬东西。不过等走到摊位的时候，他发现了一个意料之外的人。

看到她的时候，卫羽其实就已经猜到是怎么回事儿了，但还是忍不住问："郑晴，你怎么在这儿啊？"

此时在卫羽的摊位上，正坐着一个身穿白色长裙的女孩子，她黑丝如瀑，皮肤白皙得像是在发光，正低头看书呢，听到声音抬起头，语气平静道："不是你让陈实叫我来的吗？说缺人手。"

卫羽沉默了几秒钟："那就麻烦你了。"

"没事。"郑晴说完便低下头，继续看书。

卫羽坐到她身边，颇有些不自在地拿起手机，用微信给陈实发了个问号。

陈实很快回复："昨天在那儿坐了一天，我算是发现了，你的画再好也比不上人家宣传得好，宣传得再好，也比不上商品好老板娘又美！所以我就擅作主张让郑晴去帮帮忙，你俩不是好朋友吗，这有啥的，大不了事后你请她吃顿饭！"

卫羽握着手机，沉默了半晌才继续打字，打了好几遍都删掉了，最后只回了句："你死定了。"

陈实很尿，没回。

唉，卫羽心里沉沉地叹了口气。

身边这位郑晴是他的同级校友，两人都很喜欢泡图书馆，而且座位固定，所以一来二去也就认识了。郑晴长相一点也不逊于吕思奕，可以说是各有千秋。不过她对卫羽没意思，卫羽对她也没意思，就是单纯的朋友。

他对于郑晴来帮忙这件事倒也不会想歪，只是……卫羽转头看了看吕思奕摊位处，她还没来呢，等她来了看到这一幕，该会做何感想？

陈实要是在这里，肯定该吐槽了：搞了半天，卫羽觉得尴尬不自在，完全是在担心人家吕思奕的想法，那你在这儿纠结什么啊？

不过郑晴人来都来了，卫羽总不能赶她走吧？

想着想着，卫羽叹了口气，引得身边的郑晴疑惑地看向他，见他一副神思不定的样子，觉得有些好奇，她还是蛮少见到卫羽这样的。她轻喊了卫羽两声，卫羽居然没听到，于是愈发好奇。不过她决定先让卫羽继续出神，空了再问，卫羽现在这状态，估计问也问不出什么来。

不得不说美女的号召力是巨大的，虽然卫羽坐在她旁边，但往来的顾客还是忍不住来摊位处询问看看买买，其意图不言而喻。再加上卫羽现场作画，着实让热度提升了好大一截，但是负面影响也是巨大的。这里的负面影响，当然指的是对吕思奕。

吕思奕一大早来的时候本来挺高兴的，但当她看到卫羽身边坐着的郑晴时，脸色一下子就凝固住了，不过很快就恢复了平静，坐在了自家摊位后面。

韩竞颐比吕思奕晚一点到，虽然是盛夏时节，但韩竞颐却感受到一股彻骨的寒意。

不过她还没问呢，就看到卫羽那边的情况了，顿时了然。

韩竞颐问道："那谁啊？"

吕思奕道："他的好朋友。"

韩竞颐问："纯粹的朋友？"

吕思奕说："他说是，看上去似乎也是，但是谁知道呢？"

韩竞颐啧啧称奇："我还是第一次见你吃醋的样子啊。"

吕思奕瞪了她一眼："我没有吃醋。"

韩竞颐笑道："好好好，你没有吃醋。"

不管吕思奕到底有没有吃醋，内心又是怎样的心情，反正卫羽那边是忙得不行。有美女坐镇果然更有吸引力，无论他们买不买东西，总是会过来问问。然后他们汇聚起来的热度便会吸引到真正的顾客，于是，只是一早晨的时间，便超过了昨天一整天的营业额，让卫羽松了口气，按照此趋势下去，应该不用再做任何宣传了。

就是……卫羽转头朝吕思奕望去，这已经是他今天无数次右望了，正常情况下，十次里有八次都能和吕思奕对视上，但今天却是一次都没有。显而易见，吕思奕生气了，而且是很生气。

按道理来说，希望吕思奕不要过多理会自己的卫羽，应该高兴才对，但他心里不但高兴不起来，反而有些难受。

不过毕竟是好事，于是卫羽只能暂时不去想吕思奕，专心画画。

下午六点多钟，天气稍微凉快点了，游客比之中午时更是暴增了一倍不止。卫羽一边要画画一边要卖东西，加上郑晴也有些忙活不过来，好不容易才忙活完已经快天黑了，但色还没着完，卫羽只能拖着疲惫的身躯坐下。他才坐下没多久，一个体形微胖的老者忽然走到卫羽的身边，惊讶地说："你这绘画技法是点睛之笔？"

卫羽转过头，也有些惊讶，他没想到能在这里碰到识货的人，不过一旦识货，对方必然是业内人士或者爱好者，他一边想一边点点头："是的。"

"我刚才在那边还看到了画龙之术。"老者既惊讶又不解，"你们点睛阁这是要干吗？"

老者的确有些莫名其妙的，他家就在离这儿不远的前门西河沿，本来只是过来遛遛弯儿的，没想到居然看到了点睛阁的秘传技法。

他深知两种技法都很难，谁能想到两个小辈居然可以施展出来呢，而且他们在干什么，摆摊卖画儿？奇奇怪怪。

卫羽思考了几秒钟，还是决定给老者解释了一下"京城之脊"活动，但老者依旧不是很能理解，在他看来，点睛阁的真传应该比这高端很多。

"我忽然想起来，我对刚才那小子有点印象，他是孟启阳的徒弟吧？那你呢？"老者问。

卫羽说："我的老师是童林童教授。"

"老师？"老者奇怪道，"不是师傅？"

"是老师，我是清美的学生。"卫羽说。

"这……"老者一时间有些蒙了，会点睛之笔却不是徒弟，这哪里说得过去。不过反正有的是时间，老者也不急，反倒是饶有兴趣道："你有兴趣给我画幅画吗？跟中轴线有关。"

"当然，我本来就是来卖画的。"卫羽说，"您想画什么？"

"画我，画我做面人。"老者说。

"面人跟中轴线有什么关系？"卫羽怔了一下，不解道。

| 第八章

中轴线上（上）

老者笑了笑，说："小伙子，如果你真心想拿下'京城之脊'的冠军，我劝你还是再多了解了解有关中轴线的事。"

卫羽闻言，正色道："请您指教。"

老者见卫羽态度诚恳，言语认真，满意地点点头，沉吟了一下道："在中轴线的申遗和保护过程中，国家也是非常重视非物质文化遗产的保护的。虽然中轴线所涉及的非遗项目主要集中在东城和西城，但数量非常丰富：仅西城认定的三级非遗保护项目就有两百多项，三级代表性传承者三百多人；东城列入非遗保护名录一百多项，代表性传承者四百多人。这些非遗项目里有很多都与中轴线及其延展区域相关，比如说我的面人。"

卫羽听完，这才恍然："原来如此，谢谢您，回去后我会多去了解的。"

老者点了点头，紧跟着想了想说："那我现在去拿工具，然后你给我画？"

卫羽抬头看了眼，说："要不明天吧？今天有点晚了，而且工笔画画起来挺费时间的。我明天就先用速写画几张草稿吧，回去等我有空时再画，等画好了寄给你。"

"哦哦。"老者左右看了两眼，见天色已经渐暗，有些不好意思地笑了,"你瞧我这,看到你会点睛之法就忘记时间了,不该,不该。哈哈哈,另外工笔画耗时我是知道的,等你空了再给我就行。"

卫羽忙点头:"好的,好的。"

"你明天还在这儿吧?"老者问。

卫羽点了点头:"对。"

老者道:"那咱们明天见,我下午五点多的时候来吧,凉快,人也多,给你涨涨人气。对了,咱们加个微信吧。"

卫羽边把手机递过去边点头:"好的。"

老者在卫羽扫码时,自我介绍道:"对了,我叫米昊缘,你也可以叫我老米。"

人家可以那么说,卫羽哪能真那么叫,他笑了笑,也做了个自我介绍:"米师傅你好,我叫卫羽。"

老人米昊缘摆了摆手,不再停留,继续遛弯儿去了。

米昊缘走后,卫羽接着把画画完,这才坐到郑晴身边用手机查起资料来。正如米昊缘所说,想要通过接下来的几道关卡,他必须更了解中轴线文化才行,不过一看到身边坐着的郑晴,卫羽就有些出神。

忽然,正在低头看书的郑晴开口道:"明天我不来了。"

卫羽正发愁怎么跟郑晴说明天不用来了呢,听闻此言,猛地松了口气:"好啊,今天辛苦你了,待会儿请你吃饭。"

郑晴抬起头,看了眼吕思奕那边,说:"不用了,我可不想被人用眼神杀死。"

卫羽看见郑晴平静的目光,没来由地有点慌,他也不知道在慌什么。

"啧，恋爱的酸气啊。"郑晴摇了摇头。她今天在这儿坐了一天了，哪能注意不到吕思奕？又怎么可能注意不到卫羽频繁往那边看？至于早晨卫羽失神的事，她没问，自己猜到了。

郑晴都这么说了，卫羽索性直接交底："找你这事儿是陈实自作主张的，今天真的有点尴尬了。"

郑晴完全没在意："我认得那个女孩子，叫吕思奕吧？听说被你拒绝过。"

"唉，说来话长了。"卫羽叹了口气。

"长话短说。"郑晴把书合上，竟是想八卦的意思。

卫羽怔了会儿，默默收起了手机，开始跟她讲关于吕思奕的事。郑晴静静听完，不禁陷入沉默，好半晌才认真地看着卫羽说："以后等你后悔的时候来找我吧，我尽量帮你。"

卫羽就很奇怪，为什么听说他和吕思奕故事的人，都很笃定他将来一定会后悔呢？不过卫羽也没多说些什么，就这么简简单单略过了这个话题。

时间渐渐来到八点钟，天色渐暗，客人开始变少了，郑晴也收起了自己的书，拎起包挂在肩上："我先走了哈。"

卫羽问："你不回学校吗？"

"我就不跟你一起走了。"郑晴转头看了眼吕思奕摊位的方向，"正好我也有点事儿。"

卫羽看着她，点点头："那下次再请你吃饭。"

"行，有空的。"郑晴说完就走了，路过吕思奕摊位的时候，还朝吕思奕点了点头，搞得吕思奕倒有些不好意思了。

这一天就这么糊里糊涂地过去了。第二天，卫羽又把陈实叫了回来，提起昨天的事儿，陈实也不羞愧，反而一个劲儿地笑，让卫羽有种中计的感觉。

走了郑晴，换回了陈实，卫羽小摊儿的生意顿时一落千丈。好吧，其实倒也没这么夸张，但跟昨天肯定是没法儿比的，这不禁让卫羽有些怀疑昨天陈实请郑晴真的是个好办法了，不过这念头只在脑海中打了个转儿就被他抛之脑后了。

一整个白天都波澜不惊，唯一值得提及的就是吕思奕的态度了。看到今天陈实换走了郑晴，她又高兴了，搞得她闺蜜韩竞颐一个劲儿地在旁边叹气，恨铁不成钢啊。

下午五点钟的时候，米昊缘如约而至，跟他一起的还有两个年龄相差不大的老人，三人搬着东西过来后，米昊缘也没过多介绍，直接就把东西在卫羽的摊位前摆开了。

说起面人，也叫面塑、面花、花糕、捏面人，是起源于山东、山西、北京的中国民间传统艺术之一，即以面粉或糯米粉为主要原料，再加上色彩、石蜡和蜂蜜等成分，经过防裂防霉处理后，再用手和简单工具塑造出各种栩栩如生的形象。早在二〇〇八年的时候就被列入非物质文化遗产名录了。

米昊缘还没把摊摆好呢，吕思奕忽然走了过来，她有点好奇地问："这是要干什么呀？"

卫羽说："给这位老爷子画画。"

"是捏面人啊。"吕思奕看了一眼,开心起来。

"是啊,小姑娘喜欢什么,老头儿我给你捏一个。"米昊缘瞅了卫羽和吕思奕两眼,笑眯眯地插话了。

"既然他画您,那您就捏个他吧。"吕思奕眼睛一转,笑嘻嘻说道。

"哈哈哈,行,那我就捏个他。"米昊缘觉得有趣,忍不住哈哈大笑。

卫羽则哭笑不得。

不多时,两人准备完毕,米昊缘拿起面团,开始在手中轻捏起来。卫羽则拿起铅笔,坐在摊前,摆开架势,观察着米昊缘的姿态模样。很快,卫羽就开始画起来,因为是拿速写当草稿,所以不用像工笔画那么细致。他下笔飞快,快得有点让人看不清,一条条细密严谨的线条便构成了正在轻捏面团的米昊缘。

不到五分钟时间,第一幅速写草稿完成,紧跟着,卫羽开始第二幅。

第二幅是米昊缘搓面团的样子,第三幅是揉面团,第四幅是揪面团,再之后则是拿小竹刀点、切、刻、划,以及将面团塑成身、手、头,再披上发饰、衣裳的诸多模样。每幅画都栩栩如生,每幅画都形象别致,宛如连环画。

两人互相作画、捏面人的场景落入周围游客的眼中,颇觉有趣,居然纷纷开始围观起来,没多久就围成一个圈。大家饶有兴趣地指指点点,愈发吸引了四周的游人们。

"这小伙子画得可太厉害了!"

"人家画画画得好看,你拍人家脸做什么?"

"妈妈,我也想捏面人儿,我也想被画到画里。"

卫羽摊位前的热闹景象,很快就被许兆聪注意到了。

作为他的同门"师弟",许兆聪还是非常"关心"卫羽的,不过也就头两天关心而已,当他发现卫羽那边的生意根本不火后,也就熄了关心的念头。卫羽的生意虽然一般,但过关肯定还是没问题的,要当竞争对手做比较,那也是之后了。

可是今天,卫羽那边的热闹让他觉得有些意外。

他跟卫羽相处虽然不多,但大概知道他的家境和脾气,以他的身家肯定不会花钱去网上宣传,也不会请人来演戏,换言之他摊位前的热闹肯定是真的,这也是许兆聪好奇的原因了,他是怎么办到的?

纵使好奇,许兆聪也不会自己去围观,那样多丢面儿!他正好有几个朋友在身边,当即找到其中一个,让他去帮忙瞧瞧怎么回事。于是很快,许兆聪便知道了原因,旋即不以为意起来,他还以为怎么回事儿呢。

无论捏面人抑或是画画,其实时间都挺短的。当卫羽和米昊缘完成创作后,围观群众便散去了大半,剩下有不少顾客都跑过来询问卫羽现场作画的费用,人数众多,搞得卫羽和陈实都有些手忙脚乱的。

米昊缘本来有很多话想对卫羽说的,可是现场的情况不允许,于是拿起画笑着对卫羽说:"你先忙着,我跟我几个老伙伴聊聊天去,待会儿再来找你。"

"好。"卫羽忙得头晕脑涨，哪有空再去管米昊缘，只能礼貌性地回了句。

米昊缘和他的两个朋友拿起东西要走，却转头看到一道眼巴巴的目光，米昊缘忍不住一笑，把捏好的面人递给了吕思奕："来，拿着。"

"谢谢爷爷。"吕思奕接过面人，欣喜道。

米昊缘走后，吕思奕拿起面人左看看右看看，怎么看怎么满意。回到自己摊位处的时候，韩竞颐也颇感兴趣，觉得米昊缘做的面人很神似，听到米昊缘不是专门卖这个的，还有点失望呢。

足足两个小时，卫羽终于忙完了手里的活儿，还留下了一大堆微信，都是预约着明天要画画的人。

"今天这效果有点意外啊。"陈实擦了擦额头的汗，累瘫在椅子上了。

"是啊。"卫羽也没想到，只是一次互相创作作品的场景而已，居然吸引了那么多顾客，效果比昨天郑晴来还好，所以果然还是酒香不怕巷子深吗？

卫羽才刚坐了没几分钟，米昊缘忽然又带着他那俩朋友回来了。

米昊缘没有拐弯抹角，直接开门见山："我这两位朋友也想请你画幅画，不知道方不方便呐？"

"可以啊。"卫羽自然没有拒绝的道理，不过米昊缘接下来的话，让他有点惊讶。

米昊缘说："他们俩也是非遗传承人。"

第九章

中轴线上（下）

卫羽闻言，不由得有点惊讶。

"我们从老米那里看了你微信里的画，今天又现场看你画草稿，觉得你画得好，画得是真的好。"米昊缘身旁一位身材偏瘦的老者笑道，"点睛阁的点睛之笔啊，要从正常渠道去买，那得花多少钱？现在有这么好的机会，我怎么可能错过。"

"就是，天予不取，反受其咎啊。"另一名身材与米昊缘同样微胖的老者点点头，表情颇有点认真的意思。

"您二位言重了，我只是一个学生而已。我的画不值钱。"卫羽汗颜。

"只是现在不值钱而已。"米昊缘也深以为然，"据我所知，但凡是点睛阁的弟子，成就就没有差的。就算你老师醉心文物修复，很少画画，但他少有的流传到市面上的画作，全都价值不菲。"

"小伙子，我看好你啊。"微胖老者严肃道。

"好吧……"卫羽还能再说什么呢。

"那咱们什么时候画？"微瘦老者有点迫不及待。

"明早吧。"微胖老者说，"今天动静儿那么大，琉璃厂那边儿肯定很快就知道这儿有点睛阁的门人在卖画了。到时候要是跟他们一起排队，那得排到什么时候去。"

"就是，不止琉璃厂啊，刚才老米把画放在微信群里面，有多少人说要来看看了。"微瘦老者想到这里，不住点头。

卫羽在一旁听着，不由得有些欣喜。

如果真如两位老者所说的那样，把琉璃厂那边的书画店老板们给吸引过来了，之后几天根本不愁没客人，更遑论他们口中的微信群。

卫羽没问，但猜测应该是非遗传承者的群之类的，这样更好不过了。昨晚他查了很久资料，深刻地意识到，中轴线上的物质文化遗产和无形的非物质文化遗产乃至自然遗产之间，是存在相互依存关系的，非物质文化遗产具有不可忽视的重要意义。如果说绵延在北京城中近八公里的中轴线构成了北京城的灵魂和脊梁，那么散布在这条中轴线内外多姿多彩的非物质文化遗产，就是北京城的血肉风骨，是京味儿的源泉。两者相辅相成，共同构成了这座完整而立体的北京城。想要深入了解中轴线文化，从这些非遗传承者入手无疑是一个极佳的途径。

于是，卫羽便和这两位老者约好了明天给他们画画，不过暂时只能是速写。国画的话，无论是工笔、写意或者水墨耗时都比较长。他在创意市集的时间只有一周，当然不可能把时间都耗在一两幅画上。

卫羽也把困难告诉了米昊缘和他的两位朋友，三个人表示都能理解。反正只要他们最后能收到画就行，而且他们还把全款都给付了。

这让卫羽有点小感动，不过他知道，米昊缘三个人不是相信他，而是信点睛阁这个金字招牌。

两人收完摊回学校路上,陈实感慨道:"估计你接下来几天有的忙了啊,我原本还有点为你担心呢,倒不是担心你过不了关,是怕你被那个许兆聪比下去。我今天专门过去瞅了瞅,那小子表面上装得啥事儿没有,但我看得出来,他在乎你着呢。"

"你这么无聊的吗?"卫羽坐在副驾驶上,侧头看了陈实一眼。

"是我无聊吗? 是那家伙无聊吧。"陈实道。

其实陈实跟许兆聪是初识,两人也只在前门大街见过两面而已。卫羽也不知道陈实为什么讨厌许兆聪。

"他怎么无聊了?"卫羽问。

陈实说:"就是跟他朋友聊天的时候说到你。说童教授老顽固,说你以后肯定也是个小顽固,守着金山要饭吃什么的。"

"哦。"卫羽没怎么在意,类似的话,许兆聪又不是第一次说了。

"要我说啊,就借着这次机会,好好给他点颜色看看,免得他不知天高地厚。"陈实说。

"再说吧。"卫羽哪有空跟许兆聪计较那些有的没的啊,接下来还是赶紧充实中轴线知识要紧,七天的创意市集很快就会过去了。

陈实见卫羽一副不在乎的样子,很快也就没兴趣说下去了。

四十分钟后,两人各自回到宿舍休息,第二天又会合去了前门大街。

走到自己摊位前的时候,卫羽和陈实都吓了一跳。

"这啥啊?"陈实目瞪口呆。卫羽也惊讶得说不出话来。

只见在两人摊位的前边后边、左边右边,聚集着十来个年纪偏大的男男女女，他们有的自带着高跷，有的拿着长幡，有的摆着桌子正在做着旗袍，还有的在做红木漆首饰。这些人把摊位附近围得死死的，把周围来得较早的摊主也都惊得说不出话来。

"这都是什么啊？"

这是所有人心里的疑惑。

就在陈实和卫羽两人怔在原地的时候，米昊缘却是一脸歉意地朝两人走来。

"实在对不住啊，我真没料到这出儿。"

"这是怎么回事啊？"卫羽指了指不远处。

"他们啊，都是非遗传承人，昨天看到我在微信群里发你画的画，一听在前门大街摆摊儿，就全都说要来，不过我没想到他们来得这么快这么早啊。"米昊缘顿了顿说，"还这么多……"

"的确有点多。"卫羽沉默了半晌才道，"我给他们画画倒是没关系，但他们这样，待会儿保安上班了会赶人的吧，实在有点挤啊……"

"那我去跟他们说说，让他们排个队、定个时间什么的，怎么样？"米昊缘问道。

"可以，那您去帮我跟他们说说吧。"卫羽道。

"这是怎么了？"在两人等待期间，吕思奕和韩竞颐也来了，远远看到那震撼人心的一幕，都有些吃惊，忙走到卫羽的身边，卫羽转头看到吕思奕，稍微给她解释了下。

"这也是理所应当的吧。"吕思奕听完反倒释然了。因为她知道点睛阁在国画界的地位，知道点睛之笔有多难学，也知道点睛阁曾经那一位位国画大家的成就,换作她是那些非遗传承者,有这么一个好机会,也会想让卫羽给自己画一幅的,万一将来成为名作了呢,那岂不是一个把自己传承发扬光大的机会?

吕思奕和陈实、卫羽两人聊了几句后,带着韩竞颐回到自己摊位处,韩竞颐这时才道:"有点夸张啊。"

"淡定,这才哪儿跟哪儿啊,卫羽师哥以后肯定会火的,全方位的那种,我有预感,这一天不会太久。"吕思奕双手伸出,虚按了两下,道。韩竞颐万万没想到得到这么一句回复。

"唉,怎么跟你讲呢,非遗传承者本来就是个小圈子,想要跟他们打成一片,本身肯定也是非遗传承者。点睛阁的画技虽然不算是非遗,但如果真要评,那肯定也是评得上的,而且是最罕见、最高级那种。"吕思奕解释道。

"知道了,总之很厉害就对了,是吧?"韩竞颐说,"你的卫羽师哥是最厉害的,对吧?"

"是是是,就是这样,没错了。"吕思奕一副孺子可教的表情。

韩竞颐直接懒得理她。

再说米昊缘那边,他好说歹说才把大家给劝好,给他们分好时间顺序,就让他们先散了,免得待会儿人多起来惹麻烦。

"今天估计还会有不少人来,我都在微信上一个个告诉他们了,这是我惹出来的麻烦,我会帮你解决的。"米昊缘说。

"不麻烦不麻烦,倒是麻烦您了。"卫羽忙道。

米昊缘摆了摆手,没说什么。

卫羽和陈实走回摊位,稍微收拾了一下后,就开始等待第一位非遗传承者顾客上门。米昊缘给他定的是七点钟。

第一位顾客是市级非遗项目大栅栏五斗斋高跷秧歌的传承者。作为一种古老的民俗文化，高跷秧歌起源于清乾隆年间，沿袭已有数百年。正常来讲，这项活动肯定不是一个人来表演的，但毕竟只是作画又不是表演，而且场地也不允许，所以只能一个人到摊前展示。

不得不说，无论是高跷还是那身鲜艳的衣服，都足够吸引人的。再加上卫羽那录像机似的速写画技，无时无刻不在吸引着游客们的注意，一些距离较远的摊主也纷纷跑过来围观。而这只是开始。

在大栅栏五斗斋高跷秧歌传承者的后面，卫羽又迎来了第二位顾客，同样是市级非遗项目京式旗袍制作技艺传承者。现场手工制作旗袍，这可比高跷秧歌更有意思。不过令人略有些失望的是，那位传承者只是为了画画，所以当然不能展现出完整的制作技艺。

再之后还有"金漆镶嵌髹饰技艺"等一个又一个反映着北京旧城宫廷文化、民俗文化与中轴线文化的非遗项目的传承者，他们一一呈现在卫羽的宣纸上，令人赞不绝口。

卫羽的摊位前，接连不断出现各种展现不同技能的传承者，再度引起了许兆聪的注意。他不禁有些烦躁，他烦的是卫羽干吗那么多事儿！

作为点睛阁唯三的二代门人，经过米昊缘的宣传，也是有那么几个非遗传承者去找他的，但他哪有空给他们画画？所以全都拒绝了。但现在看到卫羽那边生意火爆至此，他却又后悔了，早知道他就接受了，倒不是为了赚那点钱或者想刷什么存在感，只是单纯不想被卫羽比下去罢了。再这样下去，这次创意市集，卫羽可能就要名列前茅了啊。

经过短暂的思考后，许兆聪做了个决定。决定一经做出，他立刻就行动起来，于是没过多久，陈实就看到许兆聪那边也围满了人，居然也是一群非遗传承者在求画。倒不是这群非遗传承者闲得没事做，又或者是他们先占便宜，实在是诱惑力太强了。

卫羽这边是点睛之笔，许兆聪那边也会画龙之术啊！

第十章

"同门"对决

点睛阁传承自数百年前,早期的画龙点睛作为其独门秘传,的确只是一种较为神奇高端的技法而已。但随着朝代的更迭、审美的变化、绘画材料的改进、欧洲绘画的影响,画龙之术和点睛之法被点睛阁历代的众多天才画家不断加以创新,赋予了它们更多的生命力。

现如今的画龙之术、点睛之法,融合了西画的绘画手法、水彩画的表现技巧,突破了不同绘画种类的界限,已经成为一种包罗万象的综合性技法。

在吕思奕和韩竞颐的眼中,点睛之法只在画作的最后一步展现了神奇,那堪称翻天覆地的改变让她们震惊。陈实比她们俩更懂一点点睛之法,因此能够看出卫羽所用的染法、线条、调色、布局,其实全都有别于普通技法,所以才能在最后量变引起质变。不过他也不清楚这其中究竟是怎么回事。

那些专门研究过这两种技法的人,抑或是懂行的职业画家,则更清楚点睛之法、画龙之术的难度和价值。再加上点睛阁世代收徒严格、两种技法学习难度较高的缘故,出师的门人极少,能在创意市集上见到他们的概率,几乎等于零。

所以有哪个识货的人会错失这次机会?没有。这也正是卫羽和许兆聪生意好到爆的原因。

不过虽说许兆聪主动提出愿意给非遗传承者们画画，可真要说影响到卫羽的生意，倒也没有。毕竟这群人的数量实在庞大，他根本画不过来。其次，也没说在许兆聪那边画完后就不能来他这边画了啊？只不过或多或少会有些倾向性，但无伤大雅。这里的倾向性，指顾客们对画作风格的喜爱程度。

画龙和点睛这两种技法，前者线条极尽细致，落笔细谨，追求形似；后者则朴实无华，以形写神，追求神似。两种技法最初本是相辅相成，可数百年过去，两种技法所包含的内容实在过于繁杂，一般人很难同时精通两种。

童林和孟启阳的老师也都传授过两人，两人亦没有私藏，在卫羽和许兆聪面前也都展示过，但一如卫、许两人的老师和师傅，他们也只学会了其中一种。卫、许两人都很有自知之明，即便很想学习另一种也不敢去，毕竟贪多嚼不烂。

随着两人几乎摆在桌面上的竞争关系，以及众多非遗传承者的表演和议论，一拨又一拨围观群众和集市摊主们知道了卫羽和许兆聪，知道了画龙、点睛和点睛阁，不由得大感惊奇。大家都生活在现代社会，类似这种师徒相传的门派还是非常少见的，更何况是同门师兄弟之间的恩爱情仇呢？一些头脑比较活跃的游客，分分钟就脑补出几万字的故事了。

因为事发突然的缘故，卫羽和许兆聪两人都只能先画速写草稿，但这并不妨碍游客和好事之徒们以速写、过往画作，以及现场创作的其他类型画作来判断两人的水平高低。

不过说实话，画作这种东西，如果不是画技、立意、格局等各方面相差极大，其实很难直观地给出画技高低的判断，毕竟画风这种东西很能影响人的判断。就像毕加索这位全世界公认的最伟大的画家之一，也有无数人不喜欢他的画。因为看不懂，因为画风，这跟画技本身没有任何关系。

无论如何，卫羽和许兆聪两人火了，他们的摊位也火了。许多网友闻风而至，都想让两人给画幅画，销售额自然是应声看涨。

不用再担心能否通关的问题，卫羽也没有和许兆聪争个我一你二的心思，于是便沉下心来思考怎么把画画好。倒是许兆聪一心想要超越卫羽，在画画时，就不免多用了些技巧来当噱头吸引人。其实实在没必要，但他的做法也的确非常有效地为他招来了更多顾客。

时间转眼又过去了两天，因为卫羽和许兆聪的关系，"京城之脊"创意市集的热度大幅上升，吸引到更多的游客。其中不乏一些网红和大主播，前者只是来探店和拍照的，后者则有不少是冲着卫羽和许兆聪两人来的。大家都想看看，现代社会下传承数百年的绘画门派的画技，以及他们的对决到底是怎么样的，不过绝大多数人都把这件事当作炒作。

今天是"京城之脊"创意市集的倒数第二天，也是甄兴来前门大街的日子。

甄兴是一个粉丝众多的户外主播，直播地点遍布中国大江南北，内容千奇百怪，什么都有。最近几天，团队给他规划的直播内容，本来是每周三凌晨才开张的大柳树鬼市，但作为一个初期全凭自己能力火起来的主播，甄兴敏锐地察觉到前门大街的画家龙虎斗有爆点。于是，他用老板的权威说服了自己的团队，在今天上午的十点钟来到了前门大街。

作为一个主题比较冷门的创意市集，"京城之脊"市集的火热程度明显超出了甄兴的预料。他略做准备后，就举起手机，先拍了拍自己，又把镜头转向人来人往的前门大街，开始直播起来。"各位观众朋友们，大家早上好，大家知道这是哪里吗？"

"前门大街？哎哎哎，那不是'京城之脊'创意市集吗？"
"就是那两个画家对决的地方？"
"什么画家对决啊？"

甄兴看了看弹幕，发现知道"京城之脊"的网友还真不少，不由得笑道："看来大家都听说了哈，两位绘画门派点睛阁的门人，在前门大街进行绘画对决，那我现在就带大家去看看那两位画家吧。"

甄兴边看弹幕边回应边走着，不时给观众看一些市集上看到的有趣的东西，然后等到直播间人数稍多一些的时候，才朝之前打听的摊位方向走去。还没走近呢，他就看到一个人群围聚的地方，热闹嘈杂。

摊位不大，人却很多，甄兴初步估算有二三十个。有的游客为了看到最里面的情况，踮着脚一个劲儿往里探，也有几个人，不知道从哪儿找来小板凳儿和石块踩着。

甄兴拿着手机，实在不方便去挤，于是只能边和观众们聊天，边等着人们逐渐散去。

足足等了十几分钟，甄兴终于来到了人群最中央的位置，近距离看见了两位画家中的一位——许兆聪。

此时许兆聪正在画画。最近几天他一直都在画画,几乎没有停过。他是想停的,但是专门来看他和找他的网友实在是太多了,他也推托不开。

说实话,他成名也有些年头了,可这种情况还是第一次遇到,毕竟其他时候他也不可能出来摆摊。但说实话,他还蛮喜欢这种感觉的,大概是因为正面的反馈太充足了吧。

因为来找他的网友太多了,大多数都愿意多出钱,这让他不用像之前那样给非遗传承者画画,也能超过卫羽了。于是他就停下了非遗传承者那边的顾客接待,给他们画画都得是工笔画,太费时费力了,而且吃力不讨好。还是给网友们画画更好,他们要求低,自己也可以用更多技巧去吸引更多顾客。

"这位就是两位画家之一了,大家都认识吗?"甄兴举起手机对准许兆聪。

这几天来直播的主播不少,许兆聪已经习惯了,根本没怎么在意。

"哪幅画是那个什么画龙之术画的啊?这也看不出来啊。"

"我看出来了,是那幅太庙吧?这画得也太有创意了吧,跟在天上似的。"

"笔没有错,错的是我的手啊!"

"天啊!这位大触以后考虑做游戏吗?好像看到他画笔画出来的世界了!"

"真的是神仙画画，他在画的大的那个线稿也是神仙级别的！"

"我觉得女娲娘娘在造人的时候一定忘记给我的手点技能了，给大佬的手直接点的神仙技能！"

直播间里不乏一些专业的、比较了解画画的观众，详细地点评了一下许兆聪的画，让众多观众大开眼界。甄兴适时地活跃气氛，维持着直播间的热度。

"主播，走走走，快走，我们去看看那个叫卫羽的画家！"

"我也对他比较感兴趣，我看网上都说他很帅，也不知道是不是真的！"

"帅管什么用？他和这个叫许兆聪的画家比的是画技，关帅什么事儿啊！"

"就是，你们说，他们最后到底谁能赢啊？"

"谁知道，先看看再说吧。"

在观众们的催促下，甄兴也结束了在许兆聪这边的直播，朝卫羽的摊位方向走去。走过去的路上，他就觉得有点不对劲了，卫羽那边摊位明显是女生较多，这一点无疑证实了观众们的猜测。

来到人群外围后，甄兴用了更多时间才挤到人群中去，当他的手机镜头对准到卫羽脸上的时候，直播间瞬间爆炸。

"这场对决肯定是卫羽赢了，点开直播间看他的第一眼我就决定了！"

"卫羽这么好看怎么可以让他输？"

"卫羽手上沾到颜料了，我看需要我贴身擦拭！"

"五分钟内我要卫羽全部联系方式！"

"那边的许兆聪不行啊，点睛阁需要派一个更帅的帅哥出来应战了！"

第十一章

中轴线非遗长卷

在短暂的沸腾之后,部分观众逐渐把注意力放在正确的地方——卫羽的画。

与许兆聪那边的种类繁多不同,卫羽这边几乎都是速写,内容全是中轴线上的非遗传承。

自从他和许兆聪因为画家对决的事在网上小火后,卫羽也迎来了许多专门找来的客人,想要出更多的钱让他画画,但都被卫羽给拒绝了。他之前已经答应过米昊缘那群人,人家也在排队等着呢,自己总不能失信于人吧。要求画也可以,得排队。

不过按照他在创意市集剩下的时间,估计是很难排得上了。

"这么有原则的画家也太少了吧!"

"用帅哥吸引我看主播的直播?"

"我就奇怪了,卫羽都长成这样了,还可能输?"

甄兴已经很久没看到直播间沸腾成这个样子了,他也乐意看到这幅画面,因此一直把镜头对准在正在画画的卫羽身上,然后跟观众们闲聊。

"简直像是无情的画画机器!速写快得跟打印似的,而且还画得这么好,我服了。"

"看到这些草稿,我第一次觉得离成为画家这么近,又这么远。"

"他画的这些都是什么啊?"

"听说都是中轴线上的非遗传承。"

"看上去还挺有意思的,下次去北京有空的话,可以去转一圈,到处看看。"

在议论完卫羽的颜值和画技后,观众们也逐渐将注意力转向了北京中轴线。其中不少人都被卫羽画里面的场景所吸引,内心都存下了好感,有了向往和期待。

这也正是"京城之脊"创意市集的举办者和众多非遗传承者们共同的期盼。

且不管外界其他人怎么议论和看待自己,卫羽始终沉浸在绘画的世界里。经过几天的创作后,卫羽已经有了许多新的想法,比如不再单独创作一幅画给每位非遗传承者,而是创作一幅长卷,他暂时命名为《中轴线非遗传承图》。

其实最主要的原因,还是来找他画画的非遗传承者实在太多了。他要是一幅幅地画的话,估计接下来半年什么事儿也不用干了,所以他最终决定沿着北京中轴线纵向排列,画一幅长卷。

对于卫羽的决定,众多非遗传承者先是略有抵触,毕竟他们都想要单独的一幅画,但经过米昊缘居中调解,也明白了这其中的困难,最终还是答应了卫羽的请求。

既然决定要画长卷，那么前期草图的创作自然要有所改变，要契合整个长卷的内容。同时，由于以后也不存在谁单独拥有那幅长卷，所以价格自然也就下来了。但卫羽不在乎，他又不是真的过来挣钱的，只要保证自己能够通关，多余的那都无所谓。反倒是画一幅中轴线上的非遗长卷，想想都蛮有意思的。

说实在话，在参加"京城之脊"活动前，卫羽对北京中轴线没什么兴趣，之前到处参观、研究和做题，同样没产生什么兴趣，直到来到这次创意市集。见识到了上百种中轴线上的非遗传承后，他才有些明白童教授为什么喜欢中轴线文化了。他打算深入地挖掘一下，既为了更了解童教授，也为了最终的夺冠。

陈实坐在卫羽身边，一边接待客人，一边说："你是真的不在乎啊？"

卫羽知道陈实在说什么，于是头也不抬地说："无聊。"

"无聊？无聊这么多人跑来看你们俩？"陈实道，"你知不知道现在网上都说你俩这是在紫禁城之巅决斗呢？"

卫羽忍不住笑出了声："玄乎。"

陈实有点愤愤不平："你是不在乎，我看许兆聪挺在乎的。你是没看到，这两天他画的那些东西，全是在炫技。"

卫羽低头画着画，不时抬头看看正在表演的非遗传承者："他炫他的，我画我的。"

陈实叹了口气："真替你着急。"

一个女声忽然在陈实身后响起："你不用替他着急，我看啊，最后赢的还是他。"

陈实一偏头,看到了吕思奕。她走到陈实身边后,把手机递给了他,陈实一看,顿时脸色一变:"嚯,这群网友,真的是只看脸了是吧?"

"就是的啊,难怪人家不着急呢。"吕思奕语气里有着酸意。

她的手机此时正呈现着甄兴的直播画面,画面里隐约还能看到她,但她没看自己,而是在看弹幕,弹幕的内容自然不用多说。

卫羽听到两人聊天,不由得回头看了眼,然后回转头接着画画了。

一天时间很快又过去了。

因为甄兴的直播,许兆聪和卫羽两人的热度再度上涨,尤其是卫羽,不知有多少女生专门跑来看他,但想找他画画就难了。他整个创意市集结束前的时间基本都约满了,不过这并不妨碍他这边看起来人潮汹涌,远远超过许兆聪那边。

这无疑把许兆聪气得牙痒痒,但又没什么办法。这实在是非战之罪,跟谁画得好谁画得差、谁展现的技术好没有任何关系。

这天晚上九点多,游客渐渐减少,忙碌了一天的卫羽和陈实也终于能够稍微休息会儿了。

陈实长长地呼出口气:"终于要结束了。"

卫羽道:"一会儿想吃啥?"

陈实装模作样地拿出手机:"那你等我查查北京哪家饭店人均最高哈。"

卫羽一点也不露怯:"行,你挑!"

陈实笑了起来:"哟,第一次见你这么大气啊!也是,这次你可赚了不少钱呐。"

这次"京城之脊"创意市集活动，活动方免费提供场地，赚的钱却不打算和摊主们分成，而是只需摊主们把活动资金和一些相关费用补上，赚的钱全部是摊主的。

讲真，卫羽没想到摆摊居然能这么挣钱。不过他也明白，这次纯属意外，谁能料到他和许兆聪的师门对决能产生这么大的吸引力呢。

陈实忽然道："一会儿叫上小吕师妹和韩竞颐一起吃饭呗？"

卫羽瞥了眼陈实："你求我。"

这一周来，陈实对韩竞颐的心思，那可是司马昭之心路人皆知。卫羽虽然不太想和吕思奕走太近，但陈实好歹也帮了自己一周呢，总不能让他失望吧。

陈实一听有戏，果然毫不犹豫地放弃了尊严："哥，我求你！"

卫羽说："那你自己去约，我先收拾东西。"

"没问题。"陈实猛地从椅子上站了起来，朝吕思奕和韩竞颐两人的摊位走去。他倒也识趣，最近多次尝试，发现韩竞颐对他兴趣不大后，他没有直接从韩竞颐那里入手，而是借着卫羽的名义去约了吕思奕，果然成功了！

半小时后，四人收拾好东西，把该装的装进陈实的车，这才一起回学校。

"总算结束了啊。"吕思奕坐在卫羽的身边，也是发出了一声长长的感叹。

"这一周累坏了吧。"卫羽看了看她，犹豫了一会儿后，问道，"我其实还是很想问,你是为了什么要拿'京城之脊'的冠军啊?"

同时,他也很好奇许兆聪是怎么想的,他又是为了什么。连出来摆摊一个星期,这么累、这么抛头露脸的事都愿意做,原因和他的肯定很像,具有非做不可的属性。

吕思奕继续卖关子:"不告诉你,等以后说不定你就知道了。"

卫羽也没有追问。

吕思奕道:"你说这次你和那个许兆聪,究竟谁会赢啊?"

卫羽道:"我没有在和他争,不过非要论个胜负,应该是他。"

"没事,人气方面你不是赢了吗?"吕思奕说着说着,又忍不住冒出了点醋意。

卫羽还能说什么?只能笑笑。

两人正聊着天呢,手机忽然接连响起微信声。

他俩对视一眼,拿出手机,看到的都是"京城之脊"活动方负责人发来的消息。

"我通过啦!"虽然知道这是肯定的事,但吕思奕还是忍不住激动了一下。

"我也通过了。"卫羽朝吕思奕摇了摇手机。

"快看看下一关是什么内容。"坐在驾驶位上的陈实正在边开车边小声和副驾驶上的韩竞颐聊天,听到后面的动静,抬头看了眼后视镜,语气有些激动和期待。

"中轴线旅行攻略。"卫羽看了眼第三关的题目,然后又继续去看内容。

一分钟后,他抬头道:"就是做个攻略,然后评选。"

陈实挑了挑眉:"就这?"

"就这。"

陈实陡然间有些失望,他还盼着第三关可以继续帮卫羽,继续跟吕思奕、韩竞颐她们每天在一起呢。

卫羽道:"说是要结合中轴线上的遗产点来做,但又得有趣、接地气,吸引游客。"

"听起来挺简单的啊。"陈实道,"中轴线上的景点、遗产点不就那些,全都是全国知名。大家来北京,就算不知道中轴线,那不也得去吗?"

"所以啊,人家还说了,要让攻略路线别开生面,要有别于正常的线路。"

卫羽刚说完,吕思奕忽然拍手道:"我有想法了。"

"巧了,我也有想法了。"卫羽望向吕思奕。

两人对视了两秒钟,都笑了。

坐在正副驾驶的陈实和韩竞颐默默对视了一眼,没说话,这还真是相爱相杀啊!

| 第十二章

空无一人的故宫

陈实先把卫羽和吕思奕送到学校门口，然后又单独去送韩竞颐，她和吕思奕是闺蜜，但却不是一个学校的。

已经晚上十点多了，但仍有不少学生行走在路灯下，卫羽和吕思奕并肩而行，昏黄的路灯洒落在两人身上，颇有点像情侣在散步。谁知道他们居然是不可调和的竞争对手。

卫羽边走边拿起手机发微信："您放心吧，我会尽快把长卷创作好寄给你们的。"

"那就太谢谢你了哈。"回复消息的是米昊缘，最近他一直代表众多非遗传承者，在和卫羽进行沟通。

"没事没事，应该的。"卫羽回完这条消息就收起手机，沉默着继续和吕思奕走在一起。

"你明天要出去吗？还是就在宿舍做攻略啊？"又是吕思奕打破了沉默。

"得出去，我打算边逛边做，拍点照片，好做得细致点儿。"卫羽说。

"我也是这么想的，那你觉得这几天咱们会碰到吗？"吕思奕忽然转头看向卫羽道。

"我觉得应该会吧。"卫羽想了想说。毕竟北京中轴线就那么长，主要景点就那些。

"我也觉得会,而且我觉得我们明天就可能碰到,你觉得呢?"吕思奕背着手笑起来。

"看你这么说,是能猜到明天我要去哪儿?"卫羽饶有兴趣道。

"对。"吕思奕道。

"这么自信啊?"卫羽笑了笑。

吕思奕说:"就这么自信。要不咱俩打个赌,要是明天咱们能碰到,就一起行动?"

卫羽略做犹豫,点点头:"行!"

"那我就先回去啦?"

没一会儿,两人走到岔路口,吕思奕朝卫羽挥了挥手,高兴地朝女生宿舍方向走去。

"晚安。"卫羽也朝她挥了挥手,朝男生宿舍方向走去。

回到宿舍的卫羽飞快洗漱,吹完头发后把一张张速写草稿拿了出来,铺上画纸,做起中轴线非遗长卷的整体草稿来。

同样回到宿舍的吕思奕很开心,不过笑着笑着、想着想着,她又沉下了脸,轻轻叹了口气。好不容易有机会可以和卫羽有交集,为什么偏偏是因为"京城之脊"呢? 她也要拿下冠军啊。吕思奕轻叹了口气,决定到时候再说。希望船到桥头自然直吧。

晚上十二点,卫羽放下画笔,站起来伸了个懒腰,转了转脑袋,这才又去洗了把脸上床睡觉,明天他要起早。

北京中轴线一共就那些景点,最最知名的无非是故宫、天安门、天坛等,想要给这些众所周知的景点做出别具一格的攻略来,那必然得非常熟悉它们才行。恰好，卫羽对故宫非常熟悉，有段时间，他经常跟童教授一起去故宫的文物修复区，那里也是一个他很向往的地方。

没错，卫羽明天正是打算去故宫，边逛边画个故宫旅行小画册。然后再和其他遗产点、景点结合起来，完成最后的北京中轴线旅行攻略。

如果仅仅只是画画介绍故宫的话，那肯定是不够的。网上此类的攻略多得很，想要做得出彩必须有亮点才行。好在他还真有一个。

早晨五点，闹铃声响。卫羽睁开了双眼，眨了几下眼后猛地起身，抵御着困倦去洗漱，洗漱完拿起昨晚准备好的背包就出门了。

虽然是盛夏，但清晨的温度还是有些微低，此时天刚蒙蒙亮，从宿舍走出的卫羽正好看到橙红色的晨曦渐渐铺满东方，他忍不住深吸了口清新的空气，朝地铁站方向走去。

清晨的北京已经是车水马龙，但各大旅游景点的人还是比较少的：一是没开门；二是游客们也起不了这么早。

故宫博物院的开门时间，无论春夏秋冬都是八点半，而众所周知，前往故宫检票处的必经之路天安门，也是八点半开门。所以对于绝大多数人来讲，都要接近九点，甚至九点多才能进得了故宫。

不过对故宫极为熟悉的卫羽却知道，其实故宫的东西华门是二十四小时不关门的。哪怕是凌晨两三点，只要你想去，也能绕着故宫走上一圈。换句话说，游客们也可以通过东西华门，在天安门还没开之前，就去到故宫检票处。

现如今的故宫，实行的售票制度是网上预约制，到了检票处只要刷下身份证就能入院了。如果去得早，在检票处排在第一位，又在八点半时检票入场，是可以参观到一个空无一人的故宫的！

这就是卫羽给中轴线攻略故宫段准备的亮点。

卫羽坐地铁到距离西华门最近的天安门西地铁站后，走南长街向北而去，没走多久就来到了西华门。从西华门入内，沿着故宫的护城河先向南，经过西南角，拐了个弯儿后继续向东行。

六点多，天色已经大亮，路上可以看到不少住在附近的大爷大妈，年轻人基本没见着。等来到检票处的时候，平时人潮汹涌的检票处果然空无一人。

卫羽优哉游哉地走向检票口，靠坐在拦杆前，从背包里翻出了画本和画笔。他左手拿画本，右手执画笔，开始画起了简笔画。

简笔画的内容先是天安门西地铁站，再然后是西华门、微风吹拂柳树的护城河，最后定格在故宫的检票口，也就是午门。

卫羽正画着呢，忽然听到一阵刻意压低的脚步声，不由得偏头看了眼，正巧看到一张妆容精致的脸凑了过来，她笑靥如花地朝卫羽摆了摆手："早安啊！"

"早啊。"卫羽吃了一惊，过了好一会儿才回道。

来人不是别人，正是吕思奕。

"你还真猜到了啊。"卫羽道。

"那可不。"吕思奕得意地笑了笑。

卫羽收起画本，有些不解："你怎么知道我要来故宫啊？还是这么早的时候。"

"你猜啊？"吕思奕笑道。

卫羽沉默了下道："这我哪能猜得到，给我点提示呗。"

"不告诉你，嘻。"吕思奕站在卫羽的身后，也拿出了一个画本，右手摇了摇铅笔，"我也要画画。"

卫羽问："你画的什么呀？"

两人都是画画做攻略，他害怕画的东西撞了，所以事先问一下，以防万一。

"我准备按照故宫的平面图，画一个学渣版故宫户型图，能让游客更直观地了解故宫。"吕思奕一点也没有遮掩，也不怕卫羽抄袭她的创意，继续说道，"你看比如说太和、中和、保和三大殿就是故宫的客厅，武英殿是印书房，文华殿是藏书房，南三所是皇子宿舍，宁寿殿是太上皇养老院，慈宁殿是太后妃养老院，乾清后三宫是名义上的主卧，东六宫是后妃次卧。"

吕思奕一边说着，一边把草图都给画了出来，看得卫羽频频点头。他想了想，也把自己的画本拿了出来，一页页地翻给吕思奕看。"我就是打算把这个非同寻常的故宫游览路线画出来，一会儿还打算画几个故宫的冷知识，当作彩蛋，让游客们去照着玩儿。"

"我准备去找御猫，我还想画点故宫里的灵异事件什么的，嘻嘻。"吕思奕看着卫羽，"不过我有点害怕，你跟我一起好不好？"

"昨天不是都答应你了，今天咱们能碰到，那就一起。"卫羽还是很讲信用的。

"那行！"吕思奕开心道，"那咱们对一下待会儿都要去哪儿吧，先逛逛，拍照拍细节，然后一起找地儿画画？"

"行。"卫羽点头答应。

"那咱们先画吧。"吕思奕说完又拿出了画本。

卫羽已经画得差不多了,但还需要再稍微补充润色一下。另外他还要写点小提示,比如西华门到午门检票处的具体距离,白天也是可以搭乘摆渡车的。

再有,就是简单介绍下故宫比较有趣的点,说说众多建筑物的用处。就从午门先开始——古代的每年十月初一,皇帝都将在午门发布新款皇历;再有就是凯旋的时候,战俘们要在这里一一被展示,献给皇帝;明朝皇帝廷杖大臣们的地方也是这里。

还比如说门洞,正中央的是皇帝的御道。除了他,有一个人一生能进一次,有三个人能出来一回:进去的是皇后,出来的则是状元、榜眼和探花。诸如此类有意思的东西。

两人边聊边画,气氛一时融洽。时间缓缓流逝,天色愈发亮起来,两人的身后也多出了一些排队的游客,其中有些只是无意间走到这里来的,还有一些则是也知道这个另类的故宫观光法的人,但可惜,他们都没有卫羽和吕思奕来得早。

游客越来越多,午门的检票处已经排了一条长龙了,时间也终于即将来到八点半,工作人员们在检票处准备起来。

"准备好了吗?"吕思奕收起了画本,兴奋道。

"嗯。"卫羽朝她点了点头。

两分钟后,检票开始。卫羽第一个刷了身份证入内,吕思奕是第二个。

两人入内后,对视一眼,都笑了,紧跟着猛地向曾经只有皇帝才能来回通行的午门正门奔跑而去。

后面的游客看向奔跑的两人，都有些跃跃欲试，但又抹不开面子。只是十几秒钟的时间，两人已经消失在午门门洞后的白光里。

卫羽和吕思奕穿越了午门，穿过了内金水桥，穿过了太和门，来到平日里人满为患，现在却空寂无人的太和殿广场，直面那座雄伟壮观的太和殿。

第十三章

讲不完的故事

上午八点三十五,温暖的晨光铺洒在太和殿前广场面积达三万平方米的地砖上。这片承载了六百多年历史的坑洼地面上,到处都是古老的气息。

"我还是第一次见到这么空旷无人的太和殿广场呢。"

吕思奕从太和门的台阶上走下来,踏上这块曾被无数皇帝、妃子、大臣们行走过的地面,忍不住发出一声感叹。

卫羽拿出手机,开始拍照。他要把细节留在照片里,待会儿才好画画。他拍的时候,似有意又似无意地把吕思奕也拍了进去,边拍边说:"咱们抓紧时间拍照,一会儿你还能独享乾清宫和御花园呢。"

"好滴好滴。"吕思奕闻言笑了笑,也拿出手机拍起照来。

两人往北面走了会儿,吕思奕觉得拍得差不多了,看卫羽还在那儿拍,眼睛一转,嘻嘻笑道:"你也帮我拍几张吧,好不好?"

"好啊。"

卫羽走出几步,从吕思奕那里接过手机:"我就一直按,你随便摆姿势就行。"

"你没给女生拍过照片吗?"吕思奕噘了噘嘴,但脸上的高兴却止不住,"一直按容易留下黑历史,你还是数'一二三'再拍吧。"

"好。"卫羽选择性无视吕思奕的前半段话,从善如流道,"那现在开始吧。一、二、三。"

伴着卫羽的声音，吕思奕开始不停地换动作。

今天的她长发飘飘，一身白裙轻轻摆动，巧笑嫣然地望向镜头，让卫羽一时间情不自禁。

两人在太和殿广场拍了好一会儿，这才又往别的区域去，边走边记录。

两人走后不久，太和门才渐渐拥入游客，打破了它刚才的寂静平和，喧嚣的声音充斥着这片过往几百年最为神圣庄严的地方。

卫羽和吕思奕两人又逛了俩小时后，开始寻找起"御猫"来。

故宫里的御猫真的是御猫，它们的祖先大都是紫禁城里的贵人们的宠物。几百年的沧海桑田，这些御猫的数量已经大幅减少，但时至今日仍有一百多只。故宫工作人员把这些猫一一登记造册，还都取了名字，算是正式"录用"它们成为故宫的保安人员，帮助捕杀老鼠，保护木质材料做成的古建筑。比较知名的有"平安""华华""金宝""小崽子""二毛""大庆"。经常还会有游客回到家后，专门给这些御猫寄猫粮，地址上的收件人则是"延禧宫那只淡黄色虎斑"或是"慈宁宫的白灰色小短腿"。靠着热心游客们的投喂，这些现代宫廷御猫的长势可谓喜人。

"卫羽师哥，你知道吗，其实从明朝开始，紫禁城就专门有一个管理猫咪的部门了，就叫御猫房。"吕思奕又找到一只御猫，边逗它边转头看向卫羽。

"是吗？这我还真不知道。"卫羽惊讶道。

"我给你长了个知识，你也给我长个知识吧。"吕思奕笑道。

"好啊。"卫羽想了想才说,"正好我们离得也不远,就走过去说吧。"

"好啊。"吕思奕愉悦地点了点头。

于是在卫羽的带领下,两人从乾清宫向东,过端凝殿再向南,走日精门去到了锡庆门,锡庆门继续向东就是皇极门了。皇极门外有个很有名的景点,叫作九龙壁。九条巨龙腾云驾雾,气势各异,但奇怪的是,左数第三条龙的腹部居然是木头雕刻而成的,与其他八条巨龙比起来显得有些格格不入。

"这就是古代三大九龙壁中最精致的一座了,它是由两百七十块各色琉璃拼接而成。"卫羽看着吕思奕,指着那块泛黑的木头道,"想必你也看出来了,这块不是琉璃,是木头。传说烧制九龙壁的原料是计件的,其间有个工匠烧毁了一块儿,又来不及烧制新的了,但古代嘛,工期到了完不成是要被杀头的,于是就拿木头雕刻镶嵌上了,后来竟然蒙混过关了。"

"居然还有这么个故事啊。"吕思奕恍然,然后露出乖巧的表情,"你再给我讲几个呗。"

"行吧。"

第一个都讲了,还差那么几个吗? 卫羽想了想,带着吕思奕朝南边走了一段距离,但被一道锁住的门拦住了。

"你平时看宫廷剧多吗?"卫羽问。

"还行吧。"吕思奕道。

"没看过也没关系,你应该知道的。"卫羽道,"这前面就是南三所,按阴阳五行之说,东方属木,青色,主生长,所以屋顶多覆绿琉璃瓦,并安排皇子在这里居住。所以南三所在明朝叫端本宫,也是东宫太子的居所。清朝时，清廷在原址上又兴建了三所院落，作为皇子居所。因为后来有三人当了皇帝，又因其位置在宁寿宫以南，所以就叫南三所了。"卫羽道。

"原来这里就是东宫啊。"吕思奕道，"可惜不让参观。"

"其实是有原因的。"卫羽解释说，"因为这里现在长期作为故宫的古器物等部门的办公场所了。"说着话，卫羽忍不住用向往的目光望向南三所方向，"全中国最厉害的顶级修复大师都在那里了。"

"卫羽师兄也想在这里工作啊？"吕思奕问。

"是啊。"卫羽笑道，"我也想为国家修文物，哈哈哈。"

"卫羽师兄这么有才华，肯定可以的。"吕思奕毫不犹豫道。

"哈哈，希望吧。"卫羽笑了笑。

接下来卫羽又带吕思奕回了太和殿，向她介绍了太和殿为什么又被称之为金銮殿的原因。他还向吕思奕介绍了太和殿上的十个脊兽等等。

这些关于故宫的知识，吕思奕未必全都不知道，但她都表现出一副不知道然后恍然大悟、有所得的样子，其实她主要就是想听卫羽讲而已。

"其实我还很好奇一件事儿。"吕思奕忽然道。

"什么事？"卫羽问。

"你说故宫冷宫里那些什么女鬼啊，到底是不是真的啊？"吕思奕露出一副略显八卦的神情。

卫羽哑然失笑，道："肯定没有啊，包括什么墙上出现太监宫女，都没有。要是有就好了，你自己想想，那得是多么难得的研究资料啊,既可以直观看到明清时期宫里人的穿着打扮、走路姿势,又可以听见他们的对话交谈,这可是研究宫廷史的人梦寐以求的事情啊!故宫里无数个监控探头盯着呢,哪儿来这种好事啊! 要是真有的话,宫廷史研究专家肯定不怕什么鬼魂,天天晚上就睡这儿了。"

吕思奕沉默了几秒钟,认真地点了点头:"经你这么一说,是有点道理啊。啊,故宫最后一点神秘感也没有了。"

卫羽只是笑了笑。

讲得差不多了,两人又找了个阴凉地儿,继续画起画来。

游客来来往往,路过两人的时候都忍不住一瞥二瞥三瞥,首先是因为两人都很养眼,其次则是因为两人所画的内容都非常吸引人。

两人正画着画呢,卫羽抬头的时候,忽然看到一对年轻人正在拍婚纱照。

女孩子穿着红色的长裙,铺散在白玉石地面上,男孩子则西装笔挺,不过此时两人脸上都没什么笑意了。实在是太热了,不过从两人的言谈举止间还是可以感受到喜悦和爱恋的。

"真好。"一旁的吕思奕忽然道。

"拍婚纱照吗?"卫羽道,"听说挺累的。"

吕思奕瞥了眼卫羽:"你知不知道,你这种直男语录会让你注定单身的?"

"哈?"卫羽挠了挠头。

"我是说,和喜欢的人结婚真好。"吕思奕说。

"是啊。"卫羽的声音忽然低了下来,仿佛是在心虚。

吕思奕也不是在暗示卫羽什么的,只是单纯地感叹而已,下一秒又低头画画了。

卫羽一边画一边观察着那对拍婚纱照的新婚夫妻。

几分钟后,像是有意外发生。

新娘非常不满地抱起双臂,扭过头背对着摄影师,新郎则是在和摄影师理论着什么。看摄影师和摄影助理一直鞠躬道歉的样子,应该是拍摄出了什么问题。拍婚纱照的时候出现了意外情况,哪个新郎新娘也不会好受,这很正常,毕竟涉及婚姻的仪式感。

"怎么了?"隔了会儿,吕思奕抬起头时,也看到了这幅场景,于是出声问道。

"据我的观察,我估计啊,"卫羽道,"要么是相机没电了,要么是相机坏了,要么是内存卡出错了,要么是设置出错了,反正肯定是摄影师方面的大错。"

"啊?"吕思奕道,"感觉哪种都挺惨的啊。"

"要不我们帮帮他们?"卫羽忽然提议道。

"帮谁?"吕思奕没反应过来。

"帮那对新婚夫妻画幅画,顺便也给摄影师他们一点时间弥补过错,趁时间还早。"卫羽道。

他的话说完,换来的居然是一片沉默。卫羽还以为他可以立刻得到吕思奕毫不犹豫的回答呢,因为在他的潜意识里,吕思奕也是一个乐于助人的人。

然而吕思奕居然出神了,似乎在想什么事。好半晌后,吕思奕才猛然间回过神来,飞快地点头:"好啊好啊。"眉宇间很是高兴。说不出来的高兴。

卫羽感觉有些莫名其妙。

既然做出了决定，两人立刻起身朝那边正陷入尴尬局面的新婚夫妻和摄影师走去。

"嗨，你们好，我看你们好像出了点状况，不知道我们能不能帮上忙？"卫羽露出一个阳光的笑容。

摄影师闻言，眼睛一亮道："你有索尼Ａ７Ｒ４的电池吗？"

"没有。"卫羽摇了摇头。

摄影师的表情顿时就垮了下去。话说到这里，还用问为什么吗？肯定是电池问题啊。

卫羽想了想，侧身指了指吕思奕，道："我们都是清华美院的学生，来故宫算是写生的吧，我们可以帮新郎新娘画一幅婚纱作品，你们看可以吗？然后，摄影师可以在这段时间去取备用电池啊。"

那对夫妻本来还有些闷闷不乐，听到"清华"两个字，顿时对视一眼。

"清华啊！可以啊！"

新娘子满口答应，完全没有了先前的不快。对于国人来说，清华、北大就是两个完美的活招牌，哪怕再无知的人也会对这两所院校的学生抱有一丝敬意的。

摄影师也惊喜起来，忙让助理去取备用电池，吩咐完后立刻向卫羽道谢："谢谢你们，真是太谢谢你们了。我们这次也是意外，带的两块备用电池居然全都坏了！"

卫羽还能说什么呢？只能表示理解，然后和吕思奕一起投入到绘画中去。

第十四章

画不完的画

今天卫羽和吕思奕都是出来画攻略和旅行小画册的,所以准备的材料工具不是那么充分,只能根据现有的画材选择绘画的方式。

他们都默契地选择了素描。

对于两人来说,素描都是基本功,最最基本的基本功,所以画起来没有任何难度,基本上是边画边闲聊。

那个无所事事的摄影师和他的化妆师,以及另一名助理见状,走到了两人身后观摩着,不时发出赞叹的声音。

"唉,你们画的素描好像有点不一样啊?"

"感觉怎么说呢,不是特别逼真,但这个造型真的准,而且质感无敌了。我也认识很多学画的朋友,他们的素描怎么就没有这种质感呢?果然不愧是清华的啊!"

"人物的精气神儿画得真好,结构造型这方面也把握得很精准,要是有颜色就好了。对,可惜了,就是没颜色。"

素描嘛,无非是构图、起型、定型,然后注意明暗灰度什么的,通常都是画得非常快的,等摄影师助理取回电池的时候,两人已经画得差不多了。那对新婚夫妻早就站不住了,听着摄影师、化妆师和助理们的聊天,心里面好奇得不行,都想去看看两人画得怎么样。

做完最后的收尾,卫羽差点就要习惯性签名的时候,忽然灵机一动,转头看向了吕思奕,道:"思奕,你口红可以借我用一下吗?"

"啊,好啊。"吕思奕只是稍微一愣神就明白卫羽要做什么了。

她把口红从包里面翻找出来,递给了卫羽。卫羽则是把口红擦了些在纸上,然后用右手食指去蹭了几下,就开始给新娘的大红婚纱上色。

身后围观的摄影师、化妆师及助理几人见状,顿时眼前一亮,纷纷对视讨论:"原来还可以这样!"

两分钟后,卫羽完成了最后的上色,宣告作品完成。吕思奕也有样学样,用口红给作品上了色,这才把画纸从本上撕下来。

那对新娘新郎看到画作完成,前者立刻提着大红婚纱小跑过来,新郎则是忙不迭帮新娘拎起婚纱后摆,一脸宠溺无奈的模样。

"给。"吕思奕先把自己的作品递给了新郎新娘,两人忙道谢接过。

"哇,这也太好看了吧!"新娘子看了眼画,又看了眼自己的老公,不好意思地说,"我有这么好看吗?"

"当然有!"她老公毫不犹豫道。

"有的有的,肯定有的,哈哈哈。"吕思奕则是笑道。

画纸上,新娘子和新郎深情对视,姿态优美,眼睛里几乎要溢出光来,背景则是宏大壮观的宫殿群,令人惊叹不已。

"这作品我太喜欢啦。"新娘子再次道谢,"真的谢谢你啦。"

"没关系,举手之劳。"吕思奕笑着说。

新娘子看完了吕思奕的画,才又递给了自己的老公,老公接过来看了几眼,也忍不住赞叹:"不愧是清华的。"

"哇！"新郎还在欣赏吕思奕画里的自己呢，忽然听到自己老婆的惊呼声，忙偏过头去看卫羽的作品。"这画得也太好了吧！"新郎惊叹道。

不是好看，而是画得好。

卫羽画的背景和人物动作、形态都和吕思奕差不多，但相比起吕思奕，他的作品算不上很精致和写实，但那种说不上来的明暗对比和层次感，却给人一种很高级、很有质感的感觉。特别是新娘子的大红婚纱，甚至有一种古代公主的感觉。

"我们两个也太幸运了吧。"新娘子脸上的笑意止都止不住，不停地去看自己的老公，她老公也忍不住在笑，幸福地笑。

"真的谢谢你们了。"摄影师也忙来给卫羽和吕思奕道谢，多亏了他们两个，不然就算今天完成了拍摄，事后不满意的新娘新郎可能也会给他一个差评。但现在看来竟然是因祸得福了，两人心情好得很。

"没事没事。"

卫羽和吕思奕都忙摆手。

"那我们就去继续拍了哈？"摄影师向新娘新郎说完，开始指挥起自己的下属来。

卫羽和吕思奕两人自是功成身退。看着那边准备拍摄期间还不断拿着画纸赞叹的新郎新娘，卫羽和吕思奕两人都很开心。

"我真的很喜欢这种感觉。"吕思奕忽然出声道。

卫羽轻"嗯"了声。

"就是任何时候任何事情任何人都能画下来的感觉，小的时候可以自己画圣诞贺卡，长大了能把喜欢的人画下来，走到哪里记录到哪里，很能让自己开心，也能让别人开心。"吕思奕笑着说。

"我也很喜欢。"卫羽轻笑着说。

小的时候他比较内向，不太爱说话，所以当别的孩子都在大声叫嚷着互相扔玩具的时候，只有他拿着画笔默默沉浸在自己的世界里。在很长一段时间里，绘画就是他的一切。

"那我们就继续吧，任务还很繁重呢。"卫羽只沉浸在了回忆里一小会儿就出来了。

"好哦。"吕思奕犹豫了下道。她本来还想和卫羽继续深入地聊会儿呢。

在两人向北走的时候，原本晴朗的天忽然阴了下来。

"看样子要下雨啊。"吕思奕抬头看了眼。

"我们走快点，找个地方坐下吧。"卫羽道。

"好。"

话落，两人加快了步伐，不过还是没能免去淋雨。

北京的夏天就是这样，雨说来就来，不过去得也很快。

哗啦啦，一半晴朗一半阴沉的天噼里啪啦下着阵雨，卫羽忙把背包从背上取下来，举在吕思奕的头上，两人一起往前跑。

感受到头顶的遮挡物，吕思奕心里很高兴，下意识要拒绝，可眼下的情况根本不允许她过多推辞，两人就这样在雨中奔跑着。两旁有房檐的地方站满了避雨的游客，他们都在议论着这场突如其来的阵雨。

不多时，两人来到了坤宁门的门檐下。两人身上基本都淋湿了，不过吕思奕明显要比卫羽好很多。

"谢谢啦。"吕思奕看着卫羽，浅笑着道谢。

"没事。"卫羽轻摇了摇头，看着门檐外的雨势，说道，"看样子这场雨得下好一会儿了。"

"没关系啊，咱们就在那边画画呗。"吕思奕指了指几乎没怎么站人的边缘。

"也行。"

两人说着话，走到旁边，背倚着墙壁开始画起来。

吕思奕虽然淋了雨，看着雨，忽然临时想到了可以画雨中的故宫，以及介绍故宫那已有百年历史的排水系统。

卫羽则是在细画之前的一些场景，以及他有在偷偷地观察身边的吕思奕。

因为淋了雨的关系，吕思奕黑长的头发散在脸颊两边，给人一种凌乱美的感觉。

卫羽忍不住画起来。画吕思奕。寥寥几笔，勾勒出她的面庞轮廓。

忽然，他看到吕思奕偏头朝自己看来，他心里一惊，手下慌乱，直接拉出长长的一笔。等吕思奕转过头去，他才发现自己的心跳快得出奇，他不禁心想：自己到底是在做什么啊？

他摇了摇头，翻回了先前的那页画纸，又开始补充起先前作品的细节来。只是他明显有些神思不属，总是画着画着又想到了别的事。当然主要就是吕思奕了。

他忍不住叹了口气，算了算了，画幅画又没什么的。当他心里有了决定之后，反倒是镇定下来了，可是他才刚刚翻过一页画纸，吕思奕忽然抬起头问："你在叹什么气啊？"

"啊？没什么。"卫羽再次慌了，忙又翻回了上一页，"就在想，这个雨什么时候能停啊！"

"这样啊。"吕思奕嘴巴一噘，似乎有点不太高兴的样子。

吕思奕转过头去好一会儿，卫羽才开始观察她，然后在自己的画本上画起来。

"哥哥，姐姐好漂亮啊！"

几分钟后，卫羽正专心致志地边观察吕思奕边画画呢，身边忽然传来一个声音。

卫羽转过头去，看到一个八九岁的小女孩儿正站在一块石板上，踮着脚看自己画画。他顿时红了脸。

"姐姐，哥哥也很好看呢！"

正是这时，卫羽又听到一个声音，是吕思奕那边传来的，只见一个和小女孩儿差不多年纪、差不多高、长相都很相似的小男孩儿正在看吕思奕手中的画本。

注意到卫羽的眼神，吕思奕的脸也红了，不过她没有避开卫羽的眼神，反而是跟他对视起来。

"你在画我吗？"吕思奕红着脸道，"让我看看有多好看呗？"

"东东！月月！你们两个，说了让你们不要乱跑了！"吕思奕望向卫羽的时候，小男孩儿和小女孩儿的妈妈从不远处走了过来，黑着脸训斥道。

两人同时向卫羽和吕思奕做了个鬼脸，这才向他们的妈妈跑去。

"对不起啊。"两人的妈妈向他们抱歉一笑。

"没事。"卫羽说完这句话后，只剩下两人了，气氛开始尴尬起来。

他不知道该怎么回吕思奕了，偏偏吕思奕还是一个很主动的人。

见卫羽陷入沉默，吕思奕也不恼，忽然问道："卫羽师兄，其实我一直很想知道，你为什么要学画画啊？还非要拜童林老师为师学文物修复？"

吕思奕的问题像是给卫羽解了围一样，卫羽几乎没怎么犹豫就道："都是因为童林老师啊。你应该知道吧，我父亲去世很早，从小都是我妈把我带大的。我其实在很小的时候就认识童林老师了。那个时候我刚上小学，他去我们那里进行一个文物修复的工作……"

第十五章

小时候

十六年前,卫羽六岁,由于父亲早逝、母亲身体又不好的缘故,他与母亲算得上是相依为命。家境的贫困导致了他孤僻的性格,在学校沉默寡言,也没什么朋友,对自己的未来一无所知。

画画是他唯一的喜好。

也正是那年,影响他后来人生的恩师童林去到了他所在的学校。

说来很巧,他读书的那所小学翻修操场,竟然在操场底下挖出一座古墓。而后,省里的专家又从里面找出一个布帛,后来发现上面有字画,由于时间跨度过大,颜色也已经脱落。省里的专家怕自己的水平不够,修复时间过长会损坏文物,于是便从全国各地请来当时的书画修复大师。童林正是其中之一。

为了完美修复古墓中取出的字画,童林每天不是在工作室就是在古墓。在工作室是修复字画,在古墓则是了解字画的来历,它的主人、它所在的朝代、当时的民俗画风等等。按照他的说法,只有当他对字画的来历了然于胸,修复起来才会得心应手。

在学校操场挖出古墓这种事,搁在全国都算得上一件奇事,更何况卫羽所在的小城市。那时卫羽年纪小,不懂这些,只是觉得有趣,于是便在操场一角画画。一连几天,童林注意到了他,登时惊为天人!

卫羽的画作当然称不上非常好，但他的线条、构图，他不用草稿便对整幅作品有完整画面的惊人想象力，都足以让童林为之震惊。

对于卫羽来说，童林是他的恩师；对于童林来说，卫羽何尝不是上天送给他的璞玉？作为一个年仅六岁，从未系统学习过绘画，只在小学美术老师的教导下，就能画出一幅不错作品的天才，童林怎么可能不管他？

于是几乎没怎么考虑，童林就通过卫羽的班主任联系到了他的母亲，并亲自上门拜访。当他去到卫羽家后不久，就做了一个决定，不仅打算资助卫羽到大学为止的学业，还会教他画画。

因为他明白，如果他不这么做，以卫羽的家境，这块璞玉必然会被埋没。他家根本无法支撑他去学习艺术。

不过卫羽的年纪毕竟太小，童林也不可能说收他为徒或是带他去北京什么的，那不现实。卫羽妈妈也肯定不会同意的，他只能保证自己在卫羽家乡城市这段时间，尽可能地教导他。

后来，童林在卫羽家乡城市待了将近一年的时间。一年后，两人迫于现实分别，但分别归分别，两人从来没有断过联系。

童林数年如一日地资助着卫羽的学业，因为他的关系，卫羽家境也有所好转。与此同时，卫羽也会不断把自己的作品、感悟和疑惑通过信件的方式寄送给童林。童林也有问必答，两人就这样一来一往通过信件联系了许多年。直到后来智能手机兴起，两人又开始改用短信、微信和视频沟通。最后的最后，就是卫羽成功考取了童林任教的学校，清华大学美术学院。

听完卫羽的讲述后，吕思奕沉默了许久。她一直知道卫羽和童林的关系莫逆，但从未想过，两人的关系居然这么长久而且复杂。

这算是亦师亦友亦父了吧。以两人这样的关系，以卫羽的优秀程度，吕思奕实在是想不通，童林为什么要拒绝卫羽的拜师请求。

同时她也算是明白了，为什么卫羽会学画，会想要从事文物修复行业。有这么一个从小到大指引他的名师和引路人，卫羽要是想从事其他行业才奇怪吧。

讲完了自己的故事，卫羽也沉默了起来。他心中多少是有点郁闷的，就像吕思奕所想的那样，他也搞不明白童林为什么要拒绝收他为徒。两人的关系早就像是师徒那样了，难不成童林老师被胁迫了？

除了这个理由，卫羽再也找不到其他的解释了。

"唉。"想了半晌，卫羽忍不住轻叹一声，紧跟着忽然问道，"那你呢，你是为什么一定要拿'京城之脊'的冠军呢？"

正在思考的吕思奕被卫羽的问话打断了思路，忍不住笑道："就这么不能吃亏吗？好吧，好吧，我就跟你说了吧。"吕思奕保持着笑容，"我就是想证明一下自己，证明给我爸看。"

卫羽静静地看着吕思奕，没有说话，等着她接着说。

"我最近发现，从小到大，我的一切都是他规划的，由他做主的。即便有一些事情是我自己做主的，但实际上也是他引导的，所以我就想叛逆一下。但是你懂的，听话了这么多年想要叛逆是不容易的，所以我需要证明自己。"吕思奕认真地看着卫羽，"这次'京城之脊'的冠军就是最好的证明，只要我拿到冠军，我就可以去做我想做的事了。"

"你的理由很充分，但我也没有退路。"卫羽看着吕思奕，与她对视。

两人对视了片刻，没人退让。吕思奕忽然用撒娇的口吻道："哎呀，好烦呀，先不想这些了，咱们还不一定能走到最后呢，等走到最后一步再来考虑这问题吧。"

"也是。"卫羽笑了起来，"说起来，你又是为什么学画呢？据我所知，你父母都是经商的吧。"

"说起这个啊，那就是一个很有趣的故事了。"吕思奕望着卫羽，眯着眼睛笑起来。

关于这件事，其实有不少朋友问过她，她对外都说是小时候去黄山，看到许多学生在山上写生，觉得画画是一件很酷同时又很美好的事情，所以就萌生了学画画的念头。但是只有她自己知道，事情是真的，但那不是完全的事实。

九岁那年，吕思奕和父母一起去了黄山旅游。吕思奕还清楚地记得，当时自己和父母在山脚下吃了味道超级好的臭鳜鱼，但她仍然不是很开心。因为当时阴雨绵绵，整条街上到处都是打着雨伞或披着红色、黄色、蓝色、绿色塑料雨披的游客，走路的时候会把水渍溅到鞋上和裤子上，上山后的风景也不如父母说的那么优美。主要是湿答答的雾气铺天盖地，除了人挨人和脚下的路，她基本上什么都感受不到。只有烦，发自内心的烦。

不过她向来是一个听话的孩子，所以她没有表现出来，至少她自己觉得没怎么表现出来。父母问她她也都说"没事，挺好的"，就这样他们最终还是爬上了山顶。

看完她一点也不感兴趣的迎客松后，吕思奕和父母一起到站满人的亭子里躲雨。躲雨的过程中，她看到不少大学生模样的哥哥姐姐拿着画板在画画，以她当时的审美，她只觉得那些画都很一般，除了那两个人的。

那是一个年纪颇大的老爷爷，嗯，也可以说是大叔叔？他带了个年纪跟她差不多大的男孩子。那个年纪的她对异性当然没什么感觉，她只是被那个男孩子的画吸引了。

明明是遮天蔽日的雨雾和连绵成片的"各色"游客，为什么他画里面的世界会那么纯粹、那么美？就好像是一片洁白的云彩里面出现了道道彩虹一样。

那是她第一次觉得有人的画会那么好看，那也是她第一次对画画感兴趣。

她就站在那个小男孩身后看着他画画，小男孩只是回头看了她一眼，也没有搭理她的意思。吕思奕的父母见她对画画感兴趣，也都饶有兴趣地站在她身边看着。

没过多久，云雾忽然散去，天晴了。当万丈金光刺破云层照耀在黄山山顶，当游客们一一脱去身上五颜六色的雨披时，她终于看清了黄山的美，一时间忘记了刚才还非常关注的画画小哥哥，拉着父母去照相了。

可是由于淋了雨的关系，她父母带的相机坏了。她嘴巴一撇，差点就哭出声了。

这时，一个语气中略有些怯懦的声音响起："你们的相机坏了吗？如果你们愿意的话，我可以帮你们画一张画。"

"好啊好啊！"吕思奕瞬间就高兴起来，但紧跟着就转过头去看自己的父母去了。

吕思奕的父母则是望向了小男孩儿身后的中年人，他看起来年纪虽然大了点，但明显是小男孩儿的监护人。

中年人轻笑着点了点头。吕思奕的父母见自己女儿这么高兴，当然也不会拒绝，于是就和她一起坐在了亭子底下，面对小男孩儿。

正是那幅画，正是那个小男孩儿，开启了吕思奕的绘画之路。

后来回家后，她让父母把那幅画裱了起来，放在了自己的房间，一直到现在都还保存着。那以后她经常会想起那个小男孩儿，只是茫茫人海，她知道他们不可能再见了。可世界就是这么神奇，就在她大一那年，她见到了小时候遇见的那个中年人，现在真的是个老爷爷了。

她还看到了那个老爷爷身边的小男孩儿，现在已经是一个高大帅气的大学生了。

那个老爷爷就是童林，那个小男孩儿就是卫羽。

第十六章

发 烧

回忆里的画面渐渐和眼前的画面重叠，吕思奕回过神来。

卫羽见吕思奕出神，也没打搅她。只是她回神后，却也没有讲述的意思，只是朝着他神秘莫测地笑了笑。

吕思奕的笑让卫羽觉得有些莫名其妙，摸不着头脑。

"所以你是不准备说啦？"卫羽问。

"有机会再告诉你吧。"吕思奕卖关子道。

"这……好吧。"卫羽还能说什么呢，他只能低下头，继续丰富自己的旅行小画册，同时心里面松了口气。虽然付出了点代价，但总算把刚才那个令两人都感到尴尬的话题带过去了，不然指不定要发生点什么呢。

吕思奕看了眼身边的卫羽，又低头看了眼画纸上的"卫羽"，轻轻笑了笑。她当然不是真的被转移了话题，只是卫羽现在还不想直面这个问题，那她就不会太过强迫他，就像她其实可以告诉卫羽小时候黄山的故事，只是没有必要。

就算她告诉了卫羽黄山的故事，他就能突然接受自己了吗？显然不可能。那还不如留到以后在一起了给卫羽一个惊喜呢。

再者说了，她也不是因为卫羽是小时候那个男孩儿就喜欢他的，而是在他成为她的同系师兄后，两人之间的相处才让她喜欢上了。

小时候的事只是一个滤镜和小小的加分项而已。又想了一阵儿后，吕思奕才开始低头画画。

十几分钟后，天终于放晴了。

"彩虹！"

"快看，有彩虹！"

两人才从门檐向广场走出不远距离，忽然听到有小孩子大呼小叫的声音，他们顿时抬起头去看天。只见一轮半圆形的彩虹挂在雨云散尽的纯净苍穹，像是上天在给紫禁城加冕一样。

吕思奕也没忍住拿出手机拍了几张照，两人这才往御花园的方向走去，再往北就是故宫的出口神武门了。

他们两人都准备去下一站景山，然后继续向北去钟鼓楼，中轴线嘛，就是一条直线，都是顺路的。

如果时间还够的话，两人还要去天安门、前门大街什么的，总之要尽快把游记攻略给做完。可是天不遂人愿，下午两点多的时候，北京又下雨了，而且这次来势汹汹，时间也更持久，两人都淋了不少的雨。

幸好他们当时离前门大街不远，而前门大街上又到处都是商铺，他们轻易就找到一处咖啡厅坐下避雨。

坐下后没多久，从早晨开始就让卫羽有点担心的事情发生了，吕思奕好像有点感冒。

"阿嚏！"吕思奕打了个喷嚏，伸手揉了揉发红的鼻子。

"你没事吧？要不你今天就先到这里吧，别待会儿吹风着凉感冒严重了，回去吃点药吧。"卫羽道。

"没事，就是打个喷嚏而已。"吕思奕摆了摆手，"我身体可好着哪。"

"小心没大错，也不急于这一时。"卫羽道。

"没事，真没事。"吕思奕说。

"好吧。"卫羽只能点头。

十几分钟后，雨停云散，天空再次放晴。

得益于前门大街优秀的排水系统，街面上只有少量积水。雨后凉爽的空气反倒是降低了不少游客本觉燥热的高温，让更多人愿意逛街，只不过凉风对吕思奕就不太友好了。

在接下来的采风行动中，吕思奕不断打喷嚏，到后来已经不敢看卫羽了，她很明白，自己真的感冒了，而且比先前更严重了。

下午四点半，时间其实还很充裕，但卫羽却提出了先回宿舍整理现有素材的意见。他真正的目的是什么，吕思奕又不傻，当然懂，所以她心里暖暖的，同意了。

两人回到宿舍后，都开始认真整理现有素材，把白天的一些想法和草稿誊下来。卫羽还好，但吕思奕做着做着就开始流鼻涕、头发晕、眼睛酸涩了。

就在吕思奕半眯着眼睛还在努力画画的时候，手机忽然震动了一下，她拿起来一看，发现是卫羽的微信。

"感觉怎么样？好些了吗？"

"没有，更差了，感觉可能有点发烧。"吕思奕拿起手机，从座位走向了靠门的下铺，在床上躺好后才回复了卫羽。

她的信息刚刚发出去，宿舍门忽然被推开了。吕思奕转头看了眼,看到一个背影,但她认出那是她三个室友之一的王依宁。

"啊,思奕你怎么啦?"

王依宁走进宿舍发现灯开着,前面却没人,下意识转头看了眼身边,发现吕思奕脸色苍白,一副虚弱的样子,忙放下包坐在她的床边,伸出手去摸她的额头。

"这个温度不太正常啊!"王依宁收回手问,"淋雨啦?"

"嗯……"吕思奕委屈巴巴地点了点头。

"可能有点发烧,我去校医室给你买点药吧。"王依宁站起刚要走,吕思奕忽然拉住了她的手,苍白的脸庞露出了一个开心的笑容:"不用啦,有人给我买了。"

"谁啊?"王依宁下意识问了出来,但紧跟着就道,"能让你这么开心的,不会是卫羽师兄吧?"

"是啊!"吕思奕原本微弱的声音都提高了一些。

"你俩不是早没什么联系了吗?"王依宁疑惑道。

"最近又联系上了。"吕思奕心里美滋滋的,不知道有多感谢"京城之脊"这个活动。

"行吧,怪我。"王依宁站起身,"怪我对你过分关心了,自己领来碗狗粮吃。"

"哎呀,爱你爱你。"吕思奕拉住王依宁的手,把她抓回了自己的床边。

"好啦。"王依宁说,"你先躺着好好休息休息吧,别再病情加重了,我去给你倒杯热水。"

"爱你,么么哒。"吕思奕用右手向王依宁抛了个飞吻,这才又拿起手机，蜷在床上发消息。

"那你宿舍有药吗？ 没有的话，宿舍有人吗？"这是卫羽接着吕思奕说她自己发烧后的下一条消息。他根本没想到要给她买药，但吕思奕却很有自信，她飞快地打了一句话："没有啊，都没有啊。"

正在宿舍书桌前的卫羽看到吕思奕的消息，犹豫了片刻才道："那你先给自己倒杯热水，躺着休息会儿，我去给你买吧。"

"对了，要不要买点吃的备着？"卫羽问。

"要，我想吃星光超市的红丝绒蛋糕。"吕思奕回道。

"你怎么晚上也要吃这个……"卫羽打完这行字，下意识点了发送，然后才觉得有点不对劲，急忙撤回。

不过他的消息才刚刚撤回，吕思奕就幽幽发来条消息："我看到了哦，师兄。"

卫羽一时间有些赧然，他其实也不是刻意去关注的，只是前两年他经常在图书馆撞到吕思奕，每次只要是早晨她总会拿个红丝绒蛋糕和酸奶。他又不是真的不喜欢她，印象当然会深刻些。

"我先出门啦。"卫羽假装没看到。

吕思奕也没过多追问，她也的确难受，没工夫去追问。

无论校医室抑或是星光超市离男生寝室都不算太远，卫羽买到退烧药和蛋糕后就给吕思奕送了去。

女生宿舍门口，人来人往，大多是女生，然后是男女一对，最后也不乏一些独行的男生。前两者不用说，最后一种都和卫羽差不多，是和女生寝室里的某位女同学有关系呗。

这不是卫羽第一次来女生寝室门口了，但还是第一次以这种身份来。当然了，具体是哪种身份，他自己也说不上来。

用微信通知了吕思奕后，吕思奕拖着病体推开宿舍大门走了出来。见到她模样那一瞬间，卫羽就皱了皱眉头，忙快走几步迎了过去："你这状态有点差啊，赶快吃了药睡一觉吧，今晚就好好休息了，别为了工作坏了身体。"

"嗯哪，谢谢师兄关心哦。"吕思奕强行扬起嘴角笑道。

"多关心关心自己的身体吧。"卫羽轻叹了口气。

"那我就先回去啦？"吕思奕摆了摆手。

"去吧去吧。"卫羽道。

吕思奕拉开宿舍大门，在宿管阿姨的注视下回头朝卫羽挥了挥手，这才回到自己寝室躺着去。吃完药喝完水也没多会儿，吕思奕就沉沉地睡了过去。这一睡居然直接睡到了第二天早晨，但她的病情却依旧没见好，拿起手机回了未读微信后，爬起来洗漱，然后准备工作，可是刚刚坐在书桌前，就感觉头晕脑涨，不得已只能又躺回了床上。一整天都是如此，让宿舍的另外三个室友担心得不行。

卫羽也很担心，但又能做什么呢，只能先按捺住心绪去完成攻略。

"要是明天还不好，就去医院看看吧。"这天晚上临睡前，卫羽劝道。

"嗯哪。"吕思奕真的没力气了，回了一句就躺着闭目养神了。

第二天，吕思奕的烧倒是退了，但是身体还是很不舒服，于是在她室友的帮助下去了校医院打点滴。眼看着"京城之脊"的中轴线攻略截稿日期渐近，吕思奕也有些担心起来，自己不会就止步于此吧。

  不只吕思奕自己担心，卫羽也在为她担心。虽然两人是竞争对手，但他还是止不住地担心。他只能在心里对自己说：既然把吕思奕当作了竞争对手，那就要公平取胜。像吕思奕目前这种状态，他赢了也是胜之不武。只不过他这样想的真正理由，大概也只有内心深处的自己才清楚了。

第十七章

吻

关于"京城之脊"的第三关卡,中轴线旅行攻略的制作,活动方给了五天时间,然后有五天的评选时间。

第一天,卫羽和吕思奕两人忙活了一整天,但吕思奕晚上就感冒了,然后第二天、第三天都被生病耽搁,基本上没有工作。仅剩下两天时间,想要完成一个用来与众多参赛者竞争的攻略可不是件易事,关键是她第四天未必好得了,好得了也未必可以拖着刚刚痊愈的身体去熬夜做攻略。所以,如果不出太大意外的话,吕思奕恐怕就要止步于此了。

她现在心里肯定是非常难受的,特别是卫羽刚刚知道了她为什么要拿冠军的原因。

"怎么办呢?"卫羽心里很纠结。他一方面不想最后和吕思奕竞争,另一方面又不想吕思奕输得这么早,输得这么惨。她不是因为自身能力和学识才输的。

卫羽躺在床上,心思纷乱如麻。实在想不出结果的他,不得不求助于陈实,虽然他也不知道求助陈实有什么用。

当卫羽把一长串的思考发送给陈实几分钟后,他直接打来了语音电话。

陈实说:"直接说吧,你怎么想的?"

卫羽说："我想帮她做完这个攻略。"

陈实一语道出卫羽的纠结点："又怕她觉得这是作弊？你自己也觉得不太好？"

卫羽下意识点了点头："嗯。"

"我觉得这根本不是你该考虑的问题。"陈实道，"首先，按我说啊，创意是人家的，草稿她也画出来了，素材也是她亲手去拍的，文案她也写得差不多了，你就是帮她补充画点东西排个版，根本没有任何问题，不存在什么作弊。再者说了，人家活动方在乎吗？之前市集的时候那些人用盘外招，活动方说什么了？反正他们的目的就是给中轴线打广告呗，而且到最后这种方法肯定是选不出冠军的，最后的关卡肯定很难。"

卫羽轻"嗯"了声，若有所思。

"对于你们来说，这真的就只是个小关卡而已，不是什么难事，这道关卡筛选的不是你们。"陈实说，"你担心这件事，还不如担心担心如果你帮吕思奕师妹做攻略这件事释放的好意让她误会了怎么办，不过，呵呵，你这种行为肯定会让人误会多想的，纯属渣男行为。"

卫羽一时赧然，却总算清楚了自己内心纠结的真正症结所在，越是和吕思奕待在一起，他就越不能控制自己，以前的刻意避开全都被这次中轴线活动给粉碎了。

"我就是不忍心看着她这么退出，然后伤心。"卫羽解释说。

"别说了，渣男。"陈实道，"反正你要是真的这么做了，就做好负责到底的准备吧，不过按照目前的趋势，我觉得你心里其实已经有数了哈。"

"我再考虑考虑吧。"卫羽道。

"考虑吧,考虑吧,我忙去了哈。"陈实说完,挂断了语音。

卫羽复又陷入了困扰中,不过这次他没有纠结太久,就决定先帮吕思奕渡过这次难关再说,其他的以后再想。车到山前必有路,船到桥头自然直嘛。

至于说作弊之说,那倒真的是他自我矫情了,吕思奕是真的实力不行吗?当然不是。按照她之前的规划和绘画内容,卫羽觉得自己都不如她。那自己的能力差吗?显然也不是。有件事,他其实一直没跟吕思奕说。前两天在故宫的时候,他其实帮吕思奕想到许多点子,不过毕竟是竞争对手,而且那时他也有意和吕思奕拉开距离,总不能真的去告诉她帮助她吧,那算什么事儿啊。

现在不一样了。把那些东西藏在脑子里不用,才算是对自己、对可能会看到攻略的网友们的不尊重吧。

心里做出决定,卫羽就不再犹豫,开始画起画来。关于吕思奕的创意、她的画风、她之前所画的内容,卫羽都是非常了解的。文案两人也是有过讨论的,所以卫羽画起来根本毫无阻滞,就好像这本是他的作品一样。

吕思奕在医院输液,单手艰难地玩着手机,心情复杂。

"看来咱们不用去担心将来可能发生的碰撞了。"吕思奕忽然发了条微信给卫羽。看似在开玩笑,但卫羽却能看到这句话底下隐藏的悲伤。

"不一定呢。"卫羽回了句。

"我根本来不及画啦,晚上也要来输液,医生还让我不能熬夜。"吕思奕说,"也没事,以后再找机会吧,我接下来为卫羽师兄你加油就好了!"

"到时候再说嘛。"卫羽含糊其词。

吕思奕根本没想过卫羽会帮她画攻略这件事,所以也没多想。

时间转眼又过去了一天,距离中轴线旅行攻略的评选也只剩下了一天,活动方给每位参赛者发了邮件,公布了评选方式。

一天后,活动方将会联合全网最大的旅行社交分享网站"路遇"举办一个"中轴线游记攻略"的主题活动。届时所有参赛者都要把自己的作品上传到网站上,网站会给予每个作品相应的推广,然后根据观众们的选择点击量、评论等等来确定最终的排名。排名前十六的参赛者才能晋级下一轮比赛。

评选方式的公布无疑是打乱了许多参赛者的计划。他们原本还以为攻略只是交给活动方看呢,没想到是给网友游客们的,那侧重点自然会有所不同。

卫羽也立刻根据一些网上比较火的游记攻略来更改自己和吕思奕的作品,一直忙到第五天的下午五点才终于完成。

而与此同时,吕思奕也在抓紧做自己的作品,事实上她从早上就开始了,只是身体刚刚好转,效率不高。

距离第二天的截稿日越近,吕思奕就越感到紧迫,同时有些烦,在这种情况下看到卫羽的消息,她也有些高兴不起来。不过卫羽在微信里说有个东西要给她,这多少让她精神稍稍振奋了些。

"我还在赶稿,要不明天吧?"只不过吕思奕时间不多,不得不拒绝道。

"很重要的。"卫羽回了句。

"那好吧,我们哪里见呢?"吕思奕问。

"就你们宿舍门口吧,给了你我就回去休息啦。"卫羽说。

"嗯哪,可以。"

结束微信聊天后,吕思奕多少有些疑惑,卫羽到底要给她什么啊,神神秘秘的。不过这好像还是他第一次主动送自己或给自己什么吧。上次的药不算!

没多久,两人又在女生宿舍外见了面。见面时卫羽递了个画本给吕思奕,吕思奕接过后有点疑惑:"这是什么啊?"

"你翻翻看。"卫羽道。

其实不用卫羽说,吕思奕已经翻开了画本,顿时露出了惊讶的神色,抬头看了眼卫羽后又低下头继续去翻:"这……"

"你这是什么意思啊?"吕思奕语气有些严肃,把画本合上了。

"我就是觉得,你这样输了太可惜了,以你的能力不该止步在这里的。"卫羽道。

"可这样算作弊了吧。"吕思奕摇了摇右手的画本道,"而且,我们不是竞争对手吗?"

"就是因为我把你当作了对手才要帮你。"卫羽都觉得自己的解释很苍白,"另外,活动方也没说攻略必须全部自己做吧?那创意不是你的?照片不是你的?文案不是你的?我只是略微帮了个小忙而已,我们可以说是合作完成的,况且现在不是还有点时间吗?你回去看看有哪里做得不好的,需要修改的,就去改改嘛。"

吕思奕听完卫羽的话，沉默了许久："还是觉得怪怪的。"

卫羽轻轻叹了口气，也觉得自己脑子有点发昏，又不清楚自己为什么要这么做了。他想了想："那要不这样，东西你先拿回去，用不用你自己再考虑考虑。"

"行。"吕思奕点了点头。

"那我先回去休息啦。"卫羽说完，刚要转身，吕思奕忽然拉住了卫羽的右手。卫羽愕然转身，看到的是吕思奕那张甜美的脸庞和她认真的眼睛。"师兄，我想问你，你为什么要这么帮我呢？我们明明是竞争对手。"

卫羽看着吕思奕的眼神，没来由地一阵慌乱，好一会儿才镇定下来，组织了下语言道："我就是觉得你这么输了肯定很不甘吧，这也不是你真正的实力，我也希望你可以去做你喜欢做的事。"

吕思奕听完，继续看着卫羽，半响没说话。气氛一时间有些尴尬，周围每经过一个学生，都让卫羽如芒在背，他只想赶紧逃离这里。

"这次的事不论结果如何，我都先谢谢师兄了。"忽然间，吕思奕像是想通了什么，展颜笑道。

卫羽张了张嘴，刚要说什么，眼睛忽然睁大。只见他一直盯着的那张脸庞迅速靠近，然后他只觉嘴唇印上了一片温热，紧跟着迷人而神秘的香气扑面而来。等他反应过来的时候，吕思奕已经风一般地逃走了，留下卫羽在风中凌乱着，四周的学生们不时朝他望去，露出好笑的表情。

第十八章

攻　略

深夜十二点，卫羽躺在床上，闭着双眼，但却根本睡不着，脑子里反反复复都是下午吕思奕亲吻他的画面。不管他用什么念头去转移注意力，都会很快又回转到这件事情上。翻来覆去，辗转难眠。

"老卫，怎么了啊？第一次见你这样。"忽然，上铺传来一道故意压低音量的声音。

"没事。"卫羽压低声音回道。

他上铺睡的人叫何兴，跟他同届不同系，平时总熬夜学习。

"骗鬼呢！不行了，憋死我了，我一定要说出来。"又一道声音响起，"老何、老李你们猜，我今天在哪儿看见老卫了？"

"图书馆？"

"画室？"

"你们两个是用脚趾考的清华？要是图书馆和画室我会这么惊讶？"三位室友之一的岳子豪怒道。

"我看你才是用脚趾考的清华吧，明明知道我们不可能猜到！"何兴和李杨也怒道，"我俩除了在图书馆、画室、教室、寝室、食堂，还在哪里见过他？"

"行吧，我就直说了啊，我今天陪我女朋友逛街的时候，在商场看到他了。"岳子豪故意压低声音道，"而且还是在香奈儿的专柜！"

岳子豪的消息太劲爆，让何兴和李杨一时间都懒得去理会他怎么又多了个女朋友这件事了，纷纷震惊道："他要买啥？买包、香水，还是口红？他买来送给谁啊？"

　　"就是啊，他买来送给谁啊？"岳子豪故意看向卫羽，此时卫羽的脸都涨红了。

　　"你们知道最最让人震惊的是什么吗？"岳子豪卖关子道。

　　"什么啊？"何兴和李杨完美地接哏，纷纷扒着床头看向卫羽，一副挤眉弄眼的表情。

　　"他居然在试香水，而且是一个个地试，一个个地试啊！试完香奈儿又去试祖玛珑，然后又去试汤姆福特，真真是锲而不舍啊，最后试了好几家店终于停在了迪奥里面了。你们都说说，他这么目标明确地去找某一种香味的香水是为什么呢？"

　　"哎呀，我突然变得好笨啊，想不到唉。"何兴和李杨两人捧着脸，夸张得不行。

　　"你们够了。"卫羽实在是受不了了，这三个室友简直太浮夸了。

　　"老实交代吧，不然我们明天可都有空啊，准备编个相声呢。"岳子豪道。

　　"就是想送人。"卫羽磕磕绊绊道。

　　"送谁啊？送人家有的味道？"李杨喝问道。

　　"就是！就算你想送某种特殊香味的香水，说说吧，从谁身上闻到的？要送给谁？"何兴上半个身子都快奔拉到卫羽的床边了。

　　"你们够了，睡觉睡觉！"卫羽脸一转，被子一拉，不再说话。

　　李杨、何兴和岳子豪三人纷纷笑了起来，但也没有再紧逼。反正按照卫羽目前的发展趋势，再过不久他们肯定会看到正主的，只不过是时间问题罢了。

第二天早晨七点钟，卫羽准时起床，洗漱、晨读、晨跑、吃早饭，一气呵成，然后坐在书桌前查询起中轴线的相关知识了。等到八点半的时候，卫羽在路遇注册了一个账号，把电子版的中轴线攻略一一上传缓存，只等九点整活动开始的时候加一个标签就可以正式上传了。

离九点钟还有几分钟的时候，卫羽拿出了手机，打开吕思奕的聊天框，想问问她一会儿要怎么做，但是想了想，最后还是没发，反正再过几分钟就知道她的选择了。

滴答滴答，时间一分一秒地流逝，片刻后，九点钟正式到来了。卫羽加好活动标签，正式上传了自己的中轴线攻略。

与此同时，他开始在路遇上搜索吕思奕的网名。吕思奕在某些方面是一个很懒的人，她的微博、QQ、微信全都是同一个头像和同一个账号，想来在路遇网站上应该也不会例外吧。

卫羽一搜，果然搜到了"今天又失忆了"，她也上传了自己的中轴线攻略。卫羽点进去飞快浏览了一下，发现吕思奕并没有发布他做的那份攻略，而是一份排版略显凌乱，但内容十分丰富的攻略。

所谓外行人看热闹，内行人看门道。卫羽确定这份攻略是吕思奕昨天和今天赶工做的，有很多地方一看就着急了，没发挥出她应有的水平，但用来给网友游客们看肯定够了。

"唉。"卫羽轻叹一声，有些心疼，昨晚吕思奕肯定没睡觉。

卫羽刚刚想到吕思奕，手机就震了一下，低头一看，是吕思奕发来了消息。

"嘻嘻，我赶完啦！"

"我看完了，做得真棒。"卫羽飞快打字，"还不睡吗？"

"看看情况再睡。"吕思奕回道。

"应该不会这么快就有反馈的。"卫羽道，"我帮你盯着。"

"行吧，那我先去睡啦！"吕思奕说完倒头就去睡了。

卫羽开始持续关注攻略的热度情况。在路遇这款旅行社交网站上，一个游记和攻略的火爆与否，看的是它的阅读量、评论数、点赞数和收藏量。通常来说阅读量和点赞会比较多，评论和收藏则较少，而一旦四种指数都非常高，那就证明这个游记攻略火了。

一篇游记攻略在没有任何推广的情况下，通常来说很难被阅读到，除非你的质量极好，受到了网站编辑的关注，不然的话就只能靠运气了。

不过"京城之脊"的参赛者们不用考虑这个问题，因为活动方和网站有合作，早晨九点开始就在首页推广北京中轴线的攻略了，在手机 APP 上也有开屏推荐，任何一个使用路遇的网友都能看到相关推荐。

点进推广页面后，立刻就有五个带图的攻略呈现出来，这些自然全都是参赛者们的作品，每小时轮换五个排列在最前面。这看似很公平，但实际上也存在着一丝小小的不公，比如早晨、中午网站的浏览量低，而晚上七、八、九、十点的浏览量最高，谁能被排在那个时段，自然是会占点便宜的。

第一批上推荐的没有卫羽，他索性开始浏览起别的参赛者的作品来。看了五篇之后，卫羽总结出了自己的一些问题。

首先是文字太少了。这也是没办法的事，卫羽是天才，但又不是全才，文字算得上是他的弱项之一了。偏偏攻略还就是需要文字来描述。不过这个问题他先前就知道，现在只是更深刻地认知到了而已。

其次是排版问题。他毕竟不是专业做旅行博主的，又没找人帮过忙，在这方面有所欠缺也是自然。不过相较其他有些参赛者，他已经做得很不错了。但优秀的人从来不跟比他差的人比。

看完这五份攻略后，卫羽又去找到其他的攻略，它们虽然没上推荐位置，但都已经上传了，自然能搜到。于是，卫羽看到了不少精彩的攻略，也看到了一些不那么好的攻略，但都有值得他学习的地方。

在这个过程中，卫羽还看到了许兆聪的攻略，他的攻略好得一点也不令卫羽感到吃惊。首先他的排版很干净整齐，目录也很简洁，图片的放置以及整个攻略的讲述说明，配的图片插画和一些小的贴士也都很有趣。总的来说，他的攻略可以排在他目前看的所有游记前三，甚至更高。

不愧是许兆聪，卫羽心想。他当然不是在夸许兆聪，除了画，他觉得整个攻略可能根本就不是许兆聪做的，但主办方肯定是不在意的。

一直到下午五点钟，卫羽才看完了全部的攻略，心里松了口气。仅从质量上看的话，他晋级应该没问题，就是吕思奕有点悬。

也恰好是五点钟，卫羽的中轴线攻略登上了推荐位置，顿时开始有大量网友拥入观看,短短几分钟阅读量就突破了两万多,点赞也有好几百,最主要是评论——全是正面的评论!

"哇!作者你逛故宫的方法也太有创意了吧!我已经预感到故宫以后常年都会出演《奔跑吧,人头》的节目了!但还是必须要收藏和赞一下的!"

"感觉有一种古代上朝的激动劲儿啊,不过早晨那么早真的进得去吗?"

"哈哈,还有一个办法,那就是卡着最后一个进去,也能拍到类似的照片,我就做过。"

"这个问题会不会看的人多了,然后演变为如何提高短跑速度,所以我们应该举报这个答案,避免让更多的人知道!"

"看完博主写的攻略,我忽然间有点理解建筑的浪漫了,现在特别想飞去北京,看看那些精美的建筑,感受那一砖一瓦所留下的历史痕迹。"

"不知道你们听没听过一首歌,就叫《鼓楼》。'我坐在鼓楼下面,路在堵着,雨后的阳光洒落,人们都出来了,执着的迷惘的文艺青年很多……'想听着这首歌去一次鼓楼!"

"作者你的画也太好看了吧,形象生动,有趣惨了!"

短短一小时的推荐后,卫羽攻略的阅读量、点赞数和评论数都名列前茅,而且已经出现了连锁反应,只要是搜索中轴线相关的内容,几乎都会被他较好的数据所吸引,然后数据越来越好。

自己应该已经稳了，但吕思奕却有点危险。她的推荐时间是八点钟，正是一天中流量最高的时候，但她的数据却没有很好看。评论都在夸她的画和创意，但对她的排版和文字描述的意见却很大，认为过于分散没有重点之类的。

　　最最重要的是，因为卫羽先被推荐的缘故，她凌晨四五点从东西华门到午门然后跑进故宫的创意被认作是抄袭或是撞梗，效果大打折扣。

　　按照这个趋势下去，她真的有可能会被淘汰。

　　而在担心吕思奕的时候，卫羽忽然发现一个极大的漏洞，他当即发信息咨询了活动方。

第十九章

热　搜

活动方只告知了他们五天截稿，五天上传评选，但从来没告诉他们上传后能不能修改攻略内容。

按道理来讲，活动方是为了宣传扩大北京中轴线的影响力，那么有利于攻略优化的行为，他们不但不会制止，而且还会鼓励吧。其实卫羽早就该想到的，只是活动方从来没说过，甚至没有相关的暗示，让他有了思维盲点。

当卫羽向活动方发出询问后，很快便得到了回复，上传后的修改是被允许的！

得到这一好消息后，卫羽没有第一时间告诉吕思奕，反而是对自己的攻略做出了修改，他在攻略中将故宫的部分增加了一个备注——"作者和'今天又失忆了'是校友和朋友，我们是一起去的故宫。"

写完备注，卫羽才拿起手机，找到吕思奕的聊天框，给她发去消息："刚才我问了活动方，咱们的攻略是可以随时修改的。"

"真的吗？"吕思奕惊喜不已。

"嗯，而且……"卫羽有些不好意思，"我们两个都用了空无一人故宫的点子，但我的先被推荐，所有网友都先看到我的，对你的攻略造成了一些负面评价，就算是正面的，作用也没那么大了。我刚才已经在攻略里备注过了，开头我也解释过了。"

"没事，这又不怪你。"吕思奕觉得有些好笑，"那我先去修改啦？"

卫羽说："嗯呢，那我也去啦。"

当天晚上，两人都在忙活着修改，到深夜时，又都上传了一份更优质的攻略。

第二天他们都稍微起晚了些，各自起来的第一件事，当然都是看自己的攻略数据了，同时也会浏览一下其他参赛者们的数据。卫羽的数据非常好，比昨天下午有了大幅度的提升，不少游客都表示自己会去试试他的方法。

吕思奕毕竟吃了昨晚八点多较差数据的亏，一整晚数据都没有太大的长进。但卫羽看完她的内容后确定，只要再给她一次昨晚那个好时段的推荐，肯定能够一飞冲天。

看完攻略和数据，卫羽想了想，又打开微博去搜索了一下北京中轴线。

不搜不要紧，一搜吓一跳。他居然搜到了好几百条有关中轴线的微博。自从他参加"京城之脊"活动以来，每天都会搜索中轴线好几遍，甚至十几遍，但他从来没看到过那么多新发布的内容。不过想想也不奇怪，路遇毕竟是中国最大的旅行社交平台，而现在又是旅行旺季。

稍微浏览后卫羽就可以确定，这些微博博主几乎都是看了路遇上的中轴线主题旅行活动才去的。而有一点让卫羽感到非常意外和惊喜的是，几百条带着中轴线关键词的微博里，竟然有好几十条都是说看了他和吕思奕的游记才去的，而且主要都去的是故宫，再准确一点，是清晨去故宫。

卫羽几乎可以想到那个搞笑的画面，一群人起了个大清早从东华门和西华门到午门去排队，他们压根想不到会遇到这么多志同道合的驴友吧。相遇后，大家肯定都很惊讶，有些微凉的凌晨四五点钟，无趣聊天是必然的，然后他们就都会知道大家都是被自己和吕思奕的攻略吸引来的，那画面绝对相当有趣。

事实上也是这样。

卫羽在微博上看到不少内容，都是在说遇见了相同想法和境遇的人，大家都排名靠前，然后飞奔向故宫里。他们人数不少，但故宫那么大，就算上百人同时拥进去，也会瞬间找不到踪影，更何况大家都是年轻人，都非常默契地保证了一些壮观景象的洁净度，拍下了他们从来没拍摄到过的精美画面。

这些网友们狂奔的画面又被其他正常排队的游客们拍摄下来，发布在微博上引起了不小的热议。这直接导致第二天一上午加一中午的时间，卫羽和吕思奕两人的攻略数据都有了不小程度的上涨，特别是他，主要也是他，这不禁让卫羽心里有点小小的不舒服，也怕吕思奕会觉得不舒服。

他决定等情况有变时，自己要做些什么。按照微博上的转发量和热度来看，变化应该很快就会出现了。

就在卫羽担心自己的攻略太火会让吕思奕心里不平衡的时候，许兆聪看着卫羽的攻略热度，心里也有点不舒服。他认为明明卫羽的攻略各方面都不如自己，怎么就火了呢？

自己仔细研究，然后和专业写游记攻略的旅行博主讨论分析后，他得出了一个结论，卫羽的游记里有一个东西是所有人都没有的——不对，吕思奕也有，但她吃了上推荐晚于卫羽的亏，所有人都认为卫羽才是"正统"——他们俩的游记给网友们提供了一个绝无仅有的可以发微博发朋友圈的点，那就是"空无一人的故宫"。

但凡去过北京的游客，至少百分之八十都去过故宫吧。他们全都拥挤在人群中，放眼望去全是人，拍的照片也都是五颜六色的衣服和人头。

但这群先吃了螃蟹的网友就不一样了。说白了，就是一种炫耀心理吧。我有你没有。

再这么继续下去，说不定早晨八点半的故宫也能成为一个网红打卡地，数不清的游客会大清早去排队。

在认识到这一点后，许兆聪就知道，在这一关上，他是赢不过卫羽了，用什么招都没有用。除非他愿意去拾人牙慧，然后花钱宣传推广，但有必要吗？而且他也是要脸的啊，这个跟之前画画不一样，这个就真的是抄梗了。

"下一关，下一关绝对让你输得一败涂地！"许兆聪在心里发狠。

时间流逝，转眼就来到了傍晚。这一整天的时间，情况变化果然如卫羽所想的那样发生了。

大约是下午的时候，他发现微博热搜上出现了一个话题叫"空无一人的故宫"，发布者是一个粉丝颇多的大V。他在自己的微博里评论引用了卫羽的攻略并加以推荐，短短的三个小时便获得了数千的转发、上百万的浏览量，直接让他的攻略数据暴涨。

这种程度的热度，要说没点人在幕后推动，那怎么可能呢？但无论如何，这个特殊的故宫游览方式算是火了，连带着卫羽攻略里其他有关中轴线的内容也火了，再然后甚至盘活了整个中轴线攻略的活动。

一天时间，不知道多少人知道了路遇的专题活动、"京城之脊"活动，了解到了北京中轴线和它申遗的种种背景，而这仅仅只是一个开始。

当天晚上，"空无一人的故宫"的话题冲上微博热搜前十，相关的话题讨论量直接达到了上千万，卫羽的攻略热度也再次攀登高峰。

在此基础上，活动方的负责人忽然找到了他，说故宫的官方公众号打算发布他的攻略，用作推广和宣传。

接到消息，卫羽几乎没怎么考虑，就回道："我的攻略和'今天又失忆了'的相差不多，而且她关于故宫的内容比我的还要多一点。你能不能去看看她的攻略内容，如果可以的话，推荐给故宫的公众号。"

负责人显然没料到卫羽的回答，想了想后回道："我可以帮忙转达一下，但具体他们怎么决定的，我就不知道了。"

"好的，谢谢了。"卫羽回道。

负责人去问的时候，卫羽就不安地等待着，同时心里面也有点纠结，纠结先前吕思奕的吻，纠结自己现在的行为，纠结之后万一两人真的在最后关卡碰上那该怎么办？

但他没纠结多久，负责人就回他消息了。

"故宫公众号那边说'今天又失忆了'的攻略也挺有意思的，可以一起推，反正你们的侧重点不一样。"

看到消息，卫羽顿时大喜。

有故宫公众号的推广和引流，想必吕思奕的晋级也就不成问题了。接下来自己暂时可以先把这件事放下，去充实中轴线相关的知识为下一关卡做准备了。

当晚六点多，故宫的公众号推送了一则文章，里面大篇幅地引用了吕思奕和卫羽两人创作的攻略里的内容。其中最主要的自然是清早去排队看空无一人的故宫的内容，其次则是分别介绍了故宫内的许多特色景点和御猫，以及吕思奕攻略里一个特别有趣的点，那就是透过门缝去看故宫。

北京故宫位于中轴线的中心，也是中轴线上最负盛名的景点，占地面积七十二万平方米，建筑面积约十五万平方米，有大小宫殿七十多座，房屋九千余间，但截至目前，对外开放的面积只有百分之六十左右，而剩下那部分没有经过完全修缮的宫殿房屋，才真正算得上是从古至今流传下来从未变过的景象。

这些宫殿房屋通常被紧锁着，只有通过门缝才能看清楚里面的一点景象。吕思奕充分地发挥了自己的想象力，结合从门缝里看到的画面，以及从网络上搜索到的知识、都市传闻和古代流传的奇闻，结合起来绘画出一幅幅故宫门缝后的画作，让网友们大感新奇。

第二天，"门缝后的故宫"也登上了热搜。一时间，中轴线攻略活动的所有参赛者里，卫羽和吕思奕风头无两，大大刺激了其余参赛者。他们在得知内容可以被修改后，也都发挥起自己的想象力，开始对整个中轴线的景点深入地研究，使得他们的攻略越来越完美，也引起越来越多网友的关注。

第二十章

热　度

北京中轴线是一份独一无二的文化遗产，著名文物古建专家王世仁先生曾表示："中轴线是北京的灵魂、中国的象征、世界的唯一。"

在官方机构的推广宣传下，有关它申报世界文化遗产名录的事早已是人尽皆知，无数民间人士和官方机构都在为了它申请成功奔走努力。

作为北京中轴线的十四处遗产点之一，推广故宫有利于整条中轴线的知名度和宣传，有条件的人和机构当然不会放过这个机会。

之后，无论是"空无一人的故宫"，抑或是"门缝后的故宫"，都脱离了吕思奕、卫羽、"京城之脊"活动方甚至微博平台的掌控，各大民间机构和官方的媒体都开始转发、点评、推荐，一时间引得无数网友向往故宫。

同时，与中轴线相关的其他十三处景点也频频登上热搜，而且都是以一种较为新奇的方式，年轻人更容易接受的方式。

诸如"紫禁之巅景山""食在北京中轴线""中轴线上的博物馆""北京中轴线科普""中轴线考古发现"等，众多不同主题的宣传供网友们选择。每个话题后面都有大量详实的攻略和游记在支持，不用想也知道这几天肯定很多写手熬夜了。

如此来势汹汹的宣传让网友们应接不暇，心中大动。

有机构统计，短短几天时间，在这个夏天有意愿去北京旅游的网友数上涨了百分之三十，而去北京打算去中轴线上景点参观的游客上涨幅度几乎达到了百分之百。

不过这也很正常，谁去北京旅游不去故宫、天安门和天坛呢？事实上有关中轴线上十四处遗产点的宣传难点从来也不是它们，而是其他名气较小的几处。但得益于这几天的宣传，打算去其他中轴线遗产点的网友数也大幅上涨，令许多人喜不自胜。

作为这场中轴线旅行热潮的发起者，"京城之脊"活动的热度也扶摇直上。特别是当网友们知道往后还会有一些专业性质的比赛，涉及人们不太了解但很感兴趣的文物修复时，热度更是如烈火烹油。最最重要的是，比赛的选手里肯定会有两个人，吕思奕和卫羽，这可是一大看点！

说起来网友们为什么会知道吕思奕和卫羽呢？这又是另一个故事了。

在官方媒体开始大规模宣传北京中轴线十四处遗产点的同时，毛雪颖发现了一件令她感到很惊讶的事，那就是"空无一人的故宫"和"门缝后的故宫"这两个话题的最初创造者，她认识。不对，严格意义上说，她只是见过，而不是认识。

毛雪颖就是大约一周前在故宫拍婚纱照的那位新娘，当时因为摄影师电池出错的缘故，她和她老公都很生气而且很郁闷。关键时刻卫羽和吕思奕挺身而出，不但化解了他们的愤怒，而且给了他们一个惊喜。

在当时的她看来，卫羽和吕思奕简直是上天派下来拯救他们的天使。而且这对天使也太厉害了，一个那么漂亮一个那么帅，还都是清华的，她当时没忍住偷偷给两人拍了许多照片。

那天结束后，她回到家把两人的画作裱了起来，一幅挂在了卧室，一幅挂在了客厅。本以为这件事到此就过去了，但没想到的是，她居然意外地在微博上刷到了两人发布的攻略。

至于她为什么从攻略就能认出是卫羽和吕思奕两人，那当然是因为两人的画作风格太有标志性了，而且当时她和她老公也都看到了一些画作的内容，只是当时没有多想而已。

看到攻略后，毛雪颖依旧没太当回事，只是有点惊讶。可是接下来的发展就大大出乎她的意料了，两人的攻略火得一塌糊涂，更带动了故宫和整个北京中轴线十四处遗产点的旅行指数。

到后来毛雪颖再也坐不住了，她倒也不是想蹭热度，只是非常有表达欲，同时又不想这么优秀般配的两人被埋没而已。她当即编辑了一条微博，并把两人当时一起给她和她老公画画的照片上传了。

"非常非常巧，这两篇攻略的作者我都见过。那天我和我老公在故宫拍婚纱照，结果摄影师的电池全坏了，心情差得不行，是他们站出来给我们画了两幅婚纱画作，现在就挂在我家卧室和客厅呢！这两个人真是太有才华了，都是清华的学生，还都那么帅那么漂亮，他们俩生下来的孩子一定好看死了，羡慕羡慕！"

因为加了标签的关系，毛雪颖的微博很快就被人注意到了，紧跟着评论数开始飙升。没办法，毛雪颖发布的微博内容和图片相加，实在是太吸引人了。

在互联网世界最能吸引人的是什么？震撼的新闻、骇人听闻的事迹、与己相关的民生事件、明星芝麻大点的小事儿、各种八卦以及帅哥美女们……

讲道理，卫羽和吕思奕两人，几乎都能称得上校草校花了，两人的照片一放，再加上现场的照片和画风一致的作品，顿时吸引了许多的关注，继而形成了热潮。

"我来人间就是为了凑数的吧？优秀的人还长得这么好看！"
"哇！这个卫羽好像李栋旭啊！皮肤真好！"
"清华美院的卫羽啊，他超厉害的！他和我一个高中的，不仅画画好，文化课成绩也能上清华了，我们班老师经常拿他演讲的视频给我们看来着，而且小哥哥英语超棒！"
"神仙情侣，再看看自己，绝了。"
"人和人的差距就是这么大。"
"小姐姐超美啊，两个人简直配一脸，绝了。"

网友们全都倾倒于两人的学历和颜值下，短短一天时间，转发数千，评论数万，和中轴线攻略活动一起火了。

与此同时，卫羽和吕思奕都收到了大量媒体的采访请求。不只如此，小学、初中、高中、大学同学全都跑来找两人聊天，弄得两人忙不过来。

要说知道自己火了的第一念头是什么，卫羽是慌乱，完全慌乱。误会！误会了啊！毛雪颖误会两人的关系了！卫羽回忆了一下，他当时根本没有任何过分的举动让她认为自己和吕思奕是情侣吧。吕思奕该不会生气吧？等等，她不但不会生气，高兴还来不及吧，卫羽有些哭笑不得。

桌子上手机嗡嗡嗡地震个不停，找他较多的还是宿舍的三位室友。四个人一起住了将近四年，感情很深，都非常关心他的感情事，特别是他和吕思奕的关系。

要知道他当初拒绝吕思奕的时候，三个人可是痛心疾首地教育了他一晚上的，事后也不断给吕思奕创造机会，但最后还是败在了卫羽的冷酷之下。当然了，他们之所以这么为卫羽着想，也不完全是为了他，而是因为吕思奕的室友长得都不错，当时他们想着，要是吕思奕和卫羽在一起了，跟那些师妹们联个谊什么的，还不是轻轻松松的事。

只不过几年过去了，这事儿早已成了过眼云烟，没想到两人居然还有联系，这么深的联系！这下子他们就是真的在关心卫羽的感情生活了。大学时代没谈过恋爱，这是会遗憾终生的吧！

卫羽看了眼手机，暂时没有回复任何人，而是打开了吕思奕的聊天框："要不要去联系她澄清下啊？"

"澄清什么？有什么好澄清的，我们身正不怕影子斜，就让他们说去呗。"吕思奕暗笑不已地回复了卫羽。

"我是怕损害了你的声誉。"卫羽无奈道。

"我的声誉有什么好损害的？没事。"吕思奕满不在乎道，"该不会是师兄你觉得不好吧，那我去联系她吧，我也怕损害师兄你的声誉呢。"

卫羽无言了。吕思奕都这么说了，他还能多说些什么呢？

"说起来，谢谢你了啊师兄。"吕思奕忽然道，"如果不是你的话，这次我肯定就输了。"

"我也没帮上什么忙啊。"卫羽道。

"我都问了，是你向故宫公众号的编辑推荐的我。"吕思奕直接挑明。

"我也是为了帮忙宣传中轴线嘛，老师不是喜欢吗？"卫羽装傻道。

"行吧行吧，是你老师喜欢。"吕思奕差点没忍住翻白眼，她想了想，打字道，"不过你这次虽然帮了我，在之后的竞争里，我可不会手下留情哦。"

"我也不会。"卫羽道。

"希望你能做到咯。"吕思奕笑道。

跟吕思奕聊完后，卫羽才着手回复朋友们的关心，消解误会。但正是这时，"京城之脊"的负责人忽然发来条消息，卫羽看完后陷入了沉默。与此同时，吕思奕也接到了同样的消息。

"京城之脊"的负责人希望两人可以开通微博，用来宣传北京中轴线和"京城之脊"活动，为此，活动方可以支付一定的报酬，如果需要他们发布相关的内容，也会给予相应的报酬。

说起来，哪怕活动方不给钱，这件事他们也是稳赚不赔的。吕思奕倒是很果断地答应了，卫羽就有些犹豫。他其实比较害怕和陌生人沟通的，特别是很多人的情况下，他会觉得不自在。

第二十一章

色彩乐章

经过一晚的考虑，卫羽答应了活动方的请求，但不是为了自己，而是他想到自己的恩师童林。童林很喜欢中轴线文化，那么他作为童林的弟子，或者说未来的弟子，他觉得自己有义务去帮师傅。

他本身是有微博的，但平时只看看关注的人和热门信息，没有发布任何东西，关注的人和粉丝也非常少。

说是开通，其实也只是在简介里加一个说明，自己是某某攻略某某事件的当事人，然后网友们自然会根据各自的渠道找上门来。

改完简介后，卫羽又发布了自己有史以来的第一条微博："大家好，我是卫羽。希望大家多多关注北京中轴线文化，谢谢。"发完之后几乎是瞬间便有人评论了。

"学霸的微博就是这么朴实无华而又富有内涵！"

"过来摸摸学霸沾沾喜气啦！艺考生也能文化分过清华录取线，绝了绝了！"

"请问学霸这么帅的脸是自己画的吗？"

"卫羽大神多发点自己的画啊，出点教程什么的，可不可以啊？"

"发点和吕思奕小姐姐的视频也行啊！"

卫羽看着这些评论,手指放在屏幕上,有想回复的念头,可是一看评论实在太多了,于是转念放弃。

就在当天,卫羽和吕思奕都完成了实名认证后,被相关微博引流过来的网友们,纷纷关注了两人。一天的时间,两人的粉丝都破了十万数,放在全网也算是一个不小的博主了。这是两人起初参加"京城之脊"活动时都没想到过的事情。

当天晚上,活动方的负责人又联系到卫羽,希望卫羽可以充分发挥自己的特长,在未来的时间里,多多创作和中轴线十四处遗产点或者中轴线相关的画作。活动方一是会帮忙推广,二是会按照卫羽的粉丝数和影响力给予相应的广告费。

对于给广告费这件事,卫羽第一反应其实是拒绝的,但活动方却非常坚持:"你的微博粉丝是凭你自己吸引来的,画作也是你辛苦画出来的,你不收费才不合理吧。"

看完负责人的话,卫羽沉默了许久,觉得他的话的确有道理。自己不偷不抢,靠本事赚钱,有何不可?不过当负责人给他报价的时候,他还是震惊了。

"一幅画,两万!"

卫羽看着微信聊天框里的文字,心中的情绪久久不能平复。他当然知道,这两万块钱不完全是支付他画的价格,其中绝大多数是因为他的微博粉丝。

一想到前两年自己辛辛苦苦做家教好几个小时才挣几百块钱,现在一幅广告画就两万,说没点恍惚感那是不可能的。

"如果你可以和吕思奕小姐姐联动,价格还能高一点。"负责人忽然又发来条消息。

"广告还能联动?"卫羽惊了。

"你是画家,是创作者,这些问题不是你们该考虑的问题吗?"负责人道。

"有道理,我琢磨琢磨。"卫羽道。

"好。"负责人说完便不再回复。

卫羽想了想,决定和吕思奕商量下。想来负责人肯定也会跟她说的,按照吕思奕的性格,自己不去问她,她也会来问自己的。

"关于广告联动这件事,你怎么看?"卫羽直接开门见山道。

"挺好的呀,他们肯多给钱,这钱不赚白不赚。"吕思奕道。

"那我们可以考虑考虑。"卫羽道。

"嗯,可以,不过这事儿得慢慢来,我现在的第一优先级是'京城之脊'活动的比赛。"吕思奕道。

"我也是。"卫羽道。

虽然微博广告很赚钱,但卫羽可丝毫没有动摇自己的念头,那就是正式拜师童林,向他系统性学习文物修复,将来从事这一行业。

双方经过沟通有了默契后,卫羽开始研究起中轴线文化来,准备从中找点灵感,画点有趣的东西出来。毕竟人家给钱了,自己不能瞎画一气。

实话实说,中轴线文化再伟大,对于年轻人来说也只是一个概念而已,绝大多数年轻人都不太会去关注这些东西。想让他们对这些东西有兴趣,必须得从侧面入手。

网友们会喜欢什么样的画,特别是作为主流的年轻人群体? 当然是越炫酷越好。简单来说就是炫技。

但炫技不是全部，毕竟一个东西再酷炫也有腻的时候，必须得加点会长期性吸引人的内容。嗯，连载。再有则是画风和文案。一切的一切都需要构想，这是个浩大的工程。卫羽忽然觉得这个任务似乎很有趣。

他想了许久，越想越激动，忍不住给吕思奕发微信说了下。吕思奕的头脑转动也很快，直接回复了卫羽一长串的文字。"我觉得咱们可以以故宫里的御猫为男女主，画一个连载漫画，但风格不要完全是漫画风格，猫可以可爱，但建筑物什么的要稍微写实一些。内容嘛，咱们可以自己想，也可以找人帮忙写，这个的确蛮好玩的。"

"咱们自己想吧。"卫羽想了想说。

"行，那有空咱们碰头聊一下。"吕思奕说。

看到这句话，卫羽忽然怔住了，自己这是在干什么，怎么还自己给自己挖坑呢。画中轴线相关的连载漫画，这件事短期内可完不成，自己得经常和吕思奕聊天相处了，这自己坚守得住？

唉，卫羽轻叹一声，最近他发现自己是越来越不对劲了，特别是今天，听到两万一幅画有点飘了？得反思！

时间流逝，转眼间，"京城之脊"和路遇的中轴线旅行攻略专题落下帷幕，卫羽和吕思奕不出意外地摘得了第一、第二的排名，但微博上有关中轴线旅行景点的话题仍在延续。

第三关卡尘埃落定，成功晋级的十六名参赛者们纷纷接到了活动方发来的邮件，邮件里公布了第四关卡的内容。

第四关卡一共有八个任务，分别让十六名参赛者两两一队去完成,而有关任务和队友都是随机产生的,参赛者没有讨价还价的余地。而让卫羽感到巧合般诡异的是,他和吕思奕被分在了一组。

在看到队友的那一瞬间,卫羽的心思真真复杂到极致了。他之后的生活简直从各方面都跟吕思奕绑在一块了。

吕思奕看到队友的时候心情则纯粹多了,纯粹的开心。

"之前还说不会手下留情呢,现在就要当队友互帮互助了。"吕思奕笑着发了条语音,"而且看样子这一关卡是我带你飞了哦,卫羽师兄。"

听完语音,卫羽不得不承认,这第四关卡如果没有吕思奕的话,自己恐怕真的要凉了。实在是题目太刁钻了,触及了他的知识盲区。

北京中轴线上的色彩乐章

每一座古都,都有自己的色彩。故宫的红墙金瓦、胡同的灰砖青瓦,以及天坛的青石、先农坛的黑瓦,哪一种颜色最适合代表北京呢?

德国著名哲学家叔本华曾说过:"一切艺术都希望达到音乐的状态。"希望参赛者可以把北京中轴线比作一曲用建筑演绎的乐章,用色彩把它谱成曲。

作曲?卫羽是学画的,这个是真不会了,但吕思奕不一样。因为出身的关系,她从小就受过许多艺术方面的教育,比如舞蹈、绘画和钢琴。虽然她现在专业是画画,但其他两个能力也丝毫不差。谱曲什么的,完全没问题,只是需要点时间罢了。

"明天咱们去逛逛吧,之前都没注意过色彩什么的。"吕思奕道。

"好。"

接下来一周时间,卫羽将作为吕思奕的"腿部挂件"存在,她的需求他自然是无不应允。

"对了,记得戴口罩!"吕思奕忽然提醒道。

"怎么的呢?"卫羽有些不解。

"别的地方应该不会,但是中轴线上,咱们可能会被人认出来的。"吕思奕道。

"这么夸张的吗?"卫羽觉得有些不可思议。

"你明天就知道了,戴口罩只是减少咱们被认出的概率,但肯定还是会被认出来的。"吕思奕道。

"你仿佛很有经验的样子。"卫羽道。

吕思奕沉默了。

第二天一大早,两人在学校门口会合,然后一起坐地铁去到了永定门,两人准备从南向北开始逛。

果然,他们很快就被人认出来了。不只是永定门,前门、天安门、故宫,只要是中轴线上的景点,几乎都有认识两人的游客。只是跟他们搭话的却不多,两人毕竟只是刚刚有点小名气而已。

晚上各自回到宿舍的时候,他们都在微博上看到了不少白天被游客拍下的照片。这也更加坐实了两人是情侣的传言。

接下来很长一段时间,卫羽都要和吕思奕在一起,这种照片只会多不会少,而且这种事只会越抹越黑,他也懒得解释了。

第二天,两人又去逛中轴线了,第一天只是粗略有个想法,第二天才是深入地研究。

第二十二章

《我在故宫当御猫》

一连三天,卫羽和吕思奕两人都在中轴线上的众多遗产点采风考察,从中汲取知识,丰富自己对中轴线的认知。

然后,两人就去了吕思奕家。不过,这真不是卫羽愿意的,也不是吕思奕故意的。

清华大学当然是有琴房的,在学校西南角的音乐楼二层最里面,共三间。但它公共开放时间只有中午,如果不是之前就在那里排队等着,基本上是抢不到位置的。当然如果你和老师熟,也可以去老师的教室里练,但关键两人都不熟。

卫羽是根本没怎么接触过钢琴,吕思奕则是家里有条件,不需要。

卫羽也不是真的就上吕思奕家了。据他所知,吕思奕是在石景山区长大的,高中的时候搬去了朝阳机场路那边,读大学后自己大部分时间住在宿舍,但偶尔也会回家住。这里的家指的是她家在海淀的房子。

卫羽去的就是她在海淀的家,平时只有她一个人会来这里,但卫羽还是有点心发慌,生怕在这里碰到不该碰到的人,比如她父母什么的。

吕思奕看出了卫羽的紧张,不由得有些好笑。"随便坐,要喝水自己倒,就当在自己家,我去换身衣服。"吕思奕招呼了一声就走去卧室了。北京的夏天实在是太热了,太阳暴晒一会儿全身就都是汗。

"好。"卫羽略显拘束地坐下后,就开始等吕思奕。

几分钟后,吕思奕就换了身居家的短袖短裤出来,露出大片雪白的肌肤,让卫羽更加不自在。

吕思奕见卫羽端端正正地坐在那里,轻轻笑了笑,先给他倒了杯水,就带着他去琴房了。

说是琴房,实际上就是这个房子次卧改的放琴的房间,专门增加了隔音板,以防吵到楼上楼下的邻居。换言之,房间私密性很强。

不过吕思奕看得出来卫羽真的很紧张,所以也没有调侃或是怎样,而是直接就进入了正题:"我目前有一个想法,根据中轴线的三个区域、三个色彩,分别作曲子里的序幕、高潮和收束三个部分。"

"嗯嗯。"卫羽点了点头。作曲他不懂,但跟颜色相关的理论知识,他还是可以跟吕思奕侃侃而谈的。

在两人的聊天过程中,他们归纳出一些东西来。他们把永定门到正阳门的中轴线前区化作了序幕区,从正阳门到景山的中轴线作为高潮区,从景山到钟鼓楼的中轴线则作为收束区。

在中国古代封建社会中,大一统的核心思想或观念是皇权、皇帝,而皇权、皇帝的标志性颜色就是黄色。例如,皇宫是黄琉璃瓦建筑,清朝皇帝在正式场合要穿黄色的龙袍或马褂。久而久之,黄色也被演绎成了皇权和高贵的颜色。

而中轴线作为服务于皇权皇室的事物,它每个区域建筑物的功能形式,都有着丰富的含义,同时也具备着不同的建筑色调。

卫羽和吕思奕研究发现，中轴线前区的基础色调多是青灰黑三色，它们是灰墙灰瓦的城墙、街巷和四合院。这些比较低调的青灰色主要是用以烘托皇权天授的正统与合法。

天坛与先农坛两大景点是中轴线前区的标志性建筑。古代的祭天大典通常就在天坛的圜丘坛举行，而圜丘坛的坛面就是用青色的艾叶青石铺就，先农坛则以黑色琉璃瓦为主色调，青色象征青天白日，黑色象征农业之神，都体现了建筑颜色和建筑功能之间的关系。

天坛内外围墙虽然都为红色，但是其主建筑的屋顶、圜丘坛和彩画都以青绿色为基调，所以天坛的主基调是青色的。

从天安门开始，色调转变为热烈的红色，行至午门，呈"凹"形环抱的建筑形式和深红色的建筑色调，把皇权的权威烘托得淋漓尽致。而午门之内，巨大的太和门广场、太和殿广场以及坐落在三层汉白玉台基上的太和殿，则成为整个中轴线的最高潮建筑。

一直到御花园和景山的绿色、清幽的氛围，才陡然从激昂降至平缓。

两人在琴房之中，一边聊着，一边修改着对中轴线的看法，渐渐地，吕思奕心中有了一些想法，忍不住轻哼起旋律来。

听着那陌生但却优美的旋律，卫羽不得不承认，此时此刻的吕思奕实在是太有魅力了。不像自己，除了会画画会修点文物之外，好像也没什么特长了。

吕思奕哼着曲调，修长的手指忽然开始在琴键上跳跃起来，清脆悠扬富有韵律的琴声开始回荡在这小小的房间内。

因为还是在创作阶段，当然说不上有多流畅，但卫羽仿佛已经可以看见那巍巍庄严的紫禁城了——那红色的墙，金黄色的琉璃瓦，深红色的廊柱，翠绿色的古柏，汉白玉的雕栏，那碧蓝天空下，规整密集的青灰色屋顶。

正是这些色彩，让北京这座城显得厚重，这亦是北京城独有的色彩基调。

随着时间的流逝，吕思奕的琴声越来越流畅，整个曲子堪称是跌宕起伏，但其韵律部分却像中轴线一样，秩序、匀称而精准。

刚开始的时候，卫羽还可以跟吕思奕搭上点话，但很快，吕思奕就沉浸在了自己的世界中。那种认真专业的态度和能力，让卫羽恍惚间以为她不是一个画家，而是一个钢琴家。

不过就像著名音乐家巴伦博伊姆所说的那样，音乐需要专业，但不一定要作为职业。吕思奕现在就很专业。

听着悠扬的琴声，卫羽几乎可以肯定，这第四关卡，两人肯定是能通过了。但接下来十六人晋级八人，原本的队友将会成为对手，大家都要同室操戈，只要想起来，卫羽就忍不住有些烦躁，索性也不去想了。

吕思奕家东西很齐全，见她暂时不需要自己，卫羽索性去到她的书房，用她的电脑和手绘板画起画来。关于两人联动合作的广告漫画，他们已经有些想法了，也跟"京城之脊"活动方商量过了，像这种广告宣传形式的漫画，比较简单，创作也比较快。当然不可能再给两万块钱一幅那么高的价格，但也不低，反正卫羽是觉得可以了。

在两人创作的广告漫画里，有一个专门的机构叫作"御猫监"。

御猫监位于紫禁城中，是全北京城猫猫们最向往的工作单位。一旦加入了御猫监，成了御猫，就能拥有人类铲屎官赋予的名字，可以登上故宫猫咪图鉴，可以享受春夏秋冬四季铲屎官们的摄影摄像服务，还可以得到铲屎官们的投食，成为全中国猫猫们最羡慕的那群猫中的一员。

不过想要成为一只御猫也不容易，首先要经过重重的选拔和考核。这些考核内容通常都出自中轴线上，总之任何一只御猫都是猫界出类拔萃的猫。

两人故事里的主人公，不对，"主猫公"，就是一只想要成为御猫的虎斑高地长毛猫，但它才刚刚成年不久，各种御猫的基础技能都还没有开始学习掌握。它要做的第一步就是周游结识中轴线上有志于成为御猫的猫咪们，向它们拜师学艺！

故事什么的，两人暂时还没想好，不过"主猫公"形象已经可以开始创作了。

卫羽虽然不是一个猫奴，但现在这个社会，猫奴太常见了，有关猫奴们喜欢的猫猫形象他也大致有数。而且网上有那么多现成的御猫图片，所以他没怎么过多地考虑，就创作出了好几版"主猫公"。

按照两人的构想，卫羽作品里的猫和吕思奕作品里的猫是有感情线的，所以卫羽觉得，这个"主猫公"一定要长得好看而且具备各种各样炫酷的技能，这样才能吸引到对方吧。

对了，这个故事被两人取名叫作《我在故宫当御猫》。

想着漫画里的故事，脑海中的形象跃然纸上，卫羽脸上渐渐露出笑容，心情很是愉悦。吕思奕也不知道在什么时候来到了书房，在门口看到卫羽扬起笑容的侧脸，也忍不住笑起来。

接下来的几天时间，两人基本上都在吕思奕家，一个创作乐曲，一个创作漫画故事形象，思考主线副线伏笔台词之类的。与此同时，卫羽还把自己更多的绘画工具拿到了吕思奕家。他还有一个很重要的任务要完成，那就是之前在前门大街上答应那些非遗传承者们的中轴线非遗长卷。

转眼间，已经是一周后了。吕思奕的钢琴曲创作基本已经完成了。最近两天她也加入了卫羽，和他一同创作起《我在故宫当御猫》来。两人把最基本的一些猫猫形象全都画好了，也都拿给身边的朋友看了，获得了一致的好评，这也带给了他们不少信心。

第四关卡的截止日就在明天，他们也准备开始画各自漫画的第一部分，争取两三天内完成，然后发布出去，看看反响。

当天晚上，卫羽把自己在吕思奕家里的东西全都拿走了，之前是为了乐曲创作无可非议，往后只是漫画创作就用不到了。

更重要的是，很大概率两人接下来就要成为对手了。

第二十三章

催　更

翌日早晨九点钟,卫羽和吕思奕提交了他们的作品,一首以北京中轴线色彩为主题的钢琴曲。与此同时,其余七组组员,也都纷纷提交了自己的作品。

除了卫羽和吕思奕两人的色彩乐章之外,有组员完成了"中轴线显微镜"的任务,从无数电影、电视剧中找出三百件与中轴线相关的文物或者事物。这任务听起来似乎很简单,无非是看看电影、电视剧,查查资料而已,但实际上却不是这样。

有关中轴线的电影、电视剧,本就不多,如果单单是找出五十件一百件都不算太难,但三百件,如果没有对北京中轴线极其了解,是根本不可能办得到的。卫羽和吕思奕都能想象,这段时间那两人花了多少时间在研究中轴线文物和知识上。

再者是"中轴线博物馆达人"任务,任务要求两位组员要从中国现有的众多博物馆中找到五十件相应的文物,给予分析和书写文案,好让网友们彻底读懂它们。如果能写出一个容易让年轻人接受的推广方案,那就是加分项。

再有是"文创中轴线",任务要求两位组员根据中轴线相关的知识内容,做出一些文创周边。

诸如此类,不一而足。

关于此次十六进八的比赛，除了活动方的审核之外，上传到活动方官方的微博账号，以及其他社交平台供网友们查阅投票也是评选的其中一部分。

毫无疑问，如果是这样的话，卫羽和吕思奕是占优的。但这也说不上是不公平吧？毕竟两人也是因为"京城之脊"活动才火的。

活动方的内部评审是两天时间，两天后会给予相应的分数然后发布到网络上。在此期间，十六位参赛选手还要继续去研究中轴线，要更深入更仔细。毕竟越是往后，任务越难。

两天时间，说长不长，说短不短。卫羽和吕思奕两人相约先把《我在故宫当御猫》的第一篇故事画出来，反正绘画的过程也是一个深入了解中轴线的过程。

一天后的晚上，卫羽完成了第一篇故事的内容。一共九张图，每张图有四格。

卫羽先发给了吕思奕，然后又发给了"京城之脊"活动方的负责人唐浩然。说起这个负责人，自从活动方决定让卫羽和吕思奕一起创作广告漫画后，就换了一个专人对接，从他的言谈可以看得出来，他的职位权限比较高。

唐浩然飞快看完卫羽发来的九张漫画内容后，给卫羽发了一连串的感叹号。

"太！好！看！了！"

"还！有！没！有！"

"不愧是清华大佬，你排版排得也太好了吧，画风也很可爱很新奇，故事也很棒，最最最主要的是，关于中轴线的知识穿插得一点也不生硬。然后我觉得啊，咱们是不是可以在评论区里发点广告，转发抽奖中轴线上的文创周边或者美食什么的。嗯，我看行！每条微博两千块钱的定额吧，待会儿你发布的时候评论一下吧，怎么样？"

"谢谢啊。"卫羽先回了唐浩然第一句话，然后又发消息说，"我也是现画的，哈哈，没有了。嗯，你说的可以啊。"

"嗯嗯，那就这样，下次如果你要穿插什么小知识，可以提前跟我说，我来准备奖品。"唐浩然打字飞快，"人可以了，这个画风，这个故事，我看了都喜欢，我觉得广大网友肯定也会喜欢的。我已经忍不住想要看大家对它的评价了。"

"吕思奕的呢，她画得怎么样了？"唐浩然又问。

"应该也差不多了吧。"卫羽刚刚回完他的消息，吕思奕立刻就发来了九张图片。

卫羽点击查看原图后，开始浏览起来。

片刻后，卫羽回了句："好看！"

"你的也好看！"吕思奕道。

两人不是在商业互吹，也没有很冷淡，实在是内容他们之前讨论过许多遍了，两人都知道，他们这几天所做的无非是把讨论的东西画下来而已。

"那咱们明早九点半的时候一起发呗？"吕思奕道。

"好啊！"卫羽摩拳擦掌，迫不及待，晚上睡觉前都忍不住在想明天发布后会引起的话题。

不过两人也都有些忐忑，万一反响平平呢？只是，事已至此，两人也没什么好顾忌的了。

第二天早晨六点钟,卫羽起了个大早。看时间还早,心里面急得不行,好不容易才把时间磨到九点二十五,他先给吕思奕发了条消息确认,然后就把图片上传,等待发布。

九点半一到,卫羽就准时点击了发布——《我在故宫当御猫》的第一集正式上传。

几乎是上传的瞬间,就有评论了。

"还没看,先评论下学霸,沾下喜气!"
"学霸这是连载漫画了吗?《我在故宫当御猫》,这个名字有点意思啊!"
"男主人喵也太酷了吧!奶毛的时候好可爱!"
"这个故事也是绝了,哈哈哈哈。"

九点半,正是人们起早刷微博的时候,许多关注卫羽的粉丝都刷到了这条微博,进而为之倾倒。

在卫羽和吕思奕的设定当中,全中国所有猫都想当御猫,但只有北京城的猫离御猫的位置最近。它们一生都在为成为御猫努力着,而卫羽和吕思奕画中的男主人猫和女主人猫也只是众多想成为御猫的普通猫之二。

在故事的第一集,两只猫分别迈出家门,准备拜师学艺,踏上成为御猫之路,而它们各自的想法不同,做法自然也不同。

卫羽的男主人猫想的是,要想成为一只合格的御猫,必须得先学会卖萌！一只不会卖萌的猫不是好猫！只有"可爱哒""萌萌哒"，才能吸引游客们的关注和喜爱。

吕思奕画笔下的女主人猫则认为，想要成为一只合格的御猫，必须要有坚实的专业技能。猫的天职是什么？当然是抓老鼠。故宫好几百年历史，数十万平方米的数千间房屋大都是木质的，木质的东西最怕的就是老鼠啊蚂蚁啊之类的东西了，而御猫们的主要任务之一就是抓老鼠。

于是，一个拜师学习卖萌，一个拜师学习抓老鼠，两只猫为了同一个目标，踏上了不同的旅程！

在两人的画中，背景都稍微有些写实，而猫猫们则是拟人化，穿着可爱的衣服，有着可爱的长相，顿时吸引了无数网友们的观看和喜爱。而无论是先看了卫羽作品的网友还是先看了吕思奕作品的网友，都很快发现了另一个人的作品，继而感到惊讶，合着两人居然是联动的故事！

他们原本就因为学霸情侣的身份在网上小火，再加上这样的联动，自然让网友们想入非非，于是网络的热度更为两人的作品加了些分。

卫羽也意识到再这么继续沉默下去，网友们真的会误会，所以偶尔也会解释一下，自己跟吕思奕其实不是男女朋友关系。但大家都不太信，都认为两人只是还没捅破最后一张纸而已，在一起是迟早的事。

两人的粉丝不算多，经过一整天的发酵，转发也才一千多近两千，不算火，但也不算凉。可就在晚上七点多的时候，好几个旅行博主忽然转发了两人的微博，还有一些北京的媒体，顿时让两人的作品关注度直线上扬，转发评论飙升。

看着那一条条数百上千赞的评论，卫羽脸上的笑容怎么都止不住。

"霸道总裁范儿的喵，也太可爱了吧！"
"啊啊啊啊啊啊啊啊啊啊啊！"
"怎么'肥四'！怎么这么萌！"
"连只猫都要辛苦拜师学艺才能找到工作！呜呜呜好可爱！"
"有一说一，我总感觉过段时间我要吃两只猫的狗粮……"
"连广告宣传都这么有创意，学霸不愧是学霸。"

大约十点钟的时候，卫羽和吕思奕两人的微博转发都破了万，而且还登上了微博热搜，虽然排名不高，但仅就这个反应两人已经知道，他们的这个联合创作算是稳了。往后随着剧情发展，两只猫咪联动起来，写一点高潮剧情和感情线，必然会引起网友们的关注和喜爱。

唯一让卫羽感到有些压力的是，才刚刚发了第一集而已，就开始有人在催更了！这就有些难了！被催更这件事，谁试谁知道。

看到卫羽和吕思奕联合创作的作品火上了热搜，肩负着重任的唐浩然也高兴得不行，当天晚上就和两人敲定了初期的一个报酬。往后两人每次的作品最低有三万，而只要转发超过五千，每超一千加两千。

听起来很多，当然实际上也很多，但讲实话挺累的，毕竟一次发九张图，每张四格，那就是三十六张图。虽然是漫画，但也蛮费劲的。

因为转发还在上涨，所以当天晚上唐浩然只付了一个保底的三万稿酬，多余的则要等转发彻底定下来之后再支付。

看着自己支付宝内静静躺着的三万块钱，卫羽的心情久久不能平复，此时此刻，他也总算稍稍理解了一下许兆聪和他老师的选择——不去做文物修复，好像真的很赚钱啊！

第二十四章

巨 款

中轴线和漫画毕竟很小众,哪怕卫羽和吕思奕自带热度,也注定不会太火。但中轴线的推广和申遗本就不是一朝一夕的事,而是无数人经过许久的努力才能达成的目标,两人能成为其中一环,已经算得上是大功一件。

由于《我在故宫当御猫》漫画登上热搜的关系,两人的微博粉丝都开始上涨,而且这次吸引到的大都是喜欢漫画以及对两人专业能力认可的网友,属于高质量的粉丝。而无论网上如何,现实生活还是要正常过的。

当晚,"京城之脊"活动方在十点半的时候,通过邮件的方式把十六人八组的成绩发了下去。总分十分,排名第一和第二的分别拿到了九点五和九分,卫羽和吕思奕的色彩乐章则只拿到了八点五分。

吕思奕毕竟没有那么专业地去学习作曲,而且音乐是一个很私人的东西,跟年纪跟性格跟性别都有关系,每个群体给出的反馈都不一样。

卫羽和吕思奕都相信,如果把他们的作品上传到网络上去,引起的反响肯定要比第一、第二名大得多。原因很简单,第一、第二名的作品虽好,但它们没什么传播性,而乐曲是一个传播性很强的东西。

说起来第一名作品的其中一位作者就是许兆聪，他的任务是"中轴线显微镜"。第二名任务则是"中轴线博物馆达人"。

向参赛者们公布完结果后，"京城之脊"活动方开始一一上传众人的作品，然后给予网友们单选其中之一的权利。

"京城之脊"活动先前再怎么引领风潮，毕竟只是一个小众的活动，本身粉丝也才几百而已，想号召网友们来观看投票那是痴心妄想，根本没人会关注的。但架不住活动方有钱呀！他们在微博中长篇幅地表明，任何关注投票并转发的网友，都有可能抽中两万元现金大奖和北京旅行专项基金，可供购买机票、火车票、门票等等。

在奖品的吸引下，观看投票并转发的网友就多了起来。不过相比起长篇大论的文字内容和动辄十来分钟的视频，网友们自然偏向于只有短短几分钟的音乐，听着音乐也不会耽搁他们去刷别的东西。

仅从体裁上面，卫羽和吕思奕就开始占据优势了，关键两人正在热搜上面，两者之间很容易联系起来，于是，投票给两人的网友开始激增。

这不禁让其他参赛者感到不平衡，只是他们上哪说理去呢？两人都是参赛才火的，要说只能说他们没这个命吧。

在评选的转发开始上涨后，许多刚看过两人漫画连载的网友也注意到了这条微博，当时就震惊了。

"谁能告诉我还有什么是吕思奕小姐姐不会的？"

"绝了，这音乐真的绝了，大家最好配着视频一起看，视频里有这首曲子的创意来源，还有卫羽和她一起创作的画。"

"这两位真的,我真想把民政局给他们搬来,当场结婚算了。"

"我有个建议啊,假如以后这个漫画可以改编成动画,这首曲子直接做主题曲算了,多合适啊?"

"实名羡慕学霸的生活和爱情故事了。"

短短一小时,"中轴线的色彩乐章"就和后面几组选手的票数拉开了差距。于是两人彻底不再担心这件事了,转而去思考《我在故宫当御猫》的下一集内容,要怎么合情合理合适地把相关知识穿插进去。

"呼……"又辛苦了一天,卫羽躺在床上,长长地吐出口气。

最近这段时间,画漫画,想剧情,去中轴线上采风,和网友们互动,简直忙得卫羽脚不着地。现在好了,漫画的口碑不错,转发热度不错,色彩乐章也肯定能帮两人通过第四关卡了。再之后的第五关是八进四,他离拜师童林又更进一步了。

说到童林,这段时间两人也有聊天。说实话,对于卫羽因为"京城之脊"活动火起来这件事,童林表示了惊讶,也善意地提点了一下让他戒骄戒躁,不要因此就飘了,什么事都要想清楚了再做决定。对于他的话,卫羽都是听进了心里的。

事实上,在收到那么大一笔稿酬收入的时候,他心里的确有些心动,但也仅仅是一刹那而已。从小到大的追求和喜好不是那么轻易就能被改变的。

就在卫羽想着事越来越困的时候，一张纸忽然从上铺颤抖着飘了下来。

"大佬，签个名儿呗。"说话的自然是他的上铺何兴。

如果不是不能打字，卫羽真想回何兴一个问号。

"我不是把你的微博分享到朋友圈了嘛，我妹找我要的，她说我要是要不到，我的手办就没了。"何兴垮着张脸，一副可怜兮兮的表情。

卫羽无言，只能帮他签了个名，感觉怪怪的。

卫羽签完名后，岳子豪的声音也适时响起："唉，羡慕老卫啊，这下子不愁以后找不到工作或出不了名咯。"

"是啊，羡慕大佬。"李杨也轻叹一声。

临近毕业，虽然大家都还要读研，但感慨还是有的。

绘画这个行业，想成名千难万难，过程中不知道多少人会一直默默无闻，卫羽现在虽然只是小有名气，但至少起了个步。而他们呢，连路在哪都看不到。

卫羽也有些感叹，在参加这次"京城之脊"活动前，他也没想到自己会走到现在这一步。说起来，都多亏了自己的恩师和中轴线啊。在此之后，无论他是输是赢，拜师与否，很长一段时间内，他和中轴线肯定都分不开了。

当晚，宿舍四人进行了一番夜谈，很晚才睡去。

与此同时，有一个人却睡不好觉了——许兆聪。

作为卫羽的对手——当然是他自认为的，他一直都觉得此次"京城之脊"的比赛，冠军早就是他的囊中之物了。但万万没想到事情会发生这么大的转折，卫羽不但次次第一名，还莫名其妙地火了，这真让付出了许多时间和金钱的他感到不公平。

不过卫羽得意不了多久了，再接下来的比赛内容全都是专业性的。比专业？和卫羽正常对线？他还真没怕过！

第二天早晨醒来，卫羽习惯性看了眼微博。经过一晚上的发酵，他微博粉丝又涨了不少，转发评论也多了许多，这在将来都会是日常，他在心中暗暗告诉自己要早点习惯才好。

这一整天，连带之后的四天时间，卫羽都忙着画《我在故宫当御猫》的下一集，同时恶补着中轴线相关的知识。

随着微博上票数的渐渐定格，最终的八名晋级选手也差不多要定下了。听唐浩然说，最迟今晚应该就会公布下一关卡的内容了。

另外，《我在故宫当御猫》第一集的转发量最终停在了三万六千多，往后如果没有新的热点刺激，应该不会再有太大的增长了。不过就算有也没关系，活动方会给予报酬。

按照之前与唐浩然口头上和后来签订的合同，转发超过五千后，每多一千转发加两千块，那么三万六千多转发就要在保底三万的基础上再多付六万两千人民币。

看着支付宝上那一行数字，卫羽沉默了许久。这笔钱对于许多有钱人来说不算什么，但对于他来说，真的算是一笔巨款了。

他想了许久，先把钱提现到银行卡里，然后又转账给了一个熟悉的账户，全部的收入只给自己留了两万块钱。然后他又登录淘宝买了一套一万七千多块钱的索尼微单套机——这是给童林的礼物。他知道童林一直很喜欢拍照，但是舍不得买太贵的相机。

他才刚刚下单,手机就响起了电话铃声,他低头一看,来电显示为"母上大人"。卫羽接起电话,问道:"喂,妈,怎么了?"

"你怎么给我转了那么多钱,你哪来那么多钱啊?"电话那头响起卫母略显淳朴的方言。不过她倒是没有慌张,她清楚地知道自己的孩子不会做什么违法乱纪的事,这笔钱要么是什么奖学金,要么是什么比赛的奖励,她只是想知道清楚一点。

"这个说来就复杂了。"卫羽笑道,也没掩饰什么,把事情的前前后后全都给他妈妈讲了一遍。

卫母听完,沉默了许久才道:"所以说,以后你就光靠在网上画画,就能挣那么多钱?"

卫羽闻言却是有些疑惑:"妈,你怎么不关心关心童林老师不收我为徒的事?"

这话还没说完,卫母那边响起一阵丁零当啷的声音,像是什么东西被打翻了一样,好半响后卫母才说:"那人家肯定有人家的想法嘛,咱们也不能强求人家。"

"我不强求,我只要拿下冠军就行了!"卫羽道。

"你就那么想去修文物啊?那多累啊,你看你现在赚钱多轻松,不好吗?"卫母道。

"哎呀,我不想跟你说这些。"卫羽显然跟他妈妈就这件事讨论过许多次了,敷衍了几句后,卫羽道,"好了,我先去画画了哈,有事微信说就行。"说完就忙不迭把电话挂了,生怕他妈又跟他长篇大论起来。

而事实果然也是如此。看着微信上那一长串六十秒的语音,卫羽无奈地点了"转文字",然后开始画起《我在故宫当御猫》来。

两小时后,"京城之脊"活动方公布了此次比赛的前八名以及下一关卡的内容。

第二十五章

展　览

毫无疑问，第四关卡的前两名正是卫羽和吕思奕，再往后大都是陌生名字，只有许兆聪一个算不上熟人的熟人。但卫羽明白能走到第四关卡的没有弱者，所以非常认真地一一把这些名字记下后，才开始查看任务邮件，并很快整理出主要信息。

接下来的第五关卡，仅剩下的八名参赛者，他们将从活动方那里得到一笔资金，然后根据自己对中轴线的理解和喜爱，以中轴线十四处遗产点中的一处为主要主题，其余遗产点为次要主题，举办一次展览。

因为八位参赛者都在过去几轮比赛里展现出自己对中轴线文化的精彩认知和丰厚底蕴，所以这次将不再限定题目和具体形式，要求只有一个——做好这次展览。

但有一点，八位参赛者的展览地点不能重复，所以如果提交的展览方案有所冲突的话，活动方会通过内部评议决定谁的通过。

"展览……"卫羽看着电脑，陷入了沉思。展览，关于中轴线文化，关于十四处遗产点，自己目前有什么是可以拿给游客们展示的呢？似乎没有，无论美术作品、摄影作品，乃至于复印件都没有。他之前研究中轴线，只是为了完成任务在研究。

而且，就算有，那些东西可以吸引到游客们？

须知一个偏向小众的展览，除了不小心误入的游客外，网络几乎是它唯一的宣传渠道，而上网的又都是年轻人，换言之，自己展览的东西必须吸引到年轻人。卫羽虽然是年轻人，但自觉还蛮无趣的，所以需要深入研究一下他们的喜好，再以此做出决定。

布置一个展览，哪怕是一个小型展览，都不是一个人能完成的任务，所以卫羽又联系了比较闲的陈实。对此陈实倒是非常开心。

自从上次前门创意市集之后，他就开始追求吕思奕的闺蜜韩竞颐。韩竞颐虽然对陈实有点兴趣，但显然对自己的专业数学更感兴趣，平时忙得不行，陈实想约她出来一次简直难如登天。

这次活动显然不是一个人能完成的，卫羽既然找了他，想必吕思奕也会找韩竞颐吧，毕竟两人是最好的朋友。而活动和展览虽然不在一起进行，但陈实相信见面的机会总比平时多。

"怎么说？"答应完卫羽后，陈实立刻进入了状态，反手给卫羽打了个语音。

"咱们要先确定在哪举办展览。"卫羽思路清晰，"这样，我先把十四处遗产点划分下难度吧。"

陈实道："你说。"

卫羽沉吟了几秒钟，说："故宫和天坛肯定是最简单的。"

"没错。"陈实点了点头。

这是毋庸置疑的。首先，故宫和天坛的知名度最高，对人们的吸引力最大，内容也最为丰富，很容易想出可以用来展览的点，但是竞争它们两个遗产点的人想必也很多。

"这两个地方，容易做好，但很难做出彩。"卫羽道，"所以它们两个不是我的首选。"

"嗯,我也是这么想的,没什么挑战性。"陈实道。

卫羽说:"难度中等的是天安门广场、景山、社稷坛、太庙、正阳门和箭楼、毛主席纪念堂、人民英雄纪念碑。这几个地方不仅内容丰富,而且以前很少有展览,对游客们有一定的吸引力。"顿了顿,卫羽接着说,"最难的是永定门、先农坛、天安门、万宁桥、鼓楼及钟楼。"

陈实点了点头表示可以理解,这几个地方要么是门要么是桥要么是楼,很难从中找出可以展示的点,有也比较少,肯定不如其他几个选项。

"你现在咋想的?"陈实问。

"我想从难度中等的几个里面找,但首先要排除毛主席纪念堂、人民英雄纪念碑和天安门广场。"卫羽道。

"明白。"陈实点点头,也不问为什么。

"那就只剩下景山、社稷坛、太庙、正阳门和箭楼了。"卫羽道,"这四个里面,我想了很久,觉得正阳门和箭楼最好。"说完他也没等陈实回话,继续道,"因为它俩离前门近,咱们可以往前门大街延展,然后辐射整个中轴线。而前门大街就是条商业街,做起展览来阻力最小。"

"我觉得可以。"陈实道。他并没有发表太多意见,只是在帮卫羽理清思路。

"既然确定了地点,那咱们就来做展览方案吧。"卫羽道。

"行啊,我觉得咱们首先要确定受众。"陈实道。

"对,关于这个,咱们的展览肯定是要做宣传的,宣传是在网上,面向的群体就一定是年轻人。"卫羽道。

"你的微博是个优势。"陈实道。

卫羽听到这句话,立刻想到了吕思奕,对于她来说,这同样是一个优势。其他人虽然自己没有粉丝较多的微博,但都已经走到这一步了,肯定不会吝惜一些人情和投入,会想办法进行相关的宣传。

他甩了甩头,暂时先把宣传这件事抛之脑后,继续道:"既然面向年轻人,那就要知道他们喜欢什么。我稍微了解了一下,最近几年密室逃脱、剧本杀都很火对吧?"

"那种东西不好用在展览上吧?"陈实不解道。

"想想办法嘛,总是能想出办法的。"卫羽说,"我脑子里其实有个模糊的想法,但是缺少一些关键项,所以现在还没想好具体要怎么做。"

"慢慢想,反正这次给的时间挺多的。"陈实道。

"嗯。"卫羽点了点头,"可以去跟那些非遗传承者们聊聊。"

"对,他们常年生活在那边,脑子里肯定也有点东西的。"陈实道,"这是一个很好的突破口。另外,方式先不说,咱们具体要展些什么呢?"

"摄影作品、绘画作品什么的,虽然俗,但肯定得有,不过不能是主要的。"卫羽说,"我的想法是,不管展出什么,得往年轻人喜欢的方面靠,说到底中轴线文化是一个很小众的东西,想让它变得大众化,我们得主动让它去迎合。咱们不管怎么宣传,肯定都只能覆盖到一小拨人,但如果我们可以让咱们的展览变成一个网红打卡地，它就会自然传播开的，到时候人们肯定会蜂拥而至。"

"说是这么说，要怎么做呢？"陈实问。

"暂时还没想好。"卫羽不好意思地笑了，"只是一个想法嘛。这两天咱们先多收集收集资料吧，再深入研究研究。"

"好。"陈实说。

挂掉与陈实的语音后，卫羽从微信中找到一个群，群名叫"前门非遗传承"。群是米昊缘拉的，本来只是为了方便让卫羽能够与非遗传承者们交流，没想到现在却成了卫羽寻找灵感的来源。

不过卫羽没有直接在群里问，在这个群里，他的人气委实有点旺。他只是私底下找了几个比较熟悉的人问了问。

晚上不论坐在书桌前，还是躺在床上，他都在思考着关于展览的事。

不只是他，其他七个参赛者也都在绞尽脑汁。第五关卡会再淘汰四人，第六关卡淘汰两人，第七关卡决胜局，他们离最终冠军只剩下三步了，没人愿意输。

第二天，卫羽醒过来后，给陈实发去了不少消息，都是他昨晚睡觉前思考和整理的一些东西。他晚上睡觉有这么个习惯，会想着工作或学习的下一步事情，且睡醒过来都还记得蛮清楚的。

他把消息发给陈实后，就起床洗漱继续查资料了。而他刚刚坐下，就接到一个惊喜的微信。是米昊缘发给他的链接，点进去把内容看完后，卫羽立刻就忍不住给陈实打了个微信语音电话，把他从睡梦中叫醒。

"我找到展厅了，走走走，我们一起去看看！"

陈实被卫羽吵醒，又听了他一番兴致勃勃的话，不满地嘟囔了几句，但还是翻身起床了。

不多久，两人就在学校门口会合，然后坐上陈实的车去了目的地。

"到底是哪儿啊，这么神神秘秘的。"陈实问了卫羽好几次，他都在卖关子。

"去看了你就知道了。"卫羽兴奋道。

耗时四十分钟，两人来到了目的地——东城区草厂五条与西兴隆街交叉口。

还没把车停稳，卫羽和陈实就看到老熟人米昊缘走了过来。这位老爷子一副精神矍铄的模样，笑眯眯地向两人问好。两人下车后也都回问了一句，之后米昊缘就带着两人走到一条胡同里。

才没走几步，三人停在了一扇有些狭窄的玻璃门前。玻璃门上用红色的贴纸贴着两行一样的字——"北京地下城"。上面还有个黑底白字的牌匾，也写着"北京地下城"五个字，不过下面写的是英文——BEIJING UNDER GROUND CITY。

"北京地下城？"陈实看了几眼后，疑惑地望向了卫羽和米昊缘。

"这就是我们的展厅了！"卫羽道。

"这是干啥的呀？"陈实说完，也没等两人，直接推门就进去了。

第二十六章

北京地下城

门后是与门外完全不同的世界。圆柱形的通道,灰色的墙壁与地面,昏暗的灯光,塑造出一种冷峻而严肃的氛围,让陈实有些猝不及防。这完全不像是二十一世纪的建筑。当然,事实上也不是。

在陈实略感惊讶疑惑的同时,卫羽走到他的身边,解释说:"北京地下城的前身其实是一个人防工事,出于那个年代的备战考虑,国家从一九六九年开始修建这座防空洞。米老爷子说,当时住在附近的男女老少全都上阵了,在没有借助机械的情况下,用了十年时间才挖出这么一个巨大的防空洞,他当时也是参与者。"

"这……"陈实张了张嘴,一时间不知道该说些什么,过了会儿才惊叹道,"我还是第一次听说前门的地底下有这么座城呢。"

"说出来你可能不信,这座地下城里,不但有理发室、便利店、盥洗室这些必需的生活设置,还有电影院、乒乓球场这种娱乐设施。地下通道四通八达,甚至可以直通故宫、天安门和火车站。"卫羽也惊叹不已,"这里真的就是一座地下城啊!"

"那这里现在是什么情况啊?"陈实转头看了看卫羽。

"这里后来没有派上应有的用场,于是在八十年代的时候,就挂起了'北京地下城'的牌子,不但接待了大量外宾,还登上了国外的旅游攻略。"卫羽顿了顿,语气有些激动道,"前几年这里的一个区域还被改造成了微型展厅,用来展示当年新中国成立初期时人防发展的重要批示文件和修建人防工程的老照片。"

陈实闻言,立刻明白卫羽为什么这么高兴了。按照正常的规矩来说,一个人防工程很难被私人租借去办展览,但如果他们本身就办过,而且也有这方面的意愿,那就是另外一回事了。

更让陈实惊喜的还在后面,卫羽笑着道:"米老爷子说了,最近几年人防办本来就有把这里利用起来的想法,咱们又是举办中轴线文化的主题展,按照北京市政府对中轴线申遗的重视程度,咱们应该可以在这里办展的。"

"那就太好了啊!"陈实兴奋起来,"地下防空洞,北京地下城,无论哪个都是北京城的独一份儿吧?本身就很有看点,咱们再在这里开个展,吸引人过来简直不要太容易。"

"是啊,这本身就是件很猎奇的事。"卫羽道,"我跟我室友他们几个说了,他们也觉得很惊讶,说哪怕没有中轴线的展他们也愿意来看看。"

"那咱们这就是先天优势了啊!"陈实美滋滋地说完,朝米昊缘和卫羽看了一眼,"咱们可以下去看看吗?"

"可以啊。"米昊缘笑着道,"嗐,说是人防工事,那都是以前的事了,现在不就是个地洞嘛。"

两人闻言,顿时迈步朝前走过,踏过一级又一级向下的台阶。

北京地下城距地面八米,最深处可达十几米,宽两米,全长三十多公里,可以容纳三十几万人!三人所在的区域只是冰山一角而已。当他们站在略显狭窄的通道四顾的时候,那种惊奇的心稍微散去了些，因为这里真的什么都没有，只是一个通道而已。三人把这片区域的开放部分全部走完也才用了几分钟而已。

不过这已经完全够了！卫羽和陈实看完这片区域，脑子里都冒出了不少灵感。

两人会合后，卫羽先没忍住，兴奋道："如果是在这里的话，我之前的几个提议就全都能实现了啊，剧本杀、密室逃脱、网红打卡地！"

"对，这里的墙面，咱们可以全都画上画，应该会很吸引小姐姐们来拍照打卡吧。"看到卫羽的眼神有些古怪，陈实忙补了一句，"当然，主要是宣传中轴线文化。"

"画风偏精美，那种古代宫廷仕女的感觉。"卫羽想了想，"然后这片区域，我算了下，共有七条通道，互有交叉，不同的区域咱们可以做成不同的遗产点主题。"

"我想了想，觉得如果咱们再提供服饰的话，绝了。"陈实说，"小姐姐们肯定会蜂拥而至的，然后她们的男朋友也难免要去。只要咱们的质量够高，绝对能够凭口碑风靡的！"

"这个地方真绝了！"感叹完，卫羽转头看向了米昊缘，问道："老爷子，我们真的可以在这里办展？"

"可以，肯定没问题，本来就闲置着，再说你们的作用也很正面嘛。"米昊缘笑道，"而且你运气好啊，老李头他儿子就在人防办上班吧，你把中轴线非遗长卷画好了，还能不帮你忙吗？"

"有您这句话我就放心了！"卫羽说完，对陈实说："那咱们拍点照片回去规划一下？"

"可以!"陈实道。

话落,两人开始分头行动,没多久便完成了任务,和米昊缘告别后,去到学校附近一家咖啡厅开始细聊起来。卫羽边聊还边画出了一幅平面图。

"现在举办地有了,墙面画画可以是一个卖点。我们自备相关服装是一个卖点,但不一定所有人都愿意换衣服感受那种沉浸式的体验,所以这算半个吧。"卫羽说,"展品的话,我忽然有一个想法,你还记得第四关卡有个'中轴线显微镜'的任务吗? 就是参赛者从无数电影电视剧里找出了三百件和中轴线相关的文物和事物。"

"我有所耳闻。"陈实点了点头。

"咱们可以找出里面比较有代表性的,然后做出来吧! 到时候游客们可以用来拍照,既宣传了展,又宣传了中轴线文化,岂不是两全其美。"卫羽道。

"是个好主意啊!"陈实猛地一拍掌。

卫羽是学画画的,但谁说画画的不会做雕塑了? 而且美术学院相关人才太多,凭卫羽的人脉和活动方给的资金,还怕请不来人帮忙? 不存在的。

"这个肯定很吸引人,尽量做像点,服饰也可以贴近。"陈实道。

"还有呢,还有呢?"卫羽仰起头,闭着眼睛按揉太阳穴。

"我想到一个! 对了,就是这样。"陈实忽然激动道,"咱们可以把展览分区后,发不同的门票。我之前有看到过门券展,咱们也可以收集点过往的门票嘛,实在不行咱们自己画,让游客拿不同的参观券体验不同的区域,更有代入感和沉浸感。与此同时,咱们就可以夹带很多过往故事的画作啊物品啊什么的。"

"可以，可以，可以。"卫羽飞快地点头。

在两人的讨论下，展览的方案越来越精彩，也越来越让两人觉得兴奋。不过他们也知道，这短暂的开心后将会是很长一段时间的痛苦，毕竟那么多画那么多手工艺品，不是嘴上说说就能凭空变出来的。

总之，经过这么一趟，展览的地点和大致内容算是定下来了，之后做出具体的方案上交给活动方就能领取资金正式开始了！

这第五关卡，活动方给了一个月准备期，半个月的展览期，然后根据各项因素综合评选。至于各项因素是什么，活动方还没有通知，但大概就是那几样呗。

聊了一整天，做出来大致的方案，卫羽洗漱完躺在床上，继续思考。

这次参赛的其他七个人他已经详细去了解过了，从他们过去几个关卡的发挥来说，都是很有能力的人，他们的展览想必也会很好。自己今天很有信心是件好事，但不能就这么大意了，觉得十拿九稳了。如果可以的话，再往里面添加一些亮点也是很有必要的。

"添加什么呢？"卫羽望着上方的木板，有些睡不着。

他想着想着又拿起手机在床上查起资料来，最后什么时候睡的，怎么睡着的，都不知道。第二天一大早他刚刚睁开眼就给陈实发去一堆消息："我觉得咱们可以弄点互动式的东西，比如说触摸到某个展品会触发彩蛋什么的，然后，咱们还可以弄点立体投影之类的东西，投影中轴线过去、现在、未来的样子。"

二〇二〇年是5G元年，以前只在科幻作品里出现过的全息投影早已经成了现实，这一切都是基于5G传输技术，再加上一些全息投影方面的技术。一比一还原人像可能很困难，但如果只是不动那就还好。

时间就在两人不断查询不断更新展览内容的过程中飞快流逝。五天是活动方给予所有参赛者书写方案的时间。三天后，展览方案基本得到了确定，卫羽最后浏览了一遍后，把方案发送给了活动方，然后等待他们的回复。

回复时间是两天内。卫羽对自己的方案有着绝对的信心，因此发送过去后他就没再担心，而是开始做起准备来。

第一步，自然是确定场地，在确定之前，他得先把中轴线非遗长卷给画完，不过好在之前已经完成了绝大部分工作，现在只需要收尾了。

第二十七章

四十万

在创作中,时光飞逝。两天转眼过去。"京城之脊"活动方按时回了邮件。

"恭喜你,你的方案已被采纳。"

内容很短,但足以让卫羽和陈实感到惊喜。

没过多久,唐浩然也给卫羽发来消息:"选正阳门和箭楼的参赛者还有两人,但就你的既有新意成熟度又高,所以选择了你的方案。你不知道审核组的人看到的时候有多高兴,加油好好做吧,我也挺想看的。"

"谢谢,谢谢。"卫羽飞快道谢,同时在心里面道歉,希望那两位参赛者有备选方案吧。

"还有就是这次的策展资金。"唐浩然说,"我们是按照你们提供的方案,经过多方讨论给出的一个数目,不同规模不同难度的方案资金也不同,这一点在最后的综合评审时也会算进去的。"

"这样啊。"卫羽点了点头,隐隐有些期待。他和陈实的方案算不上很花钱,但钱少了肯定办不下来,就算强行办下来也办不好。

"你的策展资金是四十万。"

看到唐浩然发来的消息,卫羽微微张大嘴巴,忽然感到了压力。这是一笔巨款!不仅对于他这个学生,对于许多人都是,而自己即将拿这笔钱去做一次展览,自己真的能做好吗? 自己对得起活动方的信任吗?

卫羽沉默了好一会儿,才开始打字回复唐浩然的消息:"这会不会有点太多了……"不过字打完,他却没发出去,然后唐浩然那边又有消息发来。

"然后呢,关于这次展览,目的是为了宣传中轴线文化,所以是不收费的。但我们当然不能让你们白付出,所以按照参观人数,我们最终会一次性给予一笔钱,相当于买断你们的创意方案,并为准备这次展览的时间付酬。"唐浩然道,"至于具体多少钱,要看你们最后的展厅布置好后才能定下。"

免费宣传,还要给他们钱,活动本身要钱,奖励要钱,到处都是钱。卫羽忽然间意识到,这次活动的举办者恐怕真的就不差钱吧,一丁点儿不带差的。既然人家都不介意,自己为什么要介意? 而且,自己真的就做不好这次展览吗? 卫羽觉得自己可以!

"好的好的,我们会努力的。"卫羽道。

"一会儿我会发份合同给你,连带身份证正反面复印件,一式两份,签完寄到指定地点就行。"唐浩然道。

"好的。"卫羽答应后,点开了陈实的头像,告诉了他这件事。

陈实得知也觉得很惊讶:"这钱就有点多了啊,不是小打小闹了啊。"

"是啊。"卫羽点点头,然后很认真地道,"这钱咱们要怎么花啊?"

两人会想创意,会做方案,会画,会做展品,不代表他们会统筹一切。陈实看到卫羽的问话也沉默了,然后很快两人得出了一个结论——他们还需要找帮手!

"你觉得郑晴怎么样?她不就是学艺术管理的吗?"陈实道。

"这……"卫羽第一时间想到了吕思奕,犹豫了。

"是我找她的,又不是你找的。"陈实感觉出了卫羽的犹豫,立刻快刀斩乱麻道,"行了,就她了,不然你还认识其他会办展的人吗?没有了,好,就这么决定了,我先挂了哈,咱们拉个群聊聊。"

卫羽根本来不及回话,陈实已经挂断了语音电话。等他低头再看微信时,陈实把群都拉好了,根本不给他反应的机会。

陈实:"我和卫羽要办个展,跟中轴线相关的,你有空没?来帮我们吧,有偿哦。现在卫羽可是金主爸爸。"

郑晴:"这个金主爸爸有多肥?"

陈实:"很肥很肥!"

郑晴:"那可以啊。"她当然没问题,本身是学这个专业的,毕业后也要往这个方面发展,如果毕业前能够多一点实践经验当然好。

卫羽见木已成舟,也没话可说了,于是大致把这次展览的事情跟郑晴说了一遍。

郑晴:"大概了解了。"

卫羽:"那我们接下来要干吗?"

郑晴:"接下来要做的事可多了,但最主要的就几件。你先把合同签了展费领了,然后把场地的合同签下来。"

有人主导后,思路果然清晰了许多,卫羽看到消息,立刻回复:"好。"

郑晴:"然后你们负责场地墙面的绘画、部分展品的制作,另外再有事的话我会找你们的。"

"好的。"卫羽回完这句话后,总感觉有哪里不太对劲,这合作谈得也太快了吧,费用什么的似乎提都没提。

"费用呢?"虽然尴尬,虽然有些不习惯,但卫羽还是问了句。

"你不是说不确定有多少收入吗?确定了之后再说呗,到时候按比例就行,我挺放心你不会坑我的。"郑晴道。

郑晴都这么说了,卫羽还能说什么呢?

三人结束交谈后,就都去忙了,这里面当然是郑晴最忙。策划一个展览,除了明确展览主题、展览目的、展览预算,还有许许多多的前期准备工作,如招募临时的工作人员、人员培训、展厅的布置、前中期的宣传推广、日常工作、各种物料、各种参展品等等,总之是一个非常繁琐的事,过程中也很让人头疼。卫羽是不太会做那种要跟人打交道的事的。

按照郑晴的安排,卫羽第一时间去把唐浩然发来的合同打印好,为了节省时间他没有寄送,而是选择坐地铁亲自送上门。这也是他第一次到"京城之脊"活动方的工作地点,非常巧,它就位于前门大街的南边尽头珠市口。东西都很新,工作人员也不多,显然只是为了这次活动而临时置办的东西,人员也都是临时调派来的。听唐浩然偶尔透露出来的消息,活动的举办者似乎是搞古董收藏的。

对于卫羽的到来,活动方的工作人员都很惊喜。他们日常生活和工作都挺枯燥的,能够看到这次活动的一个令人惊喜的学霸,还是一件蛮有意思的事。

送完合同,卫羽就回到宿舍,去完成中轴线非遗长卷的最后一点收尾工作，完成了他才好意思去跟人家谈场地的事。

下午，卫羽正画着画呢，蛮久没联系的吕思奕发来了微信。

"你们那边怎么样了啊？"

卫羽回道："挺好的，有条不紊。"

"那就好。"吕思奕道。

"你们选的地点是正阳门和箭楼？听说你们的举办地非常有意思。"

吕思奕是怎么知道他的举办地的这件事，显然不问而知。不过卫羽也没有怪陈实多嘴的意思，因为有的事瞒不住，再者这些事也没必要瞒着。卫羽道："是啊，是个地下城，等开展了你来看看就知道了。"

吕思奕道："好啊。"

"你们是在哪里啊？"卫羽问。

吕思奕道："我们的主要主题是故宫，举办地还没定下来呢，但大概是在五四大街那边儿。"

"故宫？"卫羽有点惊讶。

他没想到吕思奕会选故宫，当然了，选了故宫还胜出了，那她们的方案肯定是顶尖的。

"嘻嘻，没想到吧。"吕思奕道，"我知道故宫稍微简单点，但简单的想要做好也挺难的。"

是这个道理。故宫博物院每年展览那么多，不知道展出过多少东西，人们看得多了，审美高了，要求也就高了。要是吕思奕的展不出彩，谁会放着好好的故宫不去非得去看她的展呢？

"那咱们就一起努力吧。"卫羽道。

"嗯呢。"吕思奕回了句。

跟吕思奕聊过后,卫羽忽然没心思画画了,转而去了解了一下其他参赛选手们的情况。其实主要就是许兆聪,因为其他人他也不认识,而了解的渠道也非常单一,就是看了看许兆聪的微博,他平日发微博频率很高,最近也不例外。

比较让卫羽在意的一点是,许兆聪发了一张和一个三十来岁女人的合照,附的文字上说"很高兴和知名策展人任瑞合作"。果然,许兆聪是不会放弃自己的优势的。

看了许兆聪的微博,卫羽忍不住去百度了一下任瑞,不出意料地查到了她的百度百科。根据资料显示,这个叫任瑞的策展人此前基本都在国外,看上去虽然才三十多,但实际上年龄已经四十四岁了,在国外策划过不少大中型展览,可谓是经验丰富。而每一次展览都受到了人们的喜爱,在国内也有一定知名度,少数在国内的展览也都吸引了大量网友前去。卫羽顿时觉得压力又大了点。

看了会儿任瑞的资料,卫羽默默关上了浏览器,然后理清思绪,继续画画。无论如何,已经走到这一步了,任谁都别想动摇他夺冠的决心。

当天晚上,卫羽完成了最后一步的收尾工作,在舍友的帮助下把整幅中轴线非遗长卷分别拍了下来,一一发送到微信群里。至于画作本身,这群非遗传承者们表示会拿去复印,然后每人一份收藏,但唯一的原作还没想好怎么处置,毕竟给谁都不太合适。

第二十八章

"画说京脊"

因为卫羽细致入微的研究调查,中轴线非遗长卷的完成度非常高。他几乎兼顾了每一个非遗传承者的特征,做到了让绝大多数人都满意,也因此得到了"老李头儿"的帮助,签下了北京地下城一片区域的租赁合同。

不仅如此,当这些非遗传承者们听说卫羽要办展的时候,纷纷表示如果需要可以帮忙,就连人防办那边也提出可以协助。这是卫羽始料未及的惊喜,但也可以理解,中轴线一旦申遗成功,他们将会是第一批受益者。况且,卫羽要做的事,他们本身也非常感兴趣。

有了办展场地,有了办展资金,有了郑晴在后面统筹规划,展览的前期工作终于有条不紊地推进并走向了完成。

这天晚上,三人齐聚在了北京地下城。地下深洞中,灰色的地面和墙面、昏黄的灯光、深邃漆黑的长廊仿佛是永恒的基调。白天都还没觉得有什么,但到了晚上,卫羽和陈实竟然觉得有些瘆得慌。倒是郑晴一个女孩子家觉得很无所谓,在她眼里,这里就是一个令她非常满意的展览举办地而已。

此时她的眼里几乎呈现出一幅虚影,那是展厅布置成功后的画面,那时的灯光,那时的展柜,那时的展品,那时的人潮,那时的反响……

明天就要正式开始布展了，三人也不是因为什么特殊原因才来的这里，纯粹是跟那些非遗传承者们聊完后，正巧在附近，所以就鬼使神差地打算来看一看。

这里真的是一个非常合适的办展地点啊！三人都忍不住感叹。

陈实说道："我觉得咱们这次展要是火了，以后这里肯定会办起越来越多的展的。"

卫羽和郑晴两人都深以为然地点了点头。这个地点真的太适合办展了。

"说起来，咱们这次的展叫什么名字好呢？"卫羽忽然提起一个话题，另外两人顿时沉默了，然后望向卫羽。

"这个问题你就不要问我们了，这是你该考虑的事吧。"郑晴道。

"就是，说到底我们只是来给金主爸爸打工的。"陈实说，"别想偷懒，自己想。"

在场三人都很清楚自己是个"起名废"！

"这……"卫羽揉了揉太阳穴，"那我想想吧。"

"中轴线、正阳门、箭楼、前门大街……"

"叫'最美中轴线'怎么样？"卫羽忽然道。

"不行。"

"拒绝。"

陈实和郑晴两人几乎同时否定。

"那……"卫羽转头间看到了堆在地上的诸多画材，脑海里忽地闪过一个念头，"叫'画说京脊'你们觉得怎么样？"

"嗯？我觉得可以啊。"陈实眼前一亮，拍了拍卫羽的肩膀，"小

'火鸡'脑子很灵活嘛。"

"我也觉得不错,很有味道。"郑晴也满意地点了点头。

"那就这个了吧,'画说京脊'。"卫羽满意地笑着。

"行,那咱们现在先去吃个夜宵,明天正式开始!"陈实号召道。

"走着!"卫羽和郑晴先后响应。

第二天,卫羽在学校门口集结了八个同学,这里面有三个是他的同班同学,其他的则是师弟师妹,都是他在微信的本专业群里有偿找到的帮手。

不得不说,这就是在清美读书的优势吧,要是换作别人,哪能这么容易找到这么多清美的学生帮忙?就算找得到,价格也绝对要比卫羽给的高得多。毕竟这三个同学本就有冲着卫羽人情来帮忙的念头,还有就是他们也蛮看好这次展览的,在自己的实习记录里多上这么一个重要内容不香吗?

一行九人在校门口聊着天,不多时等来了一辆小型巴士,这是负责统筹规划的郑晴联系的。九人坐上巴士,一路向南,不到一小时就来到了北京地下城。

看到北京地下城的入口,八人都有些惊奇,走到里面后则愈发觉得新奇。因为随着北京市的高速发展,地下室之类的东西早已消失不见,像这种地下城则更是少见,大部分人一辈子都不会见到。

此时的地下城已经装上了明亮的白炽灯,照耀着每一处区域,地面上摆放着事先准备好的画材,众人只需要按照郑晴的规划开始行动就行。

他们一行人的首要目标是先把墙面上的内容给画上。其他展品的绘画和制作，郑晴那边也在联系。她自己有认识的人，卫羽也有很多认识的人，两人在学校的人缘都不错，加上钱给得够多，只要有空，几乎没人拒绝。

空气中渐渐弥漫起了丙烯的味道，墙面上开始有色彩和图画出现，不时还能听到几个同学用铲子铲大白粉和白乳胶混合液的声音，整个场面热火朝天。

中午，几个人去吃饭，回来的时候发现地下城里多了几个老人，卫羽忙去接待他们。这些人都是前门大街附近的非遗传承者，卫羽需要跟他们更细致地了解过去的中轴线，他要尽量做到没有漏洞，完美无缺。

画画，聊中轴线细节，聊它的过去，不断去深入了解它的现在，以及和相关人员去聊去研究它的未来……卫羽可谓是忙得连吃饭都没时间。幸好有陈实可以帮忙。虽然很累，但也很充实，在无数的工作当中，画画反倒成了卫羽最放松的事。

在完成了第一部分的壁画工作后，卫羽又投入到中轴线文物复刻的工作当中，这应该算得上是他最专业的东西了。首先经过这段时间以来的研究，他对中轴线文物和事物的了解可谓是甚深，同时他知道该怎么去复刻一件文物，知道该怎么去让它更像一个古老的文物，而不是徒具模样的物品。

说起来，他其实在那些有关中轴线的电影、电视剧里的道具上找到了不少出错的地方，这虽然不会影响大局，但剧组的道具组显然有点失职。关于这些道具，卫羽当然不会照着做，而是会做出正确的修改。

时间一点点地流逝，原本色调偏灰黑的地下城渐渐多了些色彩，那是故宫的红和金、胡同的灰和青、先农坛的黑、古柏的墨绿、玉石雕栏的白，种种色彩让地下城变得鲜活生动了起来。

一个个玻璃展柜也被运了下来，规律地摆放在每一个区域。根据卫羽和陈实的研究，最后决定将整个地下城划分为五个区域：一个是中轴线的过去，一个是中轴线的现在，一个是中轴线的未来，第四个则是三合一的区域，再有一个是互动性极强的沉浸式投影区。

一件又一件才被制作出来：还散发着木质香味的展品被摆放在展柜内和展柜上，其精美真实的模样让卫羽的不少同学纷纷感叹不已。他们知道卫羽会复刻文物，但没想到功夫已经深到了这种地步。

他要全力去复刻一件东西，说不定会真假难分。这也是其他系学生愿意帮卫羽制作中轴线复刻文物的原因了，他们想从卫羽这里学到一些东西。后者也完全没有吝于指教，他真诚地希望这个世界上的文物修复师越来越多，而仿造一件东西也是修复的基本功。

在数十人辛勤的努力下，整个北京地下城展厅每天都在大变样，每天都比前一天更加出彩，更加让人感到惊叹。而就在这样没有停歇的工作中，布展就要结束了，过程中几乎没有碰到什么难点，有也都被卫羽、陈实和郑晴三人解决，为此他们也是费了很大劲。

时间很快来到一个月期限的最后时间了。卫羽等人开始了最后的冲刺。与此同时，"京城之脊"活动方的官方宣传也到了如火如荼的地步。得益于前段时间卫羽和吕思奕为"京城之脊"带来的热度，"京城之脊"活动方与更多机构达成了合作的协议，特别是与官方的一些机构，使得这次展览活动的受重视程度、宣传力度大幅度提高。

许多在北京的人都表示到时候愿意去看看，去评一评。网友们的热切反响，既让卫羽等人感到惊喜，也有了压力，他们毕竟不是专业的，能走到这一步，完全是靠着最近对中轴线深入的研究而已。

时间终于来到了倒数第二天。这天，几乎所有参与了此次"画说京脊"展厅布置的人都汇聚在了北京地下城，总共将近三十人，其中一大部分是画壁画、布置展厅的，一部分是和卫羽做雕塑展品的，另一部分即将成为展厅的工作人员，还有立体投影以及其他一些展品的负责人员等等。正是有这群人帮忙，卫羽才能准备好这次展览。

看着眼前这群人，卫羽一时间也不知道该说些什么了，张了张嘴，最后还是一挥手："没什么好说的了，走吧，今天一起吃火锅去，我请客！"

"好啊！"大家都齐声叫好。

临走前，所有人都依依不舍地回头看了好多眼自己这一个月来工作的地方，虽然他们之后还会来，但现在这种安静的场面，应该是最后一次看到了。当然了，他们希望这次展览期间，全程都热热闹闹的！

晚上十点多，所有人酒足饭饱地各回各家，卫羽则又单独和郑晴、陈实两人聚了一下才回宿舍。整个人几乎是瘫倒在了床上。他才刚刚倒下几秒钟，手机就震动了起来。

第二十九章

参 观

"你们那边怎么样啦?"手机收到了吕思奕发来的微信。

这段时间以来两人都忙得够呛,所以平时联系也较少。而身为竞争者,每天都密切联系也说不过去。卫羽回道:"我们已经完成了,明天再去看看,收拾收拾就行了。"

"我们也是,差不多了。"吕思奕说,"后天就开展了,我们要不要互相参观参观啊? 我想从你那儿找点自信。"

"哈哈。"卫羽笑了,"这句话我也想对你说呢。"

"那就这么定了?"吕思奕道。

"没问题啊。"卫羽说。明天就是布展的最后一天了,两人就算看到对方展厅里有什么好的创意,也根本来不及去改了,也谈不上什么保密问题。

"那明天先看我的吧,顺路。"吕思奕道。

"行。"卫羽道。

第二天,卫羽和吕思奕在学校门口集合,然后一起坐地铁到了东四,走路到了附近一条胡同内。在吕思奕的带领下,两人七拐八拐到了目的地,一个门口挂着纯白色的布帘,布帘上写了四个纯黑色的肃穆大字——"中轴·紫禁"。

"书法不错。"卫羽一眼就看出来,这应该是手写的,而不是打印的。

"有眼光。"吕思奕转头笑着夸了卫羽一句,然后掀开了帘子。

帘后豁然开朗,完全没有胡同房子的矮小逼仄,挑高至少有五米多,过道极为宽敞,而且亮堂,墙面非常有质感,是某种卫羽不太认识的石头。这就是那种很贵很贵的老房子改建的,估计不止两三间,也不知道吕思奕是从哪里找来的。过道尽头和两旁有很多单独的房间,一看就是为了展览分割开的,这里之前应该就办过展。

单从规模上来看,吕思奕的"中轴·紫禁"远不如卫羽的"画说京脊",但卫羽并没有因此而小觑,毕竟展厅大小不重要,重要的是展品的质量。而且展费的多少、展览的规模,都在后期评审的考量范围内。

卫羽边走边看,脸上渐渐流露出了惊讶的神色。"中轴·紫禁"展厅内共有十三个房间,其中一半的房间都有互动屏幕,以及一些绘画作品。这些作品有的是新画的,有一些却都是老作品了,以卫羽的目光自然看得出来,它们不仅仅是真品,而且价值不菲。他之前只在资料上看到过,但吕思奕却拿到了真品。

整个展览以故宫里的诸多神兽雕像为起点,介绍了整个中轴线上的那些神兽雕塑、石刻等等,介绍了它们的含义、它们的来源。虽然是介绍,但却并不枯燥,吕思奕运用了现代艺术与科技结合的方式,呈现出了一场美术馆级别的多媒体体验,众多神兽们活灵活现地在那些房间里等待着游客的参观。

不只如此,吕思奕还做出了许多相关的文创产品和周边,趣味十足。不同的展厅里有不同的互动方式。非常了解女性的吕思奕还创造出了许多适合她们拍照的区域,目的性非常明显。

整个参观下来卫羽觉得压力很大,吕思奕做得太棒了,至少在这么一个小的场所里,经费肯定比他们少得多的情况下,这已经是最完美的一次展览了。女性和小朋友们肯定很喜欢。

"太厉害了,真的很有新意,你这次的展览绝对会火的。"全部看完后,卫羽不得不感叹。

"我知道,我很有信心的。"吕思奕笑着看卫羽,"那我们现在去看看你的吧!虽然我们是竞争对手,但我感觉哈,你的展览也肯定很棒!"

对此,卫羽只是微微笑了笑。

从东四到前门很近,两人只花了不到二十分钟就来到北京地下城的入口处。此时这里不仅有北京地下城的牌子,还在门口摆放了一个"画说京脊"的布告栏,上面写有开展的时间、一些禁止事项,以及具体的展览事物等等。

"虽然之前说过了,但还是想再说一次,'画说京脊'这个名字取得真好。"吕思奕道。

八位参赛者的展览早在半个月前就开始宣传了,不过为了防止泄露抄袭,一切宣传都仅限于基础信息,所以吕思奕知道展览的名字不奇怪。

推门而进后,是刻意做的较暗的灯光,但不是昏暗和暗淡,而是聚光在某一点上——那是一个桌子,桌子上摆着五张门票。

"去选吧,然后我们按你选的顺序来参观。"卫羽指了指桌子道。

"好啊。"吕思奕走到桌子前,偏着身子站了会儿,仔细观看了一下门票上的画,最后才做出决定,把五张门票一一拿起来。

"门票也能画得像个艺术品,卫羽师哥,求你了,收起点你的魅力吧!"吕思奕仿佛有些吃醋,最近随着卫羽在网上越来越火,也有越来越多女子发现这个宝藏男孩儿了。

"我这……"卫羽一时无言。

吕思奕抿嘴一笑,拿起门票走在了前面。

从深邃的楼梯走下后,两人来到进口检票的区域,检票区域有向前、向左、向右三个方向。

"我们先去这边。"卫羽看了眼吕思奕手里的第一张票,"过去馆。"门票上画着中轴线,但看样式,应当是过去很久以前的中轴线,具体时间吕思奕也不好判断。

"你要换衣服吗?"

往前走出一段路后,两人来到一个布帘前。吕思奕拉开看了一眼,发现这里居然是一个换衣间,里面有民国时期的衣服和一些做工精美的汉服。

"这很有意思啊,小姐姐们肯定很喜欢。"吕思奕斜睨了卫羽一眼,然后毫不掩饰自己的喜欢,走进了换衣间里面。

卫羽在外面等了几分钟,眼前的布帘忽然掀开,身穿一身淡蓝色鱼尾旗袍的吕思奕从中走了出来。卫羽的目光瞬间凝固,好几秒钟后才艰难地从吕思奕身上挪开。这旗袍穿在吕思奕的身上未免也太过大家闺秀,太过于凸显她那完美无缺的身材了吧。

"想法是好的,但是呢,女生换衣服是很慢的,我建议你多弄几个更衣室。"吕思奕走到卫羽身边后,出声打断了他的思绪。

卫羽恍然道："你说得有道理。"

明明是很简单的道理，但他们却有所疏忽。也真的是因为过去一个月他们实在是太专注了，这更衣室里面的衣服全是经过他们仔细考究后定做的，质量好，而且绝对是严格按照那个时代规格去做的。而专注于一个方面，难免忽略另一个方面。

"谢谢你的提醒啊。"卫羽道了声谢。

吕思奕则假装没听见，这种事第一天遇到了，卫羽第二天就能改过来，自己现在说了也没差，但总归是"资敌"行为了。

换完衣服继续往前走，两人终于来到了过去馆。他们所处的位置，恰好是正阳门，往南往北都可以走。看到那被灯光照亮的通道，吕思奕有些羡慕："你找的这个地方也太好了吧，又大，又猎奇。"

"都是运气。"卫羽哈哈笑了。哪里是什么运气啊，还不是他辛辛苦苦画画换来的。

站定后，吕思奕第一时间注意到的是墙面。通道两旁向北向南的墙壁上，全都画满了画，画风厚重，偏向于民国那个年代。那个时候中轴线上许多东西都尚未损毁，每一幕都分外吸引吕思奕的目光，让她想去拍照。当她有这个想法的时候，她就知道卫羽这次肯定要赢了。自己都被吸引了，其他女生呢？

而且除了这些画之外，那一排排展柜上摆放着的物品，也都让她挪不开眼睛。那些精美的文物，一看就知道是仿品，不如她展览里的那些珍贵，但有一个优势是她永远也比不了的——卫羽居然在桌上写了随意取用！但前提是需要扫码租借。吕思奕尝试着扫了下码，除了那些填写信息的区域外，都是在介绍这个文物来源的。

这种推介的方式，简直不要太厉害。这就是捆绑销售嘛。拿着中轴线文物的仿品去画满中轴线景点的墙面前拍照，但凡多来几个网红小姐姐，这个影响力和宣传，简直绝了。真的绝了！

吕思奕继续观看，发现除了文物仿品和墙面绘画之外，展柜上还有许多交互性的东西。当立体投影展现出一个中轴线遗产点的过去、现在、将来的画面时，她心里忍不住再次感叹。

这还只是其中一个展厅。另外的展厅既有过去厅的所有优势，又有着过去厅不具备的其他内容，把吕思奕都给吸引了进去。当她逛完整个"画说京脊"展厅后，沉默了许久："看来我要把这次赢的希望寄托在另外六个人那里了。"

没办法，卫羽做得实在是太好了，各方面的好，她有预感，这次"画说京脊"展览可能会出圈。它满足了太多太多可以出圈的条件了。即便不能，她相信活动方也会出手帮忙的，这是一个很好的宣传中轴线的机会。

两人互相参观完后，各怀心思，吃完午饭就各自散了。卫羽是去搞更衣室的事了，吕思奕也从卫羽那边得到了不少建议，忙着去修改。

第三十章

热火朝天

开展的前一天,八名参赛者开始了最后的宣传。因为是最后一天了,大家都不再担心自己的创意会被借用,所以纷纷把亮点都公布了出来,以此吸引网友们的注意。

在宣传方面,八位参赛者里,最吸引人的不是吕思奕,不是卫羽,也不是其他任何人,而是一直把卫羽视作竞争对手的许兆聪。

他的宣传方案其实和其他人差不多,但就是要更吸引人注意一点。原因一是他的展品非常特殊,百分之七十都是从"中轴线显微镜"任务里那些电影电视剧剧组借来的道具,这点无疑非常吸引剧迷影迷。其次,他找来了一个年轻的偶像男团作为此次展览的嘉宾。那些男团成员们在视频里向网友们承诺,接下来十五天时间里,他们至少有十人会到达现场,至于谁去、去的具体时间,暂时未定。这第二点让无数男团粉丝兴奋不已,纷纷表示自己一定要去参观这次展览,而从他们对各自偶像的喜爱来看,恐怕不止去一天。再有第三,许兆聪这次的主题是一次影像展,展出了一个全国知名的摄影师的遗作,那些作品恰巧都是围绕着中轴线拍摄的。

这二件事,无论哪一件都非常难,但许兆聪却办成了。因此卫羽不得不感叹他的人脉和财力。知名摄影师遗作、男团推介见面会、剧组道具,三管齐下,应该会有一大批人被他的展览所吸引。

看完许兆聪的宣传卖点，好几位参赛者心里都是一凉。但随着他们看完其他参赛者的宣传，心凉得更加厉害，因为即便是八人里面最弱的、看起来最没吸引力的，也同样具备着某种让人想去参观的特质。

这八人果然没有好对付的角色。

"你说咱们明天要不去看看他的展？"晚上十点多，卫羽刚躺上床，忽然收到陈实的微信。

"好啊。"卫羽一口答应。

"你不是不愿意跟他比吗？"陈实有点惊讶。

"我就是单纯对那些照片好奇而已，还有那些剧组道具，我也想近距离看看。"卫羽道。

"好吧，我还以为你想跟他争一争呢。"陈实有点无语。

"想啥呢。"卫羽同样无语。

第二天六点多钟，卫羽就从睡梦中醒来，一看时间，有些难受，距离早上十点钟的开展时间还有好长一段时间。他闭上眼睛稍微平复了一下心情，这才起床洗漱，然后画了会儿画，看时间差不多了，这才联系了郑晴和陈实一起出门。

三人来到北京地下城后，负责分发门票、看守更衣室以及讲解的人员也纷纷到来，万事俱备，只欠东风。

卫羽站在大门外，不时低头看看手机上的显示时间，心情多少有些紧张。他确定自己的展览很好，但别人的也不差，大家会怎么选择然后评判呢？

在等待中，渐渐有人到来了。第一批抵达现场的是三个十七八岁的女生，穿着打扮非常青春。她们一看就是冲着"画说京脊"展览而来的网友，同时也认识卫羽，在看到卫羽的那一瞬间，都露出了惊喜的神情，然后胆子大的拉着胆子小的跑向了卫羽。

"卫羽师哥，你好。"

"我们是你的粉丝。"

"我觉得你好厉害啊，学习这么好，各方面能力也这么强。"

"你可以给我签个名吗？"

因为吕思奕总是在卫羽微博底下叫他"卫羽师哥"，久而久之，这个称呼也成了他的外号，许多网友都愿意这么叫他。

这几名女生拿着自己打印的《我在故宫当御猫》，目的性非常之明确。对于她们的要求，卫羽当然是满足满足加满足。

眼看开展时间还没到，现场也没有其他人，三个女孩子还纷纷求起了合照，让一旁的陈实羡慕得不行，时刻用幽怨的眼神望着卫羽。

同样在门口等待的郑晴就理性得多。看到这三个小女生，她满意地点了点头，看样子卫羽的吸引力还是非常足的。这段时间她用卫羽的微博账号发布了许多宣传信息，应该会吸引来不少他的崇拜者。

随着时间渐渐走向十点钟，越来越多的目标明确的游客来到北京地下城的门口，他们纷纷把卫羽包围起来问东问西，卫羽有些不太适应这种场合，不停地擦汗。

幸好十点钟终于到来了。"画说京脊"正式开展，由郑晴聘请的临时工作人员开始引导网友游客们进门，一一关注"画说京脊"的公众号领取五张门票。

网友游客们一一拥入其中,卫羽的心也提了起来,他跟在众人的身旁走了进去,一边侧耳倾听他们的讨论。

"啊,这些门票好好看啊,一看就知道是卫羽师哥画的,我要保存起来!"

"太有心了,门票都是自己画的,虽然是打印的吧,但比起一般的门票有意思多了。"

"看样子不同的门票可以去不同的展厅啊!"

"如果对门票后面写的一些游戏感兴趣,还可以把这次展览当作一次密室逃脱来玩儿,听起来很有意思呀!"

人们领了票,边讨论着边沿着台阶走下。作为"画说京脊"展览地的北京地下城,正式呈现在他们的面前,一个个游客顺着通道走进了不同的展厅,然后发出了阵阵惊呼声。

"啊,木木,你快来看,这也太好看了吧,这些壁画!"

"兔三,你快来这里,先别拍,这里有衣服,我们先换了衣服再拍!啊,都好好看啊,质感真好,而且什么码都有,这也太幸福了吧,上哪去找这么好又免费的展啊!"

整个展厅里到处都回响着女生们的惊呼声,她们显然对换装服饰和值得当背景来拍照的壁画非常感兴趣。至于男生们则理性许多,有些人在无奈陪伴着女朋友的同时,转头去观看展柜上那些展品。

不多时,他们手里的展品就被身边的女生们拿走当道具拍照去了。不过即便如此,他们也能接着看展,因为展柜上有许多交互的立体投影,这种数码电子类的产品就是男生们的兴趣点了,他们禁不住地在这里玩了起来。

整个展厅充满了活力,惊喜的欢呼声、欢快的奔跑声、女孩子数落男孩子拍照技术差的委屈斥骂声混杂在一起,回响不断。

时间转眼过去了半小时,进来的游客越来越多,但出去的游客却少之又少,整个展览的可观览性、可拍摄性,都超乎了他们的想象,让他们无法自拔地沉迷其中。

见到这一幕,卫羽、郑晴和陈实三人都在群里发了一个加油打气的表情包。这次如果不出现什么意外的话,看来是成了!

一整个上午,"画说京脊"展厅人来人往,几乎每个展品每个壁画前都站满了人。而与此同时,关于"画说京脊"展览的图片也登上了微博、朋友圈、小红书等等各大社交平台。

在现场,卫羽只能看到大家的表情,但在微博和小红书上,卫羽可以看到大家的具体评价,所以他没有一刻停止搜索。

关键词——画说京脊。

"画说京脊,卫羽师哥笔下的紫禁城也太过壮美了,那种独有的质感仿佛让人感受到了斑驳的历史,虽然这只是个壁画,但我却觉得我正漫步于故宫的红色甬道。"

"不用去故宫,你在这里也能感受到那红墙绿瓦、蓝天白云。"

"啊啊啊啊呜呜呜,好好看啊,卫羽师哥的画真的太好看了,也太好拍了吧,还有他做的那些艺术品,大家都要小心使用啊,不要弄坏了啊,那都是卫羽师哥辛辛苦苦做的。"

"风和日丽的一天，随便在胡同里闲逛，来到了这个特殊的展厅，出的片都不错，推荐推荐。"

卫羽逛了两个小时微博，几乎没有在上面看到一个差评，这不由得让他精神大振。与此同时，小红书上面的内容则相对专业一些，基本都是精心拍摄的照片、深思熟虑的攻略，简而言之就是传给了网友和游客们一个个信息——去看！去拍！

除了搜索自己的展览外，其他七个参赛者卫羽也没有遗忘，纷纷搜索了一番，除了许兆聪和吕思奕，其他参赛者基本都没有卫羽这样的热度。值得一提的是，许兆聪展览的热度远超卫羽和吕思奕。不过原因也很简单，都是那个男团的粉丝在刷超话，卫羽甚至很难找出一个正常的评价来，只能到时候自己去看了才知道了。

时间转眼来到了下午，卫羽和陈实对"画说京脊"展览已经充满了信心，因此决定现在就去许兆聪的展览上看一看情况。

许兆聪的展厅位于天坛东侧的胡同内，占地极巨，比北京地下城也小不了太多。卫羽和陈实两人来到展厅外的时候，已经是下午五点多，但人群仍旧汹涌沸腾，可见热度。不过也不知道这些人里多少是对中轴线文化感兴趣的，又有多少是对男团偶像感兴趣的。如果不能把后者的粉丝转变成中轴线文化的热爱者，那么这些人来得再多也是无用。

第三十一章

我都在

卫羽和陈实扫描二维码关注公众号取了票,就和人流一起走进了展厅中。

这个取名为"遇见·大坛"的展厅给两人的第一印象是大,非常大。空旷的大厅中悬挂着一张张巨大的照片,干净白墙上,展厅中央分隔开的隔间内,都放置着与中轴线相关的摄影作品,有黑白的,也有彩色的。其中正有不少游客在那些作品前驻足停留。

一种高大上的氛围扑面而来。就连前来追星的粉丝们也都不由自主地压低了声音,可无奈他们人太多了,多多少少还是打扰了那种安静的感觉,让真正想要参观的游客的观感直线下降。

"拍得都好好啊!"卫羽逛了一圈,认真看了大部分作品,忍不住感叹。

他虽然不怎么会拍照,但毕竟是学画的,基本的构图、色彩这些还是看得明白的。除此之外,摄影作品看的不就是那种感觉吗?是摄影师想要传递给观看者的感觉。

"但总体感觉一般啊。"陈实道,"画都是复制品,那些剧组的展品也都放在柜子里,只能看看,摸又摸不到,不像我们,互动性比较强,游客和网友也更能从过程中认识中轴线的文化。这不才是活动方的目的吗?"

"他有点走歪了啊。"卫羽深以为然地点了点头。

"看样子没必要看了,就是秀人脉秀财力嘛。"陈实道。

"也还好,那些剧组原版道具还是很有观赏价值的,至少知道他们真的做错了。"卫羽笑道。

"呵,人气倒也很旺,只是……"陈实转头望向不远处一群女粉丝包围着的区域。那里正有一个身材长相俱优的青年男子挂着职业性的笑容招待她们,显然是某位男团成员。

卫羽也转头看了两眼,就继续看展了,接下来两人没有在"遇见·天坛"展厅待太久,就回了北京地下城。

回去的时候差不多是六点半,距离八点半的闭展时间还有两个小时。但因为是夏天,天黑得比较晚,傍晚又是一天中较为凉爽的时间,游客非但没有减少,反而有增多的趋势。

相比起许兆聪那边略显虚假的人流,"画说京脊"展览的游客完全是自发性地来,而且即便他们是冲着拍照去的,在展厅特殊的布置和安排下,他们也会学习到许多关于中轴线的知识,同时也能够把这种文化推广出去。

时间终于来到晚上八点半,参观的游客依依不舍地散去,但他们从"画说京脊"展览中获得的感悟和喜悦,才正要开始发散。

八点半是网络世界中人气最旺盛的时间段。打工人们大都下班吃完饭开始休息了,学生们也都完成了一天的学业,人们纷纷开始从网络上获取起信息来。在这种情况下,"画说京脊"展览的信息开始飞快地传播。

这主要得益于那些女孩子们的照片。她们利用展厅内的复刻文物、卫羽等人准备的服饰，在那一幅幅巨大的壁画前拍照的画面，让无数女孩子为之欣喜向往。

卫羽粗略扫了一下那些女孩子微博、小红书下的评论，基本上都是一个画风。

"这是什么神仙展览啊，想去打卡！"

"啊啊啊啊我先冲了！我看微博上说这次展览只开十五天，每天接待的参观人数有限，大家都快去啊！"

"请问在哪里预约？展出到什么时候啊？那些文物都是真的吗？可以随便拿来用？"

"有想这几天一起去的吗？"

几乎全是自发性的推荐和夸赞。不仅如此，男生们对于立体投影的交互体验也非常推崇。

而与此同时，其他七名参赛者展出的热度显然要低了很多。当然了，许兆聪的要除外，因为搜索"遇见·天坛"出现的信息，百分之九十九都是在那个男团的超话，真正讨论展会的信息早就被淹没在了无数微博中，让卫羽搞不清他的具体热度。

"按照这个趋势下去，咱们赢定了啊！"陈实在微信群里发了条消息。

郑晴没回他，而是问道："你们两个猜，今天参观人数有多少？"

"这有点难猜啊。"陈实摸了摸下巴，想了好一会儿才回复道，"四百？"

"五百？"卫羽也给出了一个深思熟虑后的答案。他们只是一个小型的展览，从早晨十点钟开到晚上八点半，一共十个半小时，要想达成五百人的参观数，相当于每小时都有五十人左右，前台几乎每分钟都要分发一次门票。这对于一个宣传力度不算特别大的小众展览来说，已经算是一个相当优秀的成绩了。

可是，两人还是少算了。

"六百三十七。"

这真的相当于从十点到八点半，每分钟都有参观者进场了。

陈实和卫羽看到郑晴的消息，心里既开心又担心。北京地下城的展厅的确足够大，但也是有承载极限的，这才第一天，要是继续火下去，恐怕就会因为观展人数过多而降低观展体验的。

事实上第一天就有人在抱怨更衣室太少、拍照点太少、人们占用时间过多的问题了，这些都要去解决。

不过那都是小问题，重点在于第一天就有六百三十七人啊！

"希望明天能破八百。"卫羽心里默默想着。八百是极限了，再之后就只能限流了。

"你们好火啊！"就在卫羽和郑晴、陈实两人讨论之后几天各种参观应对方案的时候，吕思奕发来了消息。

"多亏你让我多弄几个更衣室，不然今天就要出大事了。"卫羽说，"你的也不差吧，我有在微博搜索，参观人数也不少。"

"比起卫羽师哥，就远远不如啦。"吕思奕道。

卫羽又不知道该怎么回复了，他对于夸赞向来有些无措。

"你肯定是能通关的，我现在就有些担心，咱们接下来真的会撞在一起了。"卫羽心里一沉。光凭质量来说，许兆聪和吕思奕都挺高的，毕竟其他几个也不是专业的，准备再充分也比不上两人那些展品。如果不出现意外的话，三人有很大概率通关，到时候可就真的是火星撞地球了。

"想想还有些难过呢。"吕思奕道。

卫羽除了干笑两声还能说什么。

跟吕思奕聊完的时候已经是十点多了，卫羽洗漱洗漱就躺上床睡了。他睡觉向来有把手机开飞行模式的习惯，第二天早晨睡醒关闭飞行模式的时候，居然看到了好几十条微信消息，这让他心里咯噔一下。

打开微信一看，才稍微松了口气，这些消息大部分是陈实和郑晴在微信群里聊天，少部分才是两人单独发给他的，其他还有吕思奕和几个同学发来的消息。

大致看了一下，卫羽总算搞清楚了来龙去脉，然后忍不住笑了。事情很简单，就是看"画说京脊"展览太火了，许兆聪可能有点坐不住了，就授意那几个男团成员"无意间"泄露出了一些聊天记录，内容就是"画说京脊"展览有抄袭的嫌疑，展览中那些文物道具的创意来源于"中轴线显微镜"任务，严格来讲，窃取的是许兆聪的知识成果；再有就是贬低卫羽那些文物都是仿造品，都是假货。

这些指责其实是无稽之谈，就说"中轴线显微镜"的任务，明明是活动方给出的，许兆聪只是找出了那些电视剧电影中的文物而已。然后就是那些剧组的文物，合着他们的都是真品吗？他们的也是仿造的啊，不过就是在电视剧电影里用了一下而已。

虽然这么说，还是免不了那些男团的粉丝像是疯了一样攻击"画说京脊"展览。首当其冲的就是"画说京脊"的官方微博和卫羽的微博，下面充斥着那些男团粉丝们的污言秽语。卫羽只看了一会儿就忍不住地皱眉。但第一次面对这种网暴行径，他也不知道该怎么处理，索性先不去理会，照常起床洗漱准备去展厅。他现在最担心的是展览会受到影响。

陈实和郑晴在学校门口和卫羽汇合的时候，什么都没多说，这时候，三人都是一根绳上的蚂蚱。就在他们三个要出发前往北京地下城的时候，一个人忽然从转角处走出。陈实和郑晴看到来人，都很识时务地走开了。"你们先聊，我们在那边等你。"

"卫羽师哥，你真的没事吧？"吕思奕有些担心地望着卫羽。网暴可不是闹着玩儿的，他微博底下那些污言秽语，她只看了几句就已经愤怒得心肝脾肺肾都在疼了。

"没事，很快就会过去的，清者自清，浊者自浊。"卫羽笑了笑。

"卫羽师哥，你可能对网络世界的了解还是太少了，像这种情况，你不解释不反驳，他们只会变本加厉颠倒黑白，到最后假的都能说成是真的。"吕思奕认真地看着卫羽，道，"我可以帮你的。"

"暂时先不用了吧，我会出个通告解释下的。"卫羽想了想，觉得吕思奕说的也有道理。

吕思奕说："那如果有什么需要，你就来找我，我都在。"

卫羽闻言，沉默了好一会儿才看着她的眼睛道："好的，我知道了，你也快去忙去吧。"

"嗯呐。"吕思奕还是有些不放心，走的时候一步三回头，让陈实羡慕不已。

第三十二章

网红打卡点

吕思奕走后,卫羽去和陈实、郑晴两人会合,接着三人坐着陈实的车出发前往北京地下城。过程中三人都很少说话,气氛略有些压抑。不过卫羽后来注意到,郑晴没说话完全是因为她在看书,好似根本没把许兆聪带来的影响放在眼里。郑晴的淡定让卫羽也安心了不少,索性拿出手机编辑起微博来。

"一会儿发之前给我看看。"郑晴忽然抬起头,看向卫羽。

正在专心思索构词的卫羽闻言"啊"了一声,然后才反应过来,冲郑晴点了点头:"好。"

片刻后,卫羽编辑好微博,拿给郑晴看。

"挺好的。"郑晴看完点了点头。

卫羽的微博只申明了两点,言辞平淡毫不激烈。第一点是抄袭的问题,电影电视剧摆在那里,即便许兆聪不去找,它们仍然在那里,这算得上什么抄袭和窃取工作成果?第二自然是文物的复刻,那些文物本来就是历史上就有的原型,不能因为剧组用过,他们的就成了真品吧,简直是无稽之谈,可笑至极。

他的解释只是在反驳两个毫无道理的指责,愿意看的人自然会信,但对不愿意相信的人,你发什么都没用。卫羽也只是照例行事而已,总不能让愿意相信他的人也被误导吧。

没多会儿,三人来到了北京地下城,开始为今天的展览做准备。他们今天本来是准备接待超过八百位参观者的,但现在看来可能是无法实现了。

而且让卫羽更惊讶的是,他的微博发布不久就被那个男团的粉丝给攻陷,甚至还上了热搜,虽然排名不高,但曝光率大涨。对方显然是在颠倒黑白。上热搜这件事,卫羽也不知道是好是坏。

在略显忐忑的等待中,开始有游客聚集并排成一条队伍,队伍不长,但足以暂时性地让卫羽安心了。更让卫羽感到惊喜的是,这些游客们还纷纷出言安慰起了卫羽。

"卫羽师哥,你别担心了,林子大了什么鸟都有,那些粉丝全都疯了。"

"就是,连明辨是非的能力都没有了,也不知道他们到底在追些什么人。"

"不用担心啊,大家都很支持你的。"

对此,卫羽深受感动,但他也知道,这群人只是少数而已,绝大多数还没表态的人根本没来。关于微博男团事件的影响,还要看一整天下来的参观者数量。

随着十点到来,大量参观者拥入到北京地下城中,"画说京脊"开始了又一天的对外展览。一个上午下来,仅从卫羽肉眼看到的人数来看,似乎要比昨天更多。是影响还没开始扩散,还是说根本没有影响?三人都不知道。

不过随着时间的流逝,关于"画说京脊"抄袭的热搜也在微博上排名越来越靠前,关注这件事的人越来越多,议论也就愈发地激烈起来，特别是在某些人刻意引导话题的情况下。

再这样不加阻止地扩散下去，"画说京脊"不可能不受影响，至少路人们都会对它产生负面的观感。这是卫羽不愿意看到的，只是他也不知道该怎么做，他完全没有这方面的经验。

不过就在他为这事发愁的时候，事情忽然出现了转机。一个曾经参加过央视纪录片拍摄，同时上过多个综艺节目的文物修复师大佬骆峰，居然转发了卫羽的微博，更做了一番点评。

"我见过小卫几次，是一个很靠谱、逻辑缜密而且有耐心的小伙子。刚才我也看了些他作品的照片，发现修改了不少原剧中错漏的地方，想必下了不少功夫，这点值得赞扬。听说他一意要当文物修复师，不管某些人做了什么决定，我肯定都是支持他的。"

骆峰原本是在故宫工作的宫廷修复师，今年已经接近六十岁，参加过纪录片拍摄和综艺的录制后，渐渐从文物修复的第一线退下来，开始活跃在电影和网络圈子。但他之所以这么做，完全是为了推广文物修复这个行业，吸引更多的年轻人参与其中。

正如他所说，卫羽因为童林的关系跟他有过几次直接交流，骆峰对他的印象非常好。但这次骆峰站出来力挺他，依然让他感到非常惊讶且感动。他忙拿出手机给骆峰发了条微信："谢谢骆老了，太谢谢了，真不知道该怎么感谢您。"

"举手之劳而已，再说了，我说的哪句不是实话呢？"骆峰隔了几分钟就回复了卫羽，看到他的消息，卫羽几乎能想象到他爽朗、中气十足的笑声。骆峰接着回道："加油吧，我是很看好你的，拿下这次冠军，帮我打童林的脸，这么好的徒弟还往外推，再推就别怪我夺人所爱了啊！"

骆峰可以开童林的玩笑，卫羽当然不行，于是无视了他中间那句话，回道："我一定会拿下冠军的，多谢骆老的厚爱了！"

骆峰转发了卫羽的微博后，就像是给他盖了一个专家的戳儿，网友们看到后纷纷醒悟，认为连一个宫廷文物修复大师都认可的人，怎么会做抄袭这种事呢？而且人家也说清楚了，那根本不是抄袭，剧组道具组都没卫羽做得好。

骆峰转发卫羽的微博后不久，有两个不久前才上映的涉及中轴线的电视剧官微就转发了卫羽的微博，并且做出了澄清。开玩笑，骆峰现在可不只是文物修复大师，而且还是电影电视剧圈子里知名的专业人士，帮助指导了不知道多少剧组古代道具方面的问题，让他们的剧更有质感，也更不容易被网友们挑刺。

骆峰的转发、剧组官微的转发，让更多的网友看清了事实，然后滚雪球一样地影响了更多人，展览的搜索量也因此上涨了不少。

这也让位于微博下面的评论被正常的网友"反攻"了回来，把那些男团粉丝的评论刷得不断靠下。情况终于走向了好转。

当天下午，闻风而动的游客愈发多了起来，这让郑晴他们有些措手不及，不得已之下开始了限流，然后还公布从明天开始，"画说京脊"的参观就要采取提前预约的方式了，先到先得。

不得不说，人们都是有从众心理的，当网友们发现"画说京脊"的火爆程度后，原本不太感兴趣的人，也都产生了想去看看的念头。毕竟以前是谁都能去，现在是抽选，是限量了！

但卫羽他们也不是想展开饥饿营销，而是北京地下城真的达到参观人数上限了。

眼见自己引导舆论的方式不但没能影响减少"画说京脊"的热度，反而让它的热度暴涨了不止一个层次，许兆聪肠子都要悔青了，但又没有其他好办法去遏制"画说京脊"的火爆趋势。它已然是势不可挡了。

屡次输给卫羽，许兆聪心里面憋屈极了，关键输倒也罢了，要是这次不能拿到冠军，那自己这段时间的付出不就白费了吗？为了这次冠军他已经耗费了太多金钱和人脉了，他势在必得。必须想出办法来！

"画说京脊"开展的第二天，就这么有惊无险地过去了。晚上郑晴在微信群里公布了今天的参观人数，达到了九百三十二名之多，这还是在郑晴有意控制人数的情况下。

"最多一千人，每天一千人是我们的接待极限了。"郑晴道，"人我已经在招了，地方虽然可能可以扩大，但临时放东西也不太现实，就这样吧，每天一千个号，先到先得。"

"好的，这些你来安排吧。"卫羽说。

他才说完，微信又响起了消息提示，是唐浩然。他提出了一个请求："'画说京脊'的热度超出我们的想象了，照这个趋势下去，十五天根本不够那些对它感兴趣的参观者参观的。如果你同意的话，十五天之后，我们可以接手展览，让它继续长期运行下去。"

"这当然好啊。"卫羽下意识回道。

"那我们根据这十五天的热度，到时候再来谈钱的事吧。"握着手机的唐浩然笑了起来。还是跟这些没出象牙塔的学生交流起来舒心一点，对他根本就不设防，如果不是他们不想坑卫羽，恐怕卫羽会被坑得连裤衩儿都不剩下。

"到时候可能还会扩大规模。"唐浩然说。

"我们会协助帮忙的。"卫羽道。

经过这段时间对中轴线文化的深入了解，他也渐渐地把推广它当作一种责任了，这么优美的一条轴线，值得被更多人知道。

接下来的几天时间，"画说京脊"的热度一天比一天高，从最开始的一千张票需要很久才会被抢完，到后来已经到了秒没的地步。可想而知有多少网友想去参观，甚至连黄牛票业务都被催生出来了。

而造成这一切的根源有两个：一是北京的许多官方机构官微转发了"画说京脊"的活动微博；还有就是，随着"画说京脊"热度愈发高涨，前去打卡的女孩子越来越多，其中不乏一些影响力较大的网红，在她们的带动下，"画说京脊"展厅成功地如卫羽当初设想的一般，成了一个网红打卡点！

第三十三章

比 试

如果说最初的时候，许兆聪还有反击的念头，但当他看到北京的官方机构官微纷纷推荐"画说京脊"展览后，就打消了这个小心思了。他再有人脉再有钱，也不能跟政府作对啊。中轴线申遗，这是国家推动的，这是关系民族文化传承的，这是大势所趋。

"画说京脊"现在是官方都在推的一个展览。它有着网红打卡点的全部特质，但却又完美地完成了推广中轴线文化的任务，无论是因为"京城之脊"活动方还是"画说京脊"展览的微信公众号，抑或是因为抽奖送出去的那些手工艺品、墙面上的壁画等等，诸多原因，使它成了一个特殊的存在。

人们争先恐后地去打卡，卫羽、陈实、郑晴三人再也不用担心参展者不够多了，而是在考虑要怎么才能有效安抚那些没能抢到门票的网友们。

"饥饿营销得过分了，会起反效果的。"卫羽他们当然不是在饥饿营销，但网友这么认为他们也没办法。他们最后几天，也在网络上尽力地安抚了那些没能抢到票的网友们。

一场看不见硝烟的战争就这样落幕了，卫羽的"画说京脊"始终、根本就和什么"遇见·天坛""中轴·紫禁"不是一个级别的存在。

这一切都多亏北京地下城的场地，多亏了师兄弟妹们的帮助。

卫羽他们是有一个"画说京脊"筹备大群的，虽然还没确定最后排名，但卫羽已经自信地在里面放话说，等展览结束，要请所有人吃一顿大餐！

他现在已经不缺钱了。《我在故宫当御猫》的连载带给了他大笔的收入；而接下来，十五天"画说京脊"展览参观人数汇总后，"京城之脊"活动方将会再给他一笔钱；再之后展会转让给"京城之脊"来运营，也是一笔钱。卫羽虽然不知道那笔钱有多少，但以他之前和"京城之脊"活动方的相处来看，他们绝不会吝啬，他们根本不缺钱。

眼瞅着半个月期限将至，卫羽已经做好冲刺下一阶段任务的准备了。这段时间以来，他除了忙展览的事，画《我在故宫当御猫》，剩下的时间全在充实自己，啃与中轴线相关的书籍、论文、电影、电视剧，实地去考察，他对中轴线文化的认知每天都在精进。

距离冠军只剩下最后两步了！

与此同时，还有一个好消息。卫羽的微博粉丝正式突破五十万了！这是一个说多不多，说少不少的数量。对于明星来说，这当然是少了，但对于一个专业性极强的博主来说，却是非常多的。卫羽日常除了画画之外，也会发一些跟文物相关的内容，微博已经自动把他归类为历史类、文物类的博主了。

卫羽还在私信里看到不少找他打广告的消息，有一部分人直接附了价格，那个金额看得卫羽一阵心动。但他却也知道竭泽而渔的道理，现在他的微博还在上升期，贸然打广告肯定会引起粉丝们的反感，再说了他现在也不缺钱，也不急。

"画说京脊"开展的第十五天，卫羽、郑晴、陈实三人要正式和这处展厅告别了。在此之前，郑晴已经协助"京城之脊"的工作人员完成了一系列的过渡，接下来直到"画说京脊"彻底闭展前，它都由"京城之脊"活动方来运营了。具体时间要看它的热度能持续多久。

对于这一个半月的经历，郑晴是非常满意的。"画说京脊"虽然只是一个中小型展览，但它的热度也算是给她的学生经历添上了浓墨重彩的一笔。

正式离开北京地下城后，一群工作人员跟着三人去了城西边，跟那些能来的师弟师妹们在约好的地方会合。一大群人热热闹闹地吃了顿散伙饭，这次展览活动才算是正式落下帷幕。

接下来就是等待活动方评审出排名了。排名前四的将晋级下一轮。

第二天一大早，卫羽醒来，刚洗漱完就接到了吕思奕的微信："有点紧张。"

"我也是。"卫羽想了想，回了句。

"卫羽师哥，真的没人教你怎样安慰人吗？"吕思奕说，"你有什么好紧张的啊！"

"替你紧张一下。"卫羽回道。

看到卫羽发来的消息，吕思奕有些惊讶，也有些惊喜。她最近发现，卫羽的言辞似乎趋向于主动，也不知道他怎么就突然想通了。

"你知道我是在紧张什么吗？"吕思奕问道。

"怕被淘汰？"卫羽说。

"不是。"吕思奕说，"我是怕通过了，然后第六关卡将和你成为对手。"

卫羽看到这条消息，沉默了。在沉默中，有消息发送到了两人的邮箱中。看到邮箱标志上多出的小红点,两人立刻伸手去点。

"恭喜你成功晋级。"

卫羽看到这条消息后,原本平静的心情稍微有所波动,紧跟着去问吕思奕:"你晋级了吗?"

"唉。"吕思奕秒回了卫羽一个字。他看完心里有些不是滋味儿,刚想安慰她,又看到了吕思奕的下一条微信:"真的要跟你直接竞争了啊,卫羽师哥。我也通过了。"

好嘛,卫羽的心情更加复杂了。

同时晋级的还有许兆聪,他虽然取巧了,但无论展览的质量还是参观人数都是数一数二的,活动方无论如何也无法将其淘汰掉。

除了许兆聪,还有一个叫方嘉麟的年轻人也晋级了,他的展览在景山附近,名字特别霸气,叫"紫禁之巅望中轴"。

四个展览,四个参赛者,成功晋级,也即将开启下一阶段第六关卡的角逐。

"第六关卡,我们将根据你们的能力,分别下发不同的任务,然后一对一对决。"卫羽刚看完邮件没多久,唐浩然就给他发来消息。

"怎么分组啊?"卫羽看到消息眼皮子都跳了一下。

"别担心。"唐浩然道,"已经分好组了,你和许兆聪一组。"

"那就好。"卫羽先是松了口气,旋即又醒悟过来,"许兆聪?"

"我们听说你们两个都学过文物修复?"唐浩然问。

"嗯。"卫羽回了一个字。

"正好,我老板近期从多方渠道收来了许多跟中轴线相关的古物,我们想让你们两个把它们分门别类,真品与赝品,好货与次货,如果有能力的话,最好可以修复其中破损的部分。"唐浩然说,"还有就是你们不用担心法律风险问题,这些我们都可以提前签合同,我老板收来这些东西的渠道完全合法,之后也不会涉及买卖,大概率会捐赠给国家。你意下如何?"

看了唐浩然的话,卫羽当时就有些意动,修复文物本就是他的理想,现在有机会上手,他有什么需要犹豫的? 可是,这是比赛,是和许兆聪的比赛,卫羽自忖自己能力够,但对方毕竟在商业领域已经验证过能力了。

自己和他,到底谁强? 如果两人不认识还好,关键这涉及了他师傅和许兆聪的师傅,想了许久,卫羽回道:"关于这个,我要先问问我老师。"

"好,那有消息了你随时告诉我。"唐浩然道。

"好的。"卫羽收起手机,在椅子上坐着想了想,准备去童林的办公室。

来到办公室的时候,童林正坐在椅子上看电脑。听到卫羽的敲门声,他颇有些手忙脚乱地把网页给关了起来:"进来吧。"

"老师。"卫羽走到童林面前,喊了声。

"有事啊?"

童林拿起杯子,起身去接水泡茶,卫羽忙走过去,顺手接过童林的杯子:"嗯呐,刚才'京城之脊'的活动方联系我,说想让我和许兆聪比一下。"

"比文物修复啊?"童林重新坐回椅子上,眯了下眼睛,心里面对某人有些不爽。

"是的,因为关系到老师您的声誉,所以我就想来问一下您的意见。"卫羽把水杯放在桌上,拉了张板凳坐在童林身旁。

"你又不是我徒弟,你跟他比,跟我有什么关系?"童林疑惑道。

"虽无师徒之名,但有师徒之实。"卫羽认真道,"一日为师,终身为父。"

"好了好了,你别给我戴高帽子。"童林道,"想去你就去,但是去了就要赢,知道吗?我平时不在意输赢,但是许兆聪那个小子的确有那么一点点讨厌。"

"知道了,老师!"卫羽一下子就来劲了。

"这段时间怎么样啊?"童林抿了一口茶,假装不经意地道。

"您指什么?"卫羽也假装没听懂。

"你这小子。"童林生气地把水杯一放,"参加'京城之脊'的活动啊,有没有什么感触啊?"

"有啊。"卫羽想了想说,"我现在总算知道老师您为什么喜欢中轴线了,它'居天下之中国之中'的概念的确气势雄伟,几乎每个建筑物都有着与众不同的特质。"

"看样子你是真的深入去做了研究的。"童林点了点头,"行了,去吧,记住,别输给许兆聪那小子。"

"放心吧,老师,我肯定会赢的,会成为您徒弟的!"卫羽道。

"唉,这个就别说了。不是还有一个对手吗?那个输了就行。"童林连连摆手。

卫羽就当没听见,跟童林道了别,推门而出。

第三十四章

仓库与直播

回到宿舍后,卫羽回复了唐浩然,告诉了他自己的决定。

唐浩然立刻回复:"许兆聪那边也答应了,那咱们明天就签合同,然后开始?"

"好。"卫羽道。

"具体的任务流程,咱们明天见面说。"唐浩然道。

"我会和许兆聪见面吗?"卫羽犹豫了一下,还是发出了这条消息。

"不会,你们是分开的。"唐浩然道。

"好的。"卫羽道,"还有就是,方便问一下,另外一组的任务是什么吗?"

"不是特别清楚,但好像是一起上一档跟中轴线有关的节目吧,类似于《一站到底》那种。"唐浩然说。

"好的,谢谢哈。"卫羽道。

"没事。"

将手机锁屏,卫羽快步向宿舍走去,回去后立刻坐在书桌前,查询起中轴线文物、古物的相关信息。接下来将会是一场硬仗。许兆聪之前是输给卫羽一次又一次,但却无法抹消他是一位文物修复高手这个事实。一整天时间,卫羽都在查询资料,为第二天做准备。

翌日,早晨九点半,唐浩然来到学校门口接上了卫羽,带着他一路向北而去。

"我老板在昌平那边专门有个仓库,是他用来放置收集来的那些东西的。"

唐浩然的话让卫羽陷入了沉默当中。果然,他对有钱人的生活一无所知。

唐浩然接着介绍:"说是仓库,但其实所有不同类型的东西,都储存在不同的房间,最大限度地防止他们继续腐化老化。你要做的第一个工作,就是把那些东西整理一下,把没用的东西全部扔掉,好的东西按照年代和价值分类一下,最后如果能从中找到值得修复的,就拿来修复,如果找不出来的话,老板会提供东西给你修复,让你们决出胜负。"

"了解了。"卫羽点点头,心里面有了一丝丝压力。让他去分辨那些东西的价值,万一他要是分辨错了呢?浪费了唐浩然老板的钱都是小事,重要的是真要扔掉什么重要的古物,那他自己都没法儿原谅自己。

半小时后,两人来到一个看起来非常新的别墅区。唐浩然带着卫羽走进了其中一栋,对他道:"就是这里了。"

好吧,用别墅来当仓库,倒也说得过去。唐浩然解开密码锁,两人推门而进,立刻看到了大量防尘布。两人一一把布掀开,露出了下面遮盖的物件。

卫羽按捺住心绪,跟着唐浩然推开一扇又一扇门,每扇门里面的温度、储藏方式都不一样,储藏物当然也不一样,但总归来说也就那几类。石器、玉器、陶器、木器、竹器、铜器、铁器、金银器、琉璃器、纸类物品以及纺织品，可谓是应有尽有。但以卫羽的眼光去看，其中绝大多数都是没用的废物，跟地上的土一样，毫无价值。他突然有些好奇唐浩然的老板到底是怎么收集的，又是从哪儿收来这么一大批东西的。

"许兆聪和你一样，也都有这么一仓库的东西等着他。你们俩的比试无关乎时间，所以别着急，慢慢来，如果有什么需要，联系我。如果有东西你要带回宿舍，也可以联系我，报备一下就行。"唐浩然临走前叮嘱道。

"好的，唐哥。"卫羽撸起了袖子，准备大干一场。就别墅里这些东西，光是把它们整理出来恐怕都要用几天时间。卫羽首先整理的是那些最顺手的，也是最无用的东西——石头。

卫羽真的很想问唐浩然的老板是从哪里搞来这么多石头的，终于卫羽实在没忍住问了唐浩然。唐浩然说卖家说那些石头是祖传的，据说是清光绪二十六年庚子之变时，义和团在大栅栏放火，烧毁大片房屋，南风骤起，大火顺势殃及了正阳门，正阳门因此而毁，这些石头里有些就是那时候的正阳门残骸。

听了唐浩然的解释，卫羽一时无语以对，只能默默工作。但这工作实在是太无聊了，空寂无人的别墅，除了他清理石块的声音，再无其他。

难怪说文物修复师是一个孤独的工作，也是一个考验耐性的工作。在文物修复的过程中，很可能会长达数年甚至数十年去专精于一物。也有可能为了一个小小细节，来回不断地完善，可最后依然失败。整个过程枯燥无味，不能像在电脑上看剧一样二倍速或者快进。这种工作一定要非常喜爱，才能真正胜任。

不过，那是以前了。卫羽清理着的时候，忽然产生了一个想法。文物修复工作为什么要枯燥？就算本身是枯燥的，自己可不可以把它变得不那么枯燥，而且可以让别人也学到一些东西呢？比如说……直播！

微博就有直播功能，而以他目前的粉丝数，想必会吸引不少人观看。到时候和观众粉丝们交流一下，介绍介绍中轴线文物的特点特质，向他们推广一下文物修复师这个职业，就算影响很小，但总比什么都不做的好。

想到就做，卫羽当即拿出手机，用美团点了一个三脚架的外卖，等三脚架送到后，立刻开启了微博直播，标题非常直观——"和我一起来整理古物吧"。是古物不是文物，这别墅仓库里的绝大多数东西都称不上是文物，有的只是碎片而已，修不好等于没有价值。

卫羽开直播那一瞬间，就有上百人拥入了直播间。卫羽的粉丝五十多万，哪怕刚才只有千分之一的人在线刷到了他的内容，那也是一个较为庞大的数额。几秒钟过去，人数还在激增，紧跟着卫羽就看到了一条条消息刷了起来。

"卫羽师哥这是在哪儿啊？"

"你身边的这都是些啥啊？"

"卫羽师哥在整理东西吗？需不需要帮忙啊？"

卫羽看了眼评论，稍微解释了一下："我现在在进行'京城之脊'四进二的比赛，具体任务呢，就是把这些跟中轴线相关的东西给整理出来，分清楚他们的年代、价值、修复难易度什么的。"

"原来是这样啊，听起来很有意思的样子。"

"卫羽师哥，我听说文物修复又累又枯燥，是不是真的啊？你是为什么要当文物修复师啊？可以给我们讲讲吗？"

"我也好奇得要死，在我的想象里，像你这么帅的人，应该是工作在金融街啊，律师事务所啊，一想到以后你要跟《我在故宫修文物》里那些大师们一样，穿着蓝色工装，我就觉得好有趣，哈哈。"

"卫羽师哥，你这么厉害，那会不会鉴宝啊？"

"对啊，你会不会捡漏啊？"

短短几分钟时间，直播间的人数就突破了千人，而且还在朝上万人快速发展。数不清的评论让卫羽有些头昏眼花，他只能选择性地回答一些问题，主要还是围绕中轴线文化，涉及他自己的隐私那就权当没看到。

"我个人觉得，修复文物是一件非常幸福的事，就像很多人喜欢写小说，很多人喜欢跑步，很多人喜欢健身，喜欢画画，喜欢唱歌一样。作者们写到高潮情节，跑者跑完全马，健身的人达到了目标，画画的人突破了自己，唱歌的人登上了舞台，都会觉得很幸福。修文物也一样，那种历经艰辛，终于把历史古物修复成功，让它们在我手中重新焕发生机,让它们再一次活在人们的目光下的感觉,是常人难以想象的。"

卫羽说了好长一段话,又顿了顿说:"我非常欢迎你们也来加入这个行业,但是选择前一定要想清楚,这个行业真的很需要耐心,你一定要确定你非常非常喜欢。"

"卫羽师哥,那你有多喜欢文物修复呢?"

"非常喜欢,它是我理想中的工作,是我从小到大的向往,是我一直以来努力的方向。"卫羽认真地回道,"为了达成这个目标,我一定会突破一切阻碍的。"

"网上不是说你师从文物修复大师童林吗?怎么看你的样子,似乎距离这个职业还很远呢?"

有网友戳痛了卫羽,他心里叹了口气,然后开始介绍起手边的东西来。

除了石块之外,别墅仓库里还有许多古老的票证,来自数十年甚至上百年前;有中轴线上大户人家的古老家具;有布满脏污的书画,有银的铜的腰牌,它们来自中轴线上不同阶层的人;还有许多老店的木制牌匾。

这其中倒真有些古老且具有意义的东西,将来如果有一个专门的中轴线博物馆,这些可以是常规的展品,但也仅此而已。像那种镇馆之宝或者极其珍贵的,还没出现,肯定也是不会出现在这里的。

卫羽一边跟观众们聊着天,一边整理着手边的东西,直播间的人数到最后甚至突破了五万。其热度之高,让不少从其他渠道点进来的观众们惊讶无比,特别是当他们听到卫羽在那里讲些文化方面的东西时,就更惊讶了,这也有人爱听?

不过当他们看清卫羽的长相时,瞬间就觉得,嗯,卫羽师哥说得果然很好看,不对,卫羽师哥长得真好看,说得真好听。

真香!

第三十五章

文物修复师

有了观众的陪伴,卫羽的工作也就不再单调枯燥,还可以顺势而为传播些知识,可谓是两全其美。不过随着时间的流逝,观看直播的人渐渐变少了。毕竟只是整理东西的话,多多少少有些无聊,卫羽也知道这点,但他又不是为了直播热度才直播的,所以压根儿也不在意。

五天过去了,卫羽终于把别墅仓库里的东西整理得差不多了,至少不再满眼都是"垃圾"了,这时他总算能开始区分这些藏品的年代和价值了。相比起单纯的整理,这显然要好玩儿得多,因为这涉及鉴宝的范畴了,虽然在卫羽看来完全不是一回事儿,可架不住观众们这么认为啊!区分年代和价值,哪里不是鉴宝了?

"大家都知道,我是学画的,我从小到大主攻的方向也是书画修复,所以书画鉴定肯定是会的。"卫羽一边轻轻拿起手边那一卷卷卷轴、一张张绢布,边面向镜头说,"书画的鉴定有两个很重要的点,一个是根据当时的时代气息,另一个就是根据书画家的个人风格,再有个人风格的画作也脱离不了时代的束缚,由此我们可以略微判断一二。"

"然后是深知当时时代的发展,那时的纸张、印色、装裱式样等,与现在有很大的不同。比如书画用纸,像净皮绵廉、三层玉版等,虽然今天还有生产，但品质上已有很大不同。"

"又比如印色，好的印色多用矿物颜料制成，像上乘的朱砂、红宝石粉末等等，一般可以经数百年不变色。关于印色，不同书画家所喜欢的颜色不同，其中还有区分，像张大千的书画用具，大都是他自己定制的专用品，非常讲究。"

卫羽轻拿起一张长卷，铺展在身前的褐色长案上，说："你比方说这幅画，一看就知道是民国时期的作品。在清代之前啊，我国的绘画以中国画为主，但二十世纪初期，随着西方绘画的传入，中国画迎来了一场史无前例的大变革，大量的西方画技法融入中国画中，让那个时期的书画艺术风格呈现出独特的形态特点，美学风格也发生了变化。"

"这张画画的是那个时期的正阳门，虽然不是文物，但也有一定的研究和收藏价值。"卫羽把这张画单独放置到储物间后，继续整理别的物品。他边整理边聊，时间过得非常快。

随着主题的变化，观看直播的网友们也愈发多起来，评论也杂了起来。

"卫羽师哥，你说你现在这么火，干吗还要继续做文物修复师那行啊，去潘家园琉璃厂捡漏不香吗？捡漏到一个不就吃喝不愁了吗？"

"你懂什么？就是因为卫羽帅哥有那样的能力，还想继续当文物修复师，他才有魅力，我们才愿意看他，谁愿意去看一个清华的大帅哥去古玩店捡漏啊！哎，你别说，我说着说着脑子里这么一想，还真挺带感的，真香！"

"哈哈哈哈，说不定人家卫羽师哥根本不缺钱呢？"

"听说那个许兆聪是你的同门师兄弟吧？他好像是个商业文物修复师，可赚钱了啊！"

看到这些评论，卫羽忽然停下了手中的动作，沉默了起来，好半晌才在观众们的询问中缓缓道："在故宫里，有十五万件左右的古书画藏品，约占世界公立博物馆所藏中国古代书画的四分之一，其中三分之一具有较高的学术价值和欣赏价值，有四百二十件元代以前的绘画，有三百一十件元代以前的书法。有三十五万件陶瓷类文物，一级品一千一百多件，二级品约五万六千件。有铜器约一万五千件，其中先秦青铜器约一万件，有铭文的一千六百件。有玉器两万八千四百六十一件，加上漆器、珐琅、玻璃、金银器、竹木牙角雕刻，以及笔墨纸砚等杂项，则有十万一千三百五十五件。宫廷类文物收藏、图书典籍多不胜数，根据文物普查结果，我国的可移动文物有一亿零八百万件（套）。"

随着卫羽的讲解，或者可以说是背诵，评论渐渐少了许多，大家都在仔细地听、仔细地看，他们发现卫羽脸上的神采忽然黯淡了许多。

卫羽接着说："但是你们知道现在全中国有多少文物修复师吗？只有两千人左右，而且其中大部分人都老了，新加入这行的人却不多，我们这些人加起来，就算每天连续不停地工作，干个几十上百年，也没办法把故宫里的那些文物全部修复，更遑论全中国的文物。

我一个人虽然改变不了太多，但我希望尽我所能去改变，商业修复领域的确很诱人，但那不是我的志向，所以类似的话请大家不要再说了。"

说完这番话，评论区里有人感动不已。

"卫羽师哥的志向也太伟大了吧，看得出他真的很喜欢文物修复了，刚才他说的时候我去百度了一下，具体到文物的件数，居然一字不差！"

"有这种愿意付出的天才学霸，是我们中国人的福气啊！"

"希望之后能看到卫羽师哥修复的文物国宝！"

当然也有人觉得无趣。

"呵呵，只是开个玩笑，至于这么认真吗？"

"还真当自己是个人物了吧，看你的直播是给你脸了。"

黑子到处都有，卫羽也懒得去在乎，继续给在乎的人讲解起古书画修复的知识来。

转眼间，又过去了几天时间。卫羽完成了绝大多数古物的价值和类别的区分，只剩下最后一小部分，因为它们实在有些难区分。特别是有几张画，脏得不行，仅从表面上来看，根本什么都看不出来，所以卫羽要拿到修复室去稍做清理。

事实上卫羽还答应了网友们，如果今天清洗出来的画合适，会给他们直播一场书画修复。这自是让观众们感到沸腾般的喜悦。

卫羽还没有工作，也没有那个经济条件，所以当然是没有修复室的，但没关系，童教授有啊，他不只在学校有，家里也有一个小的修复室。卫羽借的是他在学校的那个，对此，童林欣然同意。

正如卫羽最近对吕思奕的态度有所改变一样，卫羽发现童林在对自己学习和运用修复技艺这件事上的态度，似乎也有所转变。不知道这两三个月的时间里，到底发生了什么使他改变了。

童林的书画修复室就在他办公室，他办公室总共有两间，一间较小的对外办公，一间较大的用于书画修复。

敲门而入后，童林正背靠椅子闭着眼睛午休呢，卫羽也没打扰他，轻手轻脚地就去了内屋。刚一入内，卫羽就闻到了一股让他头脑清醒的味道，这种味道说不上来，是宣纸、霉、墨以及一些化学物品综合而成的味道，有些古怪，但卫羽却很喜欢。

修复室内有好几个书架，上面摆放着许多书和工具，最中间是两张拼在一起的红色长案台，案台上挂满了排笔毛刷等一应修复工具。

卫羽走到案台前，把手上的五卷画放在了案边，然后把手机架在了对面那张长案上。等直播开始，卫羽给观众们打了个招呼，道："大家好，我现在在一个书画修复室，今天呢，我就给大家展示一下修复一幅书画的具体步骤和过程。"

"首先，我要告诉大家的是一个文物修复的原则，叫四则六性。四则即是最小干预原则、最大信息保留原则、文物修复安全性原则、可再处理原则；六性是经验性、专业性、科学性、规范性、艺术性和创新性。从文物保护的角度来看，能小修不大修，能缓和就不用猛药。大家如果将来从事相关行业，一定要谨记。"那咱们现在就要进行第一步，洗。"

卫羽说话的工夫，把一幅正常书本大小的画铺展在了桌上，底下垫了一层薄薄的纸，紧跟着用水盆接了一盆冒着蒸汽的热水，把吸水毛巾放进去后拿出、拧干，裹成棍状后，开始给画去污。

观众们看到这一幕，都惊呆了。

"这，原来书画都是这么清理的吗？这么薄的纸，沾了水不会坏吗？"

"这你就不懂了吧？清水可以溶解许多物质，软化糨糊，去除字画表面上的尘埃和污迹，我之前在《我在故宫修文物》里看那些宫廷修复师就是这么做的。"

卫羽也没抬头，介绍道："像热水洗画，这是书画修复中一个非常常规的操作，但也是分画的种类的，像重彩的画肯定就不能这么干。然后，咱们用水洗呢，不只是为了溶解物质，使糨糊软化了，才方便进行下一步的揭。"

"另外大家也别太过惊讶，说纸怎么能沾水呢。那我现在就给大家说一个小小的冷知识，或者是'热'知识吧。大家大概也都看到过或听说过吧，纸本身就是从水里捞出来的。"

观众们闻言，这才恍然大悟。

清洗书画是一个很麻烦很耗费时间的步骤，好在卫羽手下这幅画很小，所以只花了半个小时就完成了清洗。然后卫羽开始进行第二步——揭的过程了。

第三十六章

古　画

揭，是指揭书画的背纸。所谓书画性命全在于揭。揭画的时候，一个操作不当，就会断送掉一幅画的性命，因此这也是一个非常考验手法的细致活儿。揭画的工具是镊子，整个过程又慢又久。但卫羽偶尔会说说话，或是介绍，或是活跃气氛。

"古代字画的揭裱，基本都是用的水闷法，用温水温润字画，再手工揭裱，这里面的难度在于裱褙和糨糊粘连着画心和命纸，揭多了损伤字画，揭少了重新装裱的时候，残留位置会厚于整张画面，久而久之会导致磨损，硌伤画心，最后使画心断裂。所以揭裱这一步，向来是只许成功，不许失败。"

说话间，卫羽已经揭下了一块块细碎的背纸。有些观众估算着时间，退出去再回来的时候，卫羽已经进行到了"补"这一步。

"补洞最关键的是找到合适的材料，要保证补洞材料和被补画心是同一个材质、同一个颜色，以及同一个薄厚度，这样才能把画面补得和原画一样逼真。"

"但大部分时候是无法找到原封原样的绢布或者画纸的，所以只能自己加工，按照画卷所在时代的织法，做出新绢后白晒、上色、打薄，经过多次尝试后才敢补到画上，否则新绢补上后太硬，容易使老绢裂缝。"

卫羽的运气很好，他手下这幅画景山的画恰巧是二十世纪三十年代的作品，作者是一个无名氏，但看得出来水平不错。童林的修复室长期留存着大量过去的绢布和画纸，甚至有些古老的非文物老卷，可以用来修补文物。

卫羽找到自己所需的绢布后，就开始一点点地切割，修补画心背面，修补成功后终于来到了最后一步——全色接笔。

"所谓全色接笔，指的是补全画作的颜色，接着把它缺失的部分画上去，要做好完美的全色，需要这位修复师有相当水平的绘画技巧，不仅如此，还要对那幅画、那幅画的作者、那幅画的年代、那幅画的背景故事，有着充分的了解，而且还要会调色。"

"种种能力，缺一不可。颜色不对，补上去的颜色深一点浅一点，不行。颜料不对，时间长了，画心上的颜料挥发走色，不行。画技不够，修复后与画作原本的画意不同，画风不同，所要表现的东西不同，不行。总而言之，言而总之，这一步非常难。许多文物修复师在修复文物古画作或者一些较困难的作品时，都会深入去研究那幅画的作者、年代、作者当时的心态等等，甚至还要多次临摹细节，以达到最佳状态，然后才能去修复。"

卫羽手底下这幅画，本身的水平算不上顶尖，但因为他把当时的景山记录下来，也有着一定的研究价值，可以让人们更清楚当年中轴线上遗产点的风貌。对修复它，卫羽很感兴趣。

整个过程也说不上难，毕竟要说技术，卫羽本身不弱于原作者，而且这几个月以来，他对中轴线的了解简直不要太深，再加上先前修复时反复地观摩，早就已经打好了腹稿，现在只不过把内容从心里誊抄出去而已。

不过相较于平常的绘画，全色这一步对于观众来说无疑要无聊得多，也看不出什么水平来，毕竟在外行看来，不就是调调色，然后拿笔点来点去吗？完全没有一点难度可言。当然了，他们也知道，这只是因为他们外行不懂而已，也只有内行人才看得明白，卫羽这举重若轻的一步到底有多深的功底。

从早上直播到晚上闭播，卫羽已经完成了一幅画的修复，在把它贴上背纸进行晒干步骤的同时，又开始准备修复第二幅画。

接下来的第二天，卫羽重复了第一天的清洗步骤，但没有再继续全部修复，毕竟太过于耗时。而一想到修复一幅大型文物古画需要长达半年、一年甚至数年的时间，人们忍不住地感叹这果然是一个需要耐心的工作。

其实这都还好，那种临摹性的工作更可怕，有可能长达数年甚至数十年都要专心于一幅画。一个人一生基本上也就七八十年八九十年时间，多了也不过一百多年，把年幼和苍老的时期除去，剩下的整个壮年时期，又能临摹多少幅文物古画呢？

差不多下午三点多钟，卫羽拿出了最后一卷画轴，之所以它被列在了最后，原因很简单，它过于脏了，而且很长，足有一米三。也不知道唐浩然老板从哪里收来的东西，整个画卷几乎都被灰褐色的灰尘所遮盖，星星点点的霉斑遍布其上，让人看了忍不住皱眉。如果不是隐约能看出它上面画的是中轴线的场景，它根本不会出现在这个修复室。不过通过观看那些细节，卫羽很好奇这幅画的年代，它似乎不是近代的作品。在卫羽解释了原因后，观众们同样对它有着一定程度的好奇。于是，在观众们的注视下，卫羽开始了清洗步骤。

整个清洗的过程，卫羽足足用了三个多小时，且还只是最简单最表面的清洗。而在清洗的过程中，卫羽越来越惊讶，越来越心惊胆战，因为根据他对历史建筑和服饰的了解，这幅画上的场景似乎是明朝正德年间的！

在发现这一点后，他立刻去找落款和印鉴，却没有找到。这是一幅无名氏作品。但从它整个的布局构图、画风、画意以及所呈现出来的东西来看，似乎并不是一个无名画家的作品。

卫羽直播间有不少识货的人看到这一幕也都震惊了。

"正德朝的古画？"
"我去，博主这是洗出宝贝来了啊！"
"正德年间的中轴线生活图景，这应该是全国独一份儿吧？"
"卫羽大哥，赶快住手联系文物局吧！"

不用观众们提醒，卫羽在发现不对劲的时候，已经第一时间联系了唐浩然和他的老师童林了。不过童林正在上课，没有立即看到消息。等他下课看到消息，立刻就骑着自行车回了修复室。童林来得太急了，也没敲门，让卫羽有些措手不及，忙道："老师，我还没关直播呢。"

"没事，开着吧，宣传宣传这个行业挺好的。"童林头也没抬，低头看着画，脸上的表情从最初的平静到后来已经是止不住的笑意了。紧跟着他猛地抬起头，看向卫羽："还愣着干吗，该拍照拍照，该检测检测。"

卫羽闻言，立刻去童林的办公室拿相机，把这幅画的每个细节都拍摄下来，准备放到电脑上放大了看。此外，他也在采集这幅画的一些纤维和脏污部分，准备拿去检测年代。现在是二十一世纪二十年代了，鉴别古书画的手段多不胜数，用科技设备检测无疑是最直接的方法之一。

直播间里的观众们看到卫羽被童林指使的样子，也知道这是一位大佬。有人当场就截图去百度了图片，很快就找到了童林的履历，当时就震惊得不行，这可是主持修复了多幅大型国宝级文物的大佬啊！这两人都小心对待的古画，想必不是国宝，也是珍贵的文物吧？他们只是看一个直播，哪承想能看到文物就此诞生？

在卫羽和童林开始不受外界影响认真工作的时候，唐浩然也在卫羽的指引下来到了办公室。和他一起来的还有一个五十来岁的中年人，他身穿一身唐装，身材高大，长相略显严肃，但此时眼中却难掩惊喜。

"童老，我还真捡到宝了？"来人显然认识童林，而且关系匪浅。

"虽然还没有完全确定，看样子是的。"童林拿着个放大镜，头也不抬地看着画，"从画上的风貌、建筑、人物穿着、文字、绢布的材料，都大致能推断出是正德年间的画作。但具体是怎么个情况，要等检测完了，细致地检查一遍才知道。"

"这画怎么湿成这样啊！"中年男子有些心疼道。

"如果不是用水清理了，谁能知道它居然是正德年间的作品？"童林没好气道，"东西真的是好东西，有了这幅画，业界对中轴线的研究要深不止一个度，就是可惜了，佚名。"

"佚名也是好作品嘛。"中年男子赶紧道，"这幅画脏成这样，我看缺的地方也挺多的，能完美修复吗？"

"这个不好说。"童林摇了摇头。

这下子直播间里没人再说让卫羽把画上交给文物局了。上交了文物局，大概率也还是拿回这间修复室，交给童林来修复，何必多此一举呢？更何况这幅画是私人的收藏品，国家规定文物不能买卖，但却可以私人持有。

"那童老你来试试？"中年男子试探道。

"我倒是想，但我忙啊，最近好多事呢。"童林摇了摇头。

中年男子有些失望，不过他知道，最近童林的确在忙一个博物馆的百年庆。

"而且，这不是你给他的任务吗？"童林指了指卫羽，又道。

"他？"这时，中年男子才注意到了卫羽。

第三十七章

龙虎斗

"你好,我是卫羽。"卫羽闻言,来不及多想,先把手伸了出去。

"你好,吕然。"中年男子露出一抹讶异的神色,"你就是卫羽,童老的徒弟。"

"暂时还不是呢。"卫羽摇了摇头。

"呵呵。"中年男子吕然听了,只是笑了笑,没再多说什么,紧跟着把目光转回到童林身上:"童老,不是我不相信你徒弟的能力,实在是这画过于贵重,倒不是钱不钱的问题,这不是关系到咱们中轴线文化的传承嘛。"

卫羽在一旁听着,思绪却很紊乱。首先,眼前这人就是"京城之脊"的举办者没错了,然后,看起来他和童林的关系很不一般,那之前童林让自己参加"京城之脊"拿下冠军到底是什么原因呢?这是个什么样的行为呢? 当然这两个问题加起来都比不上另外一件事让他情绪波动,那就是童林说让他来修复这幅正德年间的古画。

童林和吕然还在交流,观众们也在兴致勃勃地吃瓜,但卫羽却忘记了一切,仿佛什么都听不到了,目光死死盯住案台上那幅浸湿的画。画上没有永定门,因为现如今的中轴线南起点永定门尚未开建,那是嘉靖三十二年才开始修建的城门。原来那时候的故宫、天坛、前门、景山,是那个样子的。原来那个时候的人们服饰是那样的。如果真能修复这幅画就好了。卫羽抬起头,看向了吕然。

"卫羽,把你前天修的那幅画拿给他看看。"他对面的童林忽然道。

"好。"卫羽闻言,立刻走到不远处的画架,把一个绸布包着的画卷取了出来,把它摊在了桌案上。

"这幅画虽然一般,但我主要让你看看他的修复水平,他之前也修复过一些古画的,水平有保证。"童林说,"我可以担保,他的水平可比某些商业修复师的高多了。"

卫羽听了童林的话,特别惊讶,同时感动。童林以他的名义为他做担保,这可不是嘴上说说这么简单,这可真会关系到他身价、名誉的。

吕然从卫羽手中接过画,摊开来看了一会儿,又沉默良久,忽然笑道:"既然童老你都这么说了,我当然没意见了。"他是很清楚童林对中轴线文化的喜爱的,他敢让自己的徒弟上手,那绝对是百分百地信任。就算没有百分百,也有百分之九十五了。

"那行,就这样吧,东西留这儿,我也会盯着的。"童林最后说了句。

"那一切就交给你了,小卫。"吕然朝卫羽笑了笑,又向童林摆了摆手:"那我就先走了,童老。"吕然来也匆匆,去也匆匆,和他一起走的自然还有唐浩然。

两人走后,修复室又只剩下了卫羽和童林两人。

"还愣着干吗,继续清洗,然后出个修复方案吧。"童林看了眼卫羽。修复古代文物字画,当然不能像修复平常字画那么简单,没有把握，童林都不会直接上手。

"好的，老师。"卫羽看着桌上的长卷，眼中闪烁着兴奋的光。

于是接下来，卫羽又开始了清洗工作。而被卫羽忽略了的是，他的手机一直在开着直播，而且里面的人数相较之前多出了十倍不止！一直到晚上他结束了一整天的工作，他才忽然想起有这么回事儿，实在是修复文物这件事太上头了。

当他看到自己直播间人数的时候，当场就震惊了，五十万！怎么会有这么多人看自己的直播啊？

看到卫羽的表情，观众们立刻开始疯狂刷起评论来。

"哈哈哈，我就猜卫羽师哥肯定没注意到！"
"卫羽师哥你直播间炸了！"
"你又上热搜啦！"
"那些流量明星们该羡慕疯了吧，卫羽师哥自带热搜体质！"

卫羽看到评论，这才明白发生了什么，于是解释了一句就下播了。他关掉直播打开微博热搜的页面一看，果然看到一则跟自己相关的热搜——洗文物洗出古画。点进去一看，居然是一个粉丝量两千多万的媒体官微摘取了他直播的段落发表了出去，此时转发量已经达到了四万之多，评论数更是达到了十万，点赞数二十多万。

这个巨大的数量是卫羽没有想到的，继续往下拉，他立刻发现了自己直播间那条微博，评论数更夸张，已经达到了上百万。不过这个评论量不如上条微博的评论量真实，因为这相当于直播时观众的弹幕数，一个观众很可能发了许多条弹幕，但还是非常夸张了。

继续往下，就是网友们的评论和一些媒体的转发了。从评论里看，大家都对这件事感到非常震惊而且很新奇。

> 直播开出古文物字画，跟在古物店里捡到宝有什么区别吗？
> 这也太猎奇了吧。
> 遍览整个微博，这样的博主根本就不存在。

而随着这件事热度的增加，卫羽的微博粉丝数也在飞快上涨，短短一个下午已经冲到了六十五万。这些粉丝可是具有一定黏性的，特别是当他们看到卫羽接下来要修复这幅价值不菲的古画时。关键还在于，这幅画将会增加整个中轴线文化的历史厚度，让更多研究那段历史的人，有更深入的认知。

任何一幅年代久远的生活图景的价值都是极高的。而这样一幅古画，居然让一个在校学生来修复，这无疑让很多人产生了怀疑的心理。但他们的怀疑改变不了任何东西，毕竟这件古画是私人收藏品，卫羽虽然称不上什么专家，但却是文物修复大师的亲传弟子，他的能力不是键盘侠可以轻易置喙的。

卫羽看完微博上的消息后，又打开了微信，很显然，微信也有很多消息。卫羽优先看了吕思奕的。

"让我旁观！"吕思奕只有一句话。

"好啊。"卫羽想了想，答应了她。修复室又不是手术室，他的工作也不是连话都不能说，他也知道吕思奕一直对文物修复这项工作充满向往。

再然后就是一些朋友的消息了,都是因为他这次突然上热搜才来聊几句的。

一一回复了朋友们的消息后,卫羽开始琢磨古画修复的事儿。主要是查些资料,比如说画心孔洞的修补方式、修复所需要用到的材料种类、需要申请哪些特殊的材料等等。他密密麻麻做了好多笔记,手机忽然连续震了起来,拿起一看,居然是童林的消息。

"有个小情况。"

"你之前不是在直播吗? 然后孟启阳也知道这事儿了,就说你和许兆聪的比试不公平,你要是把这幅古画给修好了,那活动肯定是你赢啊,所以在他的坚持下,吕然又拿出了一件古画给许兆聪修复。"

卫羽看完消息,第一反应是吕然怎么有那么多好东西啊,希望可以多从他那里拿到些文物来修复,第二反应才是自己居然有机会正面击败许兆聪了。

之前那些关卡他是实在没兴趣和许兆聪比,但是文物修复不一样,他其实一直很想知道,像许兆聪那种在商业修复界浸淫了许久的文物修复师和自己这个学院派的文物修复师,到底孰强孰弱? 自己老师和他老师的选择,谁对谁错? 谁好谁坏?

"求之不得呢。"卫羽回了老师一句。

"他要修复的古画比你的要长,但是脏污程度远不如你那幅,是嘉靖年间的无名氏画作。"童林道。

"好的,老师。"卫羽内心已经燃起了熊熊的斗志。

把手机锁屏后,看着自己本上密密麻麻的笔记,卫羽无论如何也睡不着了，索性从床上爬起来，又回到了童林的修复室，他是有童林办公室钥匙的。

打开灯，拿出那张古画，卫羽想了想，又拿出手机开启了直播。已经临近十一点了，但网友却依旧很多，数百上千人拥入进来，看到又是熟悉的文物修复室，都忍不住有些吃惊。

"卫羽师哥这么晚还不睡？"
"是要通宵修文物的节奏？"

"睡不着。"卫羽冲摄像头笑了笑后，把排笔吸饱了水，开始继续清洗古画。这幅古画实在太脏了，而且有很多破损的地方。接下来清洗的过程恐怕还将会持续一两天。

事实也正是如此，仅仅是清洗的过程，就耗费了卫羽两天半时间。与此同时，有网友把他清洗之前、他清洗第一天和第二天的多个时间段古画截图发布到了微博上，引起了不少人的关注。

一开始那幅古画就像是漆黑的擀面棍，扔在地上都没人捡。可是现在当它铺陈在案台上的时候，人人都能看清上面的色泽、人物和街道。鲜明，富有色彩感，蔚为壮观。没有人不被这种神奇的技艺所吸引。

出于争强好胜或者是什么别的原因，许兆聪主动向媒体透露了他和卫羽的关系以及师承，然后也在微博开启了直播，在网上和卫羽形成了龙虎斗的局面！这种前所未见的比斗方式，可比拳拳到肉的拳击还来得有趣一些。

第三十八章

《正德中轴繁景图》

在清洗完古画的第二天，卫羽开始在直播中做起糨糊来，这又是一件非常新奇的事。

"书画装裱工艺，也是一种水和糨糊再创造的艺术。整个书画装裱工艺中，各类裱件层与层之间的黏合全靠糨糊，其中遇到的许多质量问题，比如发霉、斑点、变黄、开口、卷翘等，基本都是因为使用不合格的糨糊和技法。"卫羽完成了制作糨糊的第一步后，开始给观众们介绍起来。

相比起卫羽做糨糊观众们都看得津津有味，许兆聪那边的观众人数就要少很多了。这也是没办法的事，他虽然在商业修复领域小有名气，但在大众眼里却还只是一个无名氏，长得也不如卫羽，谁又愿意去看他呢？说起来，很多网友都说许兆聪是在蹭卫羽热度呢。

卫羽一边做准备，还一边开始了洗之后的下一个修复步骤——揭。揭这幅古画，显然要比先前卫羽修第一幅画时难得多，使用镊子的时候也愈发地小心翼翼。这直接导致直播的效果大大降低，毕竟卫羽不可能拿着手机去揭画的背纸，于是就体现出了吕思奕的重要性了。

没错，今天吕思奕来了。之前她就表示过要来观看，现在正好可以搭把手，而且吕思奕不仅仅帮卫羽手机录像，相机都用上了，说是事后想剪辑一下帮他发在其他视频网站上。对此卫羽当然是第一时间婉拒，但吕思奕却非常坚持，最后卫羽"不得不"接受了。

说到这个"不得不"，卫羽觉得自己似乎越来越享受，同时也敢和吕思奕相处交流了。他有一天晚上躺在床上仔细思考过后，觉得是因为手里有钱心里不慌了，虽然比起吕思奕还是差远了，但按照目前自己的热度持续下去的话，比以前好了千百倍不止。

原本卫羽不愿意和吕思奕相处，其实有很大原因是因为他将来要从事没有太大"钱景"的文物修复行业，同时他也不愿意过多插足商业修复领域，可现在看来，毕竟是网络时代了，其实还是有蛮多赚钱渠道的。

他现在画漫画可以挣钱，如果想的话，接广告也可以挣钱，上次做展览的创意及展览转让也赚了一笔钱。这一笔笔收入的入账，让他自信了许多。对，就是这个原因，自信。自信了，他才能更好地和吕思奕相处。

揭背纸真的是一个非常需要耐心的工作，而且时常会让人们感到很难受，因为镊子揭纸的时候，经常会残留那么一小块在那里，不好揭，卫羽也不敢揭，于是就先去揭别的地方，最后留下的全都是难度较高的区域，坑坑洼洼的。不过再难，最后也肯定是要揭的。

整个揭裱的过程，卫羽足足耗费了四天时间，看得无数网友夸赞他的耐心之强。四天时间低着头弯着腰去揭裱，卫羽也累得够呛，但让人感到意外的是，吕思奕倒是看得津津有味的。

但这并不是揭裱的全部工序，在粗揭命纸之后，还要对画心进行修复，这里主要是平复揭命纸时带起的纤维。这一步做完是重新托命纸，这非常考验修复人的手艺，整个过程要非常地小心谨慎，要托得平整，没有一丝褶皱。又耗费了卫羽三天时间。

这天晚上完成了最后的揭裱、托命纸等工作后，卫羽决定明天休息一天，劳逸结合。文物修复是一个慢工出细活儿的工作，太快了反而会做错事。

虽然是休息日，但卫羽没睡懒觉，而是早早起了床，洗漱跑步，然后拿起手机刷起了微博，来看看这几天漏掉的消息。刷的过程中，他看到了一个非常有意思的话题——给卫羽修复的古画起名！

这是一幅不知道确切年份、不知道作者的作品，所以自然没有名字。其实卫羽也在考虑这个问题，只是画是别人的，自己虽然是修复师，但也没有给它取名字的权利，但他在网上看到了一个非常好的名字，他准备暂时这么称呼它——《正德中轴繁景图》。

刷完自己关注的信息后，卫羽没忍住去搜索了许兆聪的微博，发现他正在直播，点进去一看，发现许兆聪正在给他修复的那幅画补绢。

许兆聪接手的作品是一幅绢本画，破损程度相当严重，有许多的破洞和缺口，需要他自己染出或者找到相近的残片进行修复，而且看样子他已经找到了。

这差不多就是卫羽下一步要做的事。

《正德中轴繁景图》经过洗和揭的工序后，画心上的大小破洞、断裂缺损的部分已经全部显露出来了。卫羽必须要把这些产生裂痕的地方贴上相匹配的宣纸细条，这叫贴折条，主要是起到加固的作用。

这个步骤中，从找到与原画相匹配的宣纸这一步开始就很难了。首先，想找到完全一模一样的宣纸基本不可能，毕竟那都是好几百年前的古物了，上哪里找一样的呢？不过文物修复又不是造假，卫羽不需要找到完全一模一样的宣纸，尽可能地类似，做到修旧如旧，这样才能完美地还原原画的风貌。

童林的修复室里有非常多的宣纸，卫羽一张张拿着放大镜对比它们的纹理和质地，试了上百种也没找到合适的，不过他也没失落，毕竟童林不是专攻明代古画修复的。童林没有，但他有很多同事啊，而且那些同事基本都认识卫羽。顶着童林弟子的名头，卫羽很轻易地就得到了同为文物修复师的老师们的帮助，并找到了一种与《正德中轴繁景图》近似的宣纸。

合适的纸找到了，那就可以开始贴条了。这又是和揭裱一样相当麻烦、细致、考验耐性的工作。

长期驻扎在卫羽直播间的女性观众们纷纷感叹，谁要是嫁给了卫羽一定很幸福，不是因为他的学历，不是因为他的长相，不是因为他的能力，而是因为他的耐性！他实在是太有耐心了。跟这样的人谈恋爱，恐怕连架都吵不起来吧。

由于直播内容毕竟繁琐重复，卫羽直播间的观众人数时少时多，但总的来讲数量一直稳定在七八万人。这已经是一个很了不起的数据了。而且但凡卫羽要搞出点什么新花样，观众数绝对暴涨。就譬如他在直播间里说到，贴完条下一步要进行《正德中轴繁景图》的临摹了，直播间当时就爆了。

"终于可以看到清美大佬现场作画了啊！"

"等了这么久，总算来了！大佬作画！"

无数人拥入直播间，尽管卫羽还没开始临摹，而且他摹的只是要修补的局部细节图。

临摹局部细节图是修复古画过程中一个很常规的步骤，毕竟没有把握就贸然修复是一件风险性特别大的事。

这一天，卫羽没有让网友们等太久。因为提前做了预告，所以他开播那天直播间人数当场就破了十万，比他平时的平均数还要高。卫羽也没有磨叽，东西都准备好了，当场就开始作起画来，镜头则是从上而下打在宣纸上的。

才刚刚开始临摹没多久，评论就已经充满了称赞之声。

"这才画了几分钟啊，我就能看出他清美生的水平了。"

"瞥一眼就知道是个高手了。"

"可能你们外行人看看觉得很牛×，我们内行人看着也觉得很牛×。"

"你可能还不够内行，我们真正内行的人一般都是直接跪下的。"

"妈妈问我为什么要跪着看手机。"

"妈妈问我为什么看个手机膝盖都没了。"

整个评论尽显夸张，但这恰恰说明了卫羽的水平在外行和内行眼里的高度。

卫羽临摹的速度很快，仿佛根本没有经过思考，仿佛他根本不是在临摹，而是在画自己的画。坐在他身边的吕思奕感触最深。

这是卫羽对原作者了解到一定程度的表现，不只如此，他对《正德中轴繁景图》，对这幅画中的服饰、建筑风貌、整幅画的颜色都已经有了充分的了解。可以猜测，他如此举重若轻的临摹下，藏着的是他辛苦认真准备的一个个夜晚。他绝对从拿到这幅画的那天开始，就一直在琢磨临摹和修补的事了。

在吕思奕和观众为卫羽的画技感到震惊的同时，许兆聪也在看卫羽的直播，看着看着，他脸色凝重了起来。虽然他很骄傲，他很有成就，但不得不承认，这个年纪比自己小很多的师弟，绘画技艺并不弱于自己，甚至犹有过之。那么同样难度的画作，同样的评判标准，他要怎么才能赢过卫羽呢？他不知道，他必须尽全力做到最好。他不能输，如果输了，之前的努力就功亏一篑了。他分分钟那么多收入的人，耗费了几个月在一个比赛上。当然不是因为热爱，他就是为了钱，但说实话他又看不上冠军奖励那点区区小钱。总之，不管什么原因，他不能输。许兆聪暗下决心。

转眼间，一周过去了。卫羽临摹了一张又一张的局部图，心里终于有了底。他要开始补全画作了。

第三十九章

修补完成

《正德中轴繁景图》这张画由于过于古老，而且本身不属于名人名作，所以传承下来的保存都不算完好，历代修复者的技术也是参差不齐，这给卫羽现在的修复工作造成了极大的困扰。它有的部分缺失之大，甚至相当于一片薯片，其他细碎破损之处简直多如繁星，如果不仔细琢磨考究，根本无法成功将其修复。水平不够瞎修，修错了画中人物的眉毛眼睛，那都是会闹笑话的。

修复工作不比重新画出一幅画来，它也是很单调的工作，观众们只能看到卫羽拿着笔，这里点一下，那里点一笔，偶尔会拿布轻轻擦拭一下，观察色泽的深浅，浅了就又要多点几笔，基本不会深，也不敢深。补画全色有一个秘诀，先小后大，由上而下，宁浅勿深，宁丁勿湿。浅了加深就行，深了就不好变浅了。

补画过程特别细碎且漫长，没耐心的观众们常一会儿退出去一会儿又回来。慢慢观众发现卫羽已经开始换到另一个区域了，原本瑕疵满布的画，一点一点协调了。

在卫羽补画全色期间，与他相关的消息可谓是层出不穷。媒体不愧是专业的。他们在弄清楚卫羽和许兆聪的关系、童林和孟启阳的关系之后，竟然找到了两位颇有名气的修复大师，根据两人这段时间直播的内容，做了许许多多的点评和推测，让这次的对决愈发地有看点了起来。

哪怕不看两人直播的网友们，也多少会看看专家们的评论。其中一位南方某知名博物馆的古书画修复大师蔡运对《正德中轴繁景图》有一番评价。

"如果硬要把古书画的修复难度划分为一到十的话，那这幅中轴图的难度可以划分到第六等。首先，这幅画有许多残缺，尤其是石绿石青的地方，纸已经烂掉了，画心上到处都是断裂。其次，画幅过大而且又残破，导致背纸非常难揭。再有，因为是无名氏的作品，修复者不知道任何关于作者的信息，无从揣测推断他的画意技法和习惯，所以只能凭借自己的了解去补全他的颜色和画意，这涉及修复师对修复材料的了解，要经过不断的尝试才可以下笔。我看了卫羽的直播录像，他洗、揭两步做得非常好，基本功扎实得没得说，临摹局部图的技法也非常优秀，比我年轻时候要厉害得多。现在就看他补全残缺部分和颜色这一步做得怎么样了，如果这两步没差错，那他的水平已经远超不少资深修复师了，不愧是童林大师的徒弟。只是相较于洗和揭，这幅画的补全要难很多。"

而另一名北方的古书画修复大师同样点评了许兆聪那幅古书画的难度。

"许兆聪要修复的这幅古画，难度同样是第六等。这幅画的保存虽然比卫羽那幅要好一些，但好不到哪里去，画心上有大量霉斑，部分区域出现了粉碎化，有虫蛀鼠咬的破洞痕迹，几个重点部位缺损严重……关于许兆聪的修复水平，从目前来看和卫羽是相差不大的，两人师出同门，但修复理念和修复方式却大有不同，具体说谁的水平高谁的水平低，还是要等修复完成后才能加以判断。"

两位专家的点评，让观众们更加清晰地理解了卫羽和许兆聪的水平，以及《正德中轴繁景图》和另外一幅古画的修复难度，也使得两人的对决愈发呈现出针尖对麦芒的态势。

之后的几天时间，卫羽和许兆聪大部分时间都在观众们的见证下，一点点地补全画作。古画在他们的修复下，慢慢地展现出和往昔完全不同的风采。而仅从表面上看，观众根本看不出谁的水平高谁的水平低，心里不免有些纠结。不过他们也只能纠结一下了，最后的评判可是由专业人士亲自点评。

时间转眼又过去了一周。《正德中轴繁景图》的修复工作终于接近尾声，不过这尾声也是最难的一部分——画卷上薯片大小的缺损。

这可不比其他待修复的位置，有周围的内容可以去推断，有原作者的画迹可以延伸模仿，这几乎是要再创作。但修复修复，又不是造假，自己创作当然是不行的。书画修复这一行，修复要做到修旧如旧，很忌讳自行创作，那创作出来的东西是原画本身的吗？那不就是造假吗？所以，这一块缺损的难度，不用任何人描述，是个人都看得出来。

那卫羽要怎么做呢？这几天，所有人都在思考这件事。他把这个缺损留在最后，是打算放弃了还是说要最后攻克它？大家不得而知，但他们马上就能知道了。

这天早晨，卫羽来到修复室。面对已经修复绝大多数，仅剩下一块缺损部分的《正德中轴繁景图》，他陷入了沉思。

观众们见状，顿时来了精神，他们知道，"肉戏"要来了！与此同时，许多媒体记者也都一头扎入了直播间，相关行业的从业者也都纷纷前来观看，卫羽要怎么解决这个难题？

可是他们万万没想到的是，卫羽就在这幅画面前站了一上午，中午连饭都没吃，又站了一下午。

其间吕思奕有出言劝说，但卫羽根本就听不见。吕思奕感觉得到，此时此刻的卫羽是处于一种玄之又玄的状态，他要静下去，去感受去体悟原作者的画意和他要创作的内容，才能够在脑海中补全那块拼图，最后画下来。

在人们惊异又失望的第二天，卫羽又继续站在了画作前，低着头眼睛几乎一眨不眨地看了许久，然后又是一整天，继而是第三天、第四天。

直到第五天，卫羽终于没有继续出现在直播镜头前。等待了好几天，已经对他丧失信心的观众和媒体看到这一幕，纷纷觉得卫羽是打算放弃了，但只有极少数人知道，这不可能。吕思奕就是那极少数人之一。

从第五天开始，卫羽开始流连在中轴线上，不过更多的时间是在国家图书馆翻找相关资料，一连五天时间，几乎每天都在重复同样的事，风雨无阻。至于网上那些关于他的诋毁、他的负面消息，他根本一概不知。

与此同时，许兆聪也遇到他的难题。

他的难点在于调色和补画的水平，许兆聪始终调不出与原作一模一样或者类似的色彩，在类似丝绢上创作的能力也稍低了一些，这些都在局限着他，让他陷入了修复的瓶颈期，而后开始了和卫羽相差不多的状态——停滞。

不过许多专家也都出言解释了,在古书画的修复工作中,这种情况是很常见的。像卫羽和许兆聪这类水平足够的修复师,他们往往只是缺少一个契机而已,至于谁能先抵达这个契机,那就不知道了。有可能是当下,也有可能永远也不会出现。

在画作前站了四天,又在中轴线和国家图书馆待了五天后,卫羽终于又回到了修复室,再次站在画作前。

"终于又回来了,这次是要继续站着,还是说要开始修复了?"
"别再让我盯一下午然后啥也不做了好吗?"

观众们发送出大量评论,目光则一刻不停地盯住卫羽。

片刻后,卫羽终于动了,他拿起画笔,高高举起,轻轻落下,而后开始在画纸上飞快作画,一切都是那么行云流水,仿佛没有经过思考,又好像是原作者本人在作画。

他修复的区域色彩风格一如其他位置,根本没有任何的差别,如果硬要说有,大概就是新画和旧画的观感色泽吧,但那都是可以经过其他步骤来改变,以达到修旧如旧效果的。

破损区域有薯片大小,卫羽画得快,但再快也不可能一蹴而就。整个过程差不多耗费了三个小时,当他最终落笔的时候,长长地呼出一口气,然后整个人猛地打了个踉跄,吕思奕差点没忍住冲到镜头里面去。

作为最近这段时间和卫羽相处最多的人,她深刻地知道卫羽现在是什么状态，是沉浸在那种无法自拔的状态里突然间醒悟的状态，浑身都疲倦到极点了。

他现在需要休息。不过在休息前，还得把画作处理好，然后就可以进行下一步的装裱工作了。等卫羽做完装裱前的一切准备，走出了镜头外，吕思奕才去搀扶着他，此时的卫羽都快虚脱了。

在吕思奕的帮助下回到宿舍后，卫羽倒头就睡，丝毫不顾及晚上的惊涛骇浪。

在亲眼看见卫羽完成最终修复后，无数观众、媒体和相关从业者们都惊呆了，刚才卫羽补全画作那一幕，简直就像是画神下凡一样，挥动画笔如臂指使。整幅画修复下来，堪称完美。外行们不懂，但也都看得出来，卫羽补全的内容与整幅画完美契合，似乎原本就是那样。有观众截图拿给不知道这件事的人去看，得到的答案全都是：它本就是那样的！根本不是修复出来的！

第四十章

匠人精神

翌日，卫羽从睡梦中醒来的时候，只觉得神清气爽。他印象中自己从来没这么舒爽过。

在过去的几天时间里，他整个人都沉浸在了《正德中轴繁景图》的世界当中。或者说不只是沉浸，而是比沉浸更深的状态。他就像灵魂出窍钻入了《正德中轴繁景图》里，他行走在那幅画中，用他的脚步去丈量了每一个角落，看遍了画中所有的人事物。他彻底地融入了画中，切身感触到了画作者想要表达的情感，也因此最终补全了它。

那几天他真可以说是茶饭不思，夜不能寐，精气神在急剧消耗，如果再继续几天时间仍然找不到完美的修补方案，卫羽甚至怀疑自己会精神消耗过度昏迷过去。幸好现在修复成功了，而且修复得非常完美。

不过，距离完成最后的修复还差一步——装裱。俗话说"三分画，七分裱"，装裱工艺历来被视为古书画作品修复中不可或缺的一环。

中国传统书画作于宣纸和绫绢之上，宣纸质地纤薄、柔软，一经墨色浸染，往往褶皱不平，既减弱了墨色的神韵，也不便于观赏和收藏。经过重新装裱的古书画，不仅会更加牢固美观，便于收藏和布置观赏，更会延长它的生命力。

古人说："古迹重裱，如病延医，医善则随手而起，医不善则随手而毙。"由此可见，装裱对于古书画修复的重要性。

"古书画装裱，有三大基本工序——托，裱，装。托就是托画，指的是用糨糊在书画家作品背后加托宣纸。"

卫羽一边对着镜头介绍，一边拿出自己直接做好的糨糊，开始给《正德中轴繁景图》托画心。

托画心是一个非常细致繁琐的工作，同时也是一个极为耗时的工作。托好画心覆背上墙后，通常要等一个星期到十天，甚至更长。这是根据画作的载体而变动的，其中纸裱时间较短，绫裱则较长。

在十天的等待时间里，卫羽也没有闲着——画画，去国家图书馆找书研究中轴线。除此之外，还有一件特别重要的事。

吕思奕要去录制节目了，那是属于她的比赛和战场。在此之前，她做了许许多多的准备，对中轴线的研究之深甚至超过了卫羽，毕竟卫羽还要去修复画作，而她的大部分时间都是坐在他面前用电脑查资料。

节目叫作《国家重宝》，其中第一期就讲的北京中轴线，而吕思奕和他的对手方嘉麟是两位讲解员之一，他们两人分别上台讲解，最终播出时只会播出胜者的内容。

"京城之脊"活动方给了卫羽门票，所以他准备去现场给吕思奕一个惊喜。当然也是想亲眼看看她和方嘉麟谁会获胜。不过一想到这个，卫羽就无比纠结。

节目录制的当天，现场来了数量庞大的观众，《国家重宝》虽然只是一个卫视节目,但因为制作精良,前两期已经累积了不少人气,第三期又增添了许多噱头,所以影响力颇大。

卫羽到来时戴了口罩,顺着人流到了指定座位,接下来就是等待主持人开场、嘉宾上场等等一系列的过场。过程中卫羽当然摘掉了口罩,也被不少观众认出来——这些观众大都来自北京,是年轻群体,会关注网上的热点,当然认得卫羽。

半小时后,终于轮到吕思奕登场了。在规模宏大的布景特效中,吕思奕缓缓走出,还没开口说话,就已经惊艳了全场,人们争相发出欢呼声。

与此同时,聚光灯缓缓转动,打到了吕思奕身上,在众多观众的瞩目下,吕思奕微微一笑,开口道:"大家好,我是北京中轴线的讲解员吕思奕。中国著名建筑大师梁思成先生曾经说,'北京独有的壮美秩序就由这条中轴线的建立而产生'。著名文物古建专家王世仁先生也曾说过,'中轴线是北京的灵魂'。今天,就让我带领大家一同走进北京中轴线,看看它的成长史。"

在短暂的介绍后,吕思奕开始带着现场观众深入地走进了中轴线的世界。过程中穿插着许多历史典故和有趣的故事,再加上节目组准备的与中轴线相关的表现环节,令观众们如痴如醉。整个讲解过程大约持续了一个小时,不过最终呈现给观众的,当然只会是重要的点和高光时刻。

吕思奕的讲解结束后,舞台被重新布置了一次,另一位参赛者方嘉麟即将开始第二次讲解。

说实话,作为第二个讲解的人,卫羽觉得方嘉麟天生就处于劣势，毕竟现场观众已经看过一遍类似的讲解了，在反馈方面肯定会差一些，尽管最终的拍板者不是他们，大部分观众也不是他们，但一定程度上会影响方嘉麟的现场发挥。

不过卫羽很快就发现，自己根本就多虑了，方嘉麟发挥得非常不错，只不过在卫羽来看，相对于吕思奕，他还是略微差了些。

节目录制完，卫羽在电视台门口和吕思奕会合，两人一起出发返回学校。

"唉。"因为时间较晚，地铁已经关停，两人是打车回的，坐在车后座，卫羽轻轻叹了口气，有些无奈地看着吕思奕，"你今天发挥得很好，无论是语速、动作、神态，以及你表达的内容都比方嘉麟要好很多，我觉得这次对决的优胜者是你没跑了。"

"那你叹什么气？"吕思奕假装生气。

"你说呢？"卫羽盯着她道。

吕思奕顿时也没声儿了。

在此之前，他们虽然也一次次地说过将来可能会当对手，正面对战，但万万没想到这一天真的来了，而且来得这么快。一时间，两人都有些沉默。

在沉默中，轿车飞快穿梭在北京的夜晚，很快就抵达了学校，卫羽把吕思奕送回了女生宿舍，这才独自走回男生宿舍。

三天后，节目组那边给吕思奕和方嘉麟发去邮件，吕思奕果然成功突围，晋级决赛。

又过了几天，托完画心的《正德中轴繁景图》已经干透，于是卫羽在观众们的注视下，开始了倒数第二个步骤。

"裱。裱就是把托好的画心，用裁板、裁刀、裁尺和锥针之类的工具把裁纸、绢、绫、锦等装饰材料裁好，然后把画心镶嵌起来，这道工序在北京话里也叫镶活。"

在有准备的情况下，裱画和最后一步"装"并不需要耗费太多的时间。

"所谓装，也叫'上杆'和'装轴'，这一步又有很多细节在里面，那就是装轴的类别，有立轴、对副、镜片、册页、横披、手卷等等，《正德中轴繁景图》是竖式长卷，我们当然要用立轴，其中立轴又分为许多样式，如一色装、二色装、三色装、诗堂装、间隔一色装、锦眉装、集锦装、宋式宣和装、装框两色装，种类繁多。"

"我们这幅《正德中轴繁景图》，用的是间隔一色装，不过在装轴前，我们还要先用光滑的鹅卵石在画的背面砑磨几遍，只有经过砑光，才能使书画背面光滑平整，易于舒卷。"

一幅古书画的修复到这里，差不多也就可以正式宣告完成了。

从始至终看完一整个修复流程的观众，全都真正地松了口气，放下了心。毕竟按照卫羽过程里的那些说法，修复书画非常困难而且不能出错，但凡有点失误，这幅画的修复就算是毁了。

当卫羽把修复好的《正德中轴繁景图》彻底装轴完成，悬挂在镜头前时，看着这幅经自己修复过的古画，眼睛都有些湿润。他不是没有修复过作品，但每一次修复完成后，他心里面都会非常激动。

看着镜头里热泪盈眶的卫羽，观众们都非常讶异，一直以来，在他们眼里卫羽都是一个沉稳、不会在脸上透露出太多情绪的人，但此时此刻的他完全不像之前的他。这大概就是热爱吧。

"经过这段时间的直播,我总算明白文物修复师的伟大了。"

"文物修复师不仅是技艺的传承,还是感情的传承,很棒!卫羽,加油! 文物修复师,加油!"

"可以想象我们国家的文物修复师们为文物付出了多少!"

"经过这次,我知道了,每一件文物都是有生命的。"

"文物修复的工作真的很枯燥,每天和物品打交道,他们需要倾注更多的情感在里面,这是个伟大的职业!"

"他们才能被称为匠人精神吧,这些伟大的工作真的很有意义!"

"文物修复师,就像是在用双手去捧住不断流逝的时间。"

在《正德中轴繁景图》修复完成的这一时刻,数不清的观众们表达出了自己内心最真实的想法。与此同时,观众们开始期待起来,期待许兆聪那幅画修复成功,等专家评判两人的修复成果,他们毕竟只是外行,看直播也就看个热闹。表面上看上去好就是真的好吗?这可不一定。

第四十一章

紧　张

在卫羽完成最后装裱工作的时候，许兆聪那边也终于突破了一切困难，完成了画作的补全，来到了托画心这一步。这也意味着，再有十来天大家就可以知道最终的结果了，这无疑是非常难熬的。

卫羽有很多事要做，所以很少有时间去琢磨胜负这件事。他现在最主要的事，当然是《我在故宫当御猫》的创作，其次是更深入去了解中轴线文化。如果一周后他赢了，那么他将和吕思奕争夺最后的冠军名额。这无疑是残酷的。两人都有不能输的理由，偏偏两人之间又有很深的感情羁绊。

"唉。"这几天，卫羽只要想到这件事，就忍不住地想叹气。

而吕思奕又何尝不是呢？

在两人的互相纠结中，时间终于来到了许兆聪装框完成的那一天。装裱完成后，许兆聪和卫羽一样，都把作品拿给了"京城之脊"活动方，接下来自会有活动方的修复专家给出专业意见，评定胜负。

由于前段时间两人直播所带来的人气，这次评选备受关注，活动方也决定，评审时会以直播的方式来进行。

直播到来的前几天，活动方早就做好了预热。

晚上七点时，大量观众瞬时拥入了直播间。直播间内是一个古色古香的录制厅，卫羽和许兆聪两人相对而坐，在两人身前各有一个案台，上面摆放着两人修复好的古书画。

经过活动方的官方确认，卫羽给《正德中轴繁景图》取的名字得到认可，现在所有官方的宣传渠道都这么称呼它。

而许兆聪修复的古画，同样来自明朝，是弘治时期的无名氏遗作，被命名为《弘治北京上元彩灯图》。画作内容是上元佳节北京城张灯结彩的画面，色彩鲜艳，呈现内容多姿多彩，修复难度显而易见。也难怪许兆聪作为一个有经验的商业修复师也用了这么长时间，而且中间遇到了令他头疼不已的难点。

在两人身边，还有两位年纪颇大的老人。因为身前都有名牌，所以大家都认出了他们，正是不久前点评了卫羽和许兆聪的蔡运和盛景两位文物修复大师。

"各位观众朋友们大家好，今天就由我们两人分别给许兆聪和卫羽修复的古画作打分。"

"首先，是卫羽的《正德中轴繁景图》。"

"我们将会从多方面来评判修复成果。"

"首先是他的清洗过程，我们有结果，当初也亲眼看到了过程，他的细心程度、他的手法、他的沉着冷静、他的整个清洗方案和最终成果，我们两人经过商议后，都决定给他满分十分。"

话音落下，直播间里顿时一片沸腾。间隔卫羽不远的许兆聪则偏头看了他一眼，卫羽面无表情的，也不知道心里面在想些什么。

说完了清洗，蔡运和盛景两人开始了下一阶段的评判。

"揭背纸托纸是一个非常细致的活儿，在这方面，卫羽同样做得非常完美，他干干净净地揭去了所有背纸，完完整整地护住了整个画心，这一过程我们同样给予他满分十分。"

"修补画心的过程，我们要求是修旧如旧，对所需的材料要求非常严格，我们有一个选配原则，帘纹宁窄勿宽，绢纹宁细勿粗，质地宁薄勿厚，在选材这方面，卫羽做到了他力所能及的最好程度，修补时，碎补、整补、斩补等修补方式灵活运用，让画心重新焕发了生机，这一部分，我们再次给他满分十分。"

"托画心是集洗、揭、补三者工序之大成者，是很重要的工序，能起到恢复书画气韵的作用。我看回放，卫羽用的是平托，过程中根据画心残破的具体情况，还做了揭除补料、搓浆、隐补和贴条子等措施，然后才上挑杆阴晾干，最后湿水上墙，每一步都是教科书级别的完美，满分十分。"

"再之后是接笔和全色，这也是卫羽此次修复中最值得一提的地方。这幅《正德中轴繁景图》的残破程度太严重了，而接笔又要如实地按照原作的笔法和他的画意所要表现的意境去画出残破的部分，然后补上墨色，对于接笔和全色，我们业界的标准是看不出填补的痕迹为佳。在刚看到《正德中轴繁景图》的时候，我对卫羽修复它的信心不是很足，说实话，就算是我俩亲自上手，也未必能做得到卫羽这么好，我真的很好奇，卫羽你是怎么做到的，你修补得就好像是原作者再世了一样。"

说话的时候，蔡运和盛景两人都望向了卫羽。

"应该是热爱吧。"卫羽笑了笑，"不只是对文物修复，也是对中轴线文化。其实不瞒大家，我当初之所以来参加'京城之脊'这个活动，其实并不是因为喜欢中轴线文化，而是有其他不便说的私人原因。但在整个参赛过程中,随着我对中轴线文化越来越了解,我也越来越热爱它,也终于明白,为什么国家花费那么大力气,一定要为它申遗。从我开始渐渐热爱它的那天起,我对它的研究不再是为了参赛,而是真正想宣传它,弘扬它。也正是不同的心态,再去看中轴线文化,就有了不同的感觉,这大概就是我能修复好《正德中轴繁景图》的原因吧,我当时是沉醉在里面的。"

"难怪。"蔡运和盛景同时点了点头。

正在观看直播的网友们看到,纷纷发表评论。

"热爱真的是一种很神奇的力量。"

"我以前对中轴线文化也没太大兴趣,但最近看着一整个'京城之脊'活动进行到现在,也是越来越感兴趣了。"

"传承数百年,大概也只有咱们中国了吧。"

在观众们发表评论的同时,评审还在继续。接下来是接笔、全色后的装裱,这部分卫羽同样没有任何的问题,拿到了十分满分。总共七个单独的评分标准,再加上三十分的综合分,卫羽全部都拿满了,达到了一百分的满分。

听到蔡运和盛景宣布成绩的时候,有不少观众觉得这是理所应当,也有不少观众觉得这是黑幕,毕竟都满分了,许兆聪那边还需要看吗?肯定输了啊!

不过接下来蔡运和盛景的点评,却是让观众们心服口服。

"关于清洗,无论是方式、手法,许兆聪都做到了极致……

十分。"

"关于揭背纸，同样不可挑剔，画心保护得极为完好……十分。"

"画心的修补，体现出了他敏锐的观察力和修复能力……十分。"

"托画心，我找不出什么缺点……十分。"

"全色和接笔，虽然不如卫羽，但也做到了完美。而像卫羽那种情况，如果可以超过十分，我可以给他更高的分数，但评分机制就是这样，我们也没办法，所以……十分。"

"装轴这个没什么好说的……十分。"

"综合分三十分。"

于是，许兆聪也从两位顶尖的文物修复师手上拿到了满分一百分。

虽然都是一百分，但卫羽和许兆聪不一样的是，卫羽拿一百分是因为上限只有一百分，而许兆聪则是只能拿一百分，水平孰高孰低，一看便知。但分数摆在这里，机制是活动方定的，总不好随意打破更改吧。

就在许兆聪望向卫羽，卫羽也毫不示弱回望他的时候，活动方叫走蔡运和盛景两位大师，开始了一场紧急讨论，留下了卫羽和许兆聪在现场，在观众们的注视下。

所有观众都知道，这是一对有着竞争关系而且关系不睦的师兄弟，而刚才两位大师又给出了那样的评价，指不定两人心里在想些什么呢。有好事之徒还在直播间里面煽风点火，恨不得两人吵起来打起来。

不过两人显然没那么幼稚,他们甚至没说话,当然了,这个行为本身也挺幼稚的。

片刻后,蔡运和盛景回到了直播间里面,然后由蔡运公布了最终方案。

"既然两人的过程和最终的呈现都非常完美,那就只能去抠细节了。"蔡运道。

"抠细节?"直播间里许多人表示不太理解。

然后盛景就解释了:"现代的古文物修复,已经开始运用高科技了,各种检验检测设备层出不穷,我们打算用一些特殊的设备,检测两人修复时用的材料。"

听完这句话,观众们恍然大悟。而与此同时,听到这句话的许兆聪脸色却忽然变了。

卫羽看着他,有些奇怪,他们俩离得不算远,所以他能清楚地听到,许兆聪的呼吸都沉重了,不只如此,他还不着痕迹地握紧了拳头,他的额角甚至隐隐有汗沁出。

要知道现在可已经是冬天了,录制大厅里也开着暖气,他居然会出冷汗?是忽然间胃疼头疼了?还是什么其他原因造成的紧张?卫羽不知道,但他总感觉有点不对劲。

在观众们的注视下,活动方搬出了一台特别像是显微镜的设备,开始分别对着两幅画作拍摄起来。许兆聪也愈发地不安起来。

第四十二章

舆　论

"你没事吧？"卫羽虽然不喜欢许兆聪，但毕竟两人也没有深仇大恨，万一身体出现什么突发情况，导致不可预料的结果，那也是他不愿意看到的。所以本着人道主义思想，卫羽还是低声向许兆聪询问了一句。

谁知道许兆聪听到卫羽的声音却恍若未闻，神情间更显手足无措。卫羽也没办法，只能时刻关注着许兆聪。

网上观看直播的观众们也渐渐发现了许兆聪的状态有些不对劲，不由得做起了一些猜测。

"从刚才两位修复大师拿出检测工具开始，他就有些紧张，不会是做了什么亏心事吧？"

"你这么一说我觉得有点可能啊。许兆聪直播不像卫羽一样，全程都在直播，我记录期间有好几个步骤他都没有直播完成，该不会是造假了吧？但是文物修复这种事要怎么造假啊？"

"是啊，不懂，这……要真是现场检测出来造假，那不等于直接找死了？他的职业生涯都毁了吧？"

"这哥们儿到底在想些什么啊？"

在观众们产生造假猜测的同时，卫羽也不禁在往这边想，脑子里回忆起许兆聪遇到的那些问题，判断他可能造假的地方。

几分钟后，卫羽面色一怔。如果许兆聪造假的话，他知道哪里出问题了，而且是大问题，严重点说不定会涉及违法犯罪，哪怕没有涉及，他的这种行为也会给点睛阁带去极大的负面影响。毕竟现在是在直播，两人所代表的也不仅仅是自己。

时间一分一秒地流逝。很快，蔡运和盛景完成了拍摄，把两幅古书画的细节呈现在了电脑上一一放大观看，而他们才刚刚开始看，就发现了问题，对视一眼后都有些为难。可现在是在直播，他们为难也没用，无数双眼睛在看着他们呢。

既然如此，索性正面一些。只见蔡运忽然间板起脸看向许兆聪："许兆聪，你这种行为就有些不讲究了吧？你知不知道你这种行为搁在古代，很可能是要被砍头的啊？"

许兆聪脸色惨白，抿着嘴说不出话来，事到如今，任何解释都是苍白的，他只能站直站正了挨打，否则下场会很惨。

"蔡运大师说的这是什么意思啊？"
"所以许兆聪果然造假了吗？"
"有没有懂行的人可以解释解释啊？"

直播间里能人辈出，果然有人可以看得懂直播中电脑上所呈现出来的画面，向观众们解释起来。

"许兆聪这幅画的补绢不是自己染的,而是从别的旧画上取的残片,他看颜色差不多,于是就补上去了。"

"啊,有点不懂啊,所以不是自己染的跟残片有什么区别和影响吗?"

"怎么说呢,在绢本画的修复中,对原画中缺损的部分,要重新用绢来填充,这种被用于填充缺损的绢叫修复绢,也叫补绢。作为补绢,当然古绢的质感比新绢要更加合适,所以一般都是通过毁坏低价值的古书画,然后将其中纯色的部分作为修补用绢来使用。不过注意啊,这都是以前了,现在绝大多数的古书画都是文物,不可以被人为损坏的,所以也就不能用古绢了。"

"新绢的话,有很大的局限性,首先它的强度、色泽、纤维粗细肯定和古绢是不一样的,也就很难达到理想的修复效果。不过随着现代科技的发展,我们知道了导致古书画老化的外因,譬如较高的温湿度、光线和有害气体等,我们正好可以通过强化这些因素对新绢进行人工老化来制作我们所需要的补绢。近几十年来,大量人工老化的补绢在实际修复中得到普遍使用,并取得了良好效果,而制作合适的补绢也是考验一个修复师水平的标准。"

经过内行观众们的解释,大部分观众总算知道是怎么回事了。简单来说,许兆聪就是取巧了,自己染不好绢,用了其他古画的绢,不仅有可能损毁了其他古画,也暴露出了自己的短板,染不好绢。

在蔡运指出许兆聪投机取巧的行为后不久，这场直播就在观众们沸腾的议论中落幕了，但他所造成的舆论却才刚刚开始而已。

"人无信不立，在一个正式的活动中和自己的同门对决居然还作弊，这已经触及人品的底线了吧？"

"厉害，公然造假，说不定还违法了，还是在直播上面被当场打脸，这下子好了，全中国人都知道你许兆聪作弊造假了，我看以后谁还敢找你修复。"

"他这不是直接找死吗？"

"这哥们儿以后只能出国了，中国文物修复界是容不下他了。"

起初，关于这件事的讨论还仅限于许兆聪本人，但不知道怎么回事，到后来登上微博热搜的却是"点睛阁许兆聪造假"。

看到这条热搜的时候，卫羽忍不住扶住额头，事情果然如他所想的那样，波及了点睛阁，波及了自己的老师童林，甚至会波及自己。有许兆聪这么一个对外的例子在，以后任谁都会对点睛阁出身的修复师抱有三分怀疑之心吧？

事实上也正是如此。继许兆聪之后，第二个受到冲击的，赫然就是许兆聪的老师孟启阳。作为一代商业修复大师，孟启阳不仅在网上遭受到了来自大量网友的质疑，此前经他修复的很多作品，也纷纷被甲方拿出来询问，有的人甚至拿去其他机构做了更细致的鉴定。

影响不可谓不大。自从那天直播后的三四天，整个业界都在聊许兆聪。

"这是何苦呢？"这几天卫羽也很烦，一点也没有赢了比赛的快感，因为现在不只是孟启阳，童林的名声都受到了影响。但童林修复的绝大多数都是国家的文物，早就做过精细的检查，因此倒也没有大碍。

"这肯定是有人在搞你们点睛阁。"陈实给卫羽发来微信，"树大招风啊！"

卫羽很赞同陈实的观点，如果不是有人故意搞鬼，舆论热度哪能这么大？不过卫羽也没辙，毕竟事情的起因还是出在许兆聪身上。

卫羽和陈实聊了会儿天，刚准备放下手机去画画，忽然接到了来自童林的电话。

"怎么啦老师，有事吗？"卫羽问。

童林那边沉默了几秒钟："嗯，有点事。"

"您说。"卫羽道。

"是因为网上的舆论。"童林道，"刚才你孟……孟启阳找我，说让我帮帮他。这次的直播事件影响太大了，已经让业内开始怀疑我们点睛阁传承者的能力问题了，而你们这一代，一共就你、许兆聪和韩冰三个人。现在韩冰有事在国外一时间回不来，事情又是许兆聪引起的，所以也只有你出面才能挽回我们点睛阁的颜面了。"

"所以老师你认可我是点睛阁的弟子了？"卫羽闻言，忍不住惊喜道。

"你都已经走到这一步了，我还能说什么呢？"童林笑道，"而且啊，如果不出意外，很快我就可以告诉你真实原因了。"

"不收我为徒的真实原因？"卫羽问。

"嗯。"童林道。

"终于！"卫羽的精神都振奋了一下，紧跟着问道，"所以，我要怎么做？"

"其实也很简单，只需要用能力打破顾虑就行。"童林道，"接下来孟启阳会提供一些古书画让你修复，嗯，直播，展现出你的修复能力，就这么简单，特别是会让你展示一下制绢的能力。"

"哦。"卫羽语调上扬地回答了一句。他就等于是要给许兆聪擦屁股嘛。唉，真没办法，可谁让他们是一个师门呢。不过以后应该就不是了。在如此正式的场合作弊被当场揭穿，还损害了孟启阳的切身利益，作为一个商业修复师，孟启阳估计是容不下他了。

事实也正是如此，在接下来的交流中，卫羽从童林那里知道了关于许兆聪的处理结果。接下来许兆聪会公开向公众道歉，并自愿退出点睛阁，从今以后不再是孟启阳的徒弟。

惨啊！卫羽有点感慨，他虽然不喜欢许兆聪，对于他作弊的行为也感到鄙夷，但这种结局真的可以说是非常惨了。

与此同时，他也知道了许兆聪参赛的理由。这也是卫羽一直以来都很疑惑的事，许兆聪为什么要来参加"京城之脊"，他根本对中轴线文化就不感兴趣，而且还花了那么多钱。原来，是因为许兆聪花这些钱，是可以挣回来的！

"京城之脊"活动方的老板吕然拿出的那件清乾隆年间的青花玉觚有一对，其中一只在吕然那里，而另一只在许兆聪那儿。一旦两只都在许兆聪那里，他只需要打碎其中一只，另外一只立刻就会成为孤品，继而价值暴涨。搞了这么多，都是为了钱而已。

"对了，这次对外展示时修复的那些书画，孟启阳会按照市场价给你钱的。"卫羽刚想到钱，童林就也提到了钱。

"那我这算是商业修复师了吗？"卫羽有点小纠结。

第四十三章

退赛的决定

"其实你不要太在意这件事。"童林道,"我偶尔也会去做一些商业修复,不过不是为了赚钱,而是我单纯就想修复那些物件儿,人家非要给钱,我也不能不收是不是?我之所以不愿意像孟启阳一样做全职的商业修复师,是因为那种频繁的较低端的修复工作无法让我进步,而我想修复的又大都是国宝。"

"我也是。"卫羽深以为然地点了点头。

"只要一直保持努力进步成长,不忘初心就行。"童林道。

"明白了,老师。"卫羽想了想,回复道。

"准备准备吧,把我们点睛阁的里子撑起来。"童林道。

"放心吧,老师!"卫羽加重了语气。

挂掉童林的电话后,卫羽就接到了孟启阳发来的微信。卫羽没有许兆聪的微信,但孟启阳作为师叔,人也不错,当然不能不加。

"这次就辛苦你了啊,卫羽。"孟启阳道,"韩冰在国外,实在是回不来,而许兆聪闯的祸,还得是你们这一辈人来解决,我和你老师出面不是个事儿。"

"没事的,孟老师。"卫羽道。

"唉,都怪我识人不明,师门不幸啊……"孟启阳道。

卫羽也不知道该怎么回复孟启阳了。

"我一会儿发给你一份清单,上面列着接下来你要修复的书画,你可以先查点资料,准备准备。不过这种事情毕竟有时效性,时间太长网友们就忘记了,所以我们得趁热打铁,给你准备的时间,不会太长。"孟启阳道。

"好的,孟老师。"卫羽道。

第二天,在卫羽开始做待修复书画的前期准备工作时,"京城之脊"活动方发来了第七关卡,也就是最后的对决内容,而对决的双方自然是卫羽和吕思奕。

看着对决名单、对决内容和对决时间,卫羽陷入了长久的沉默。与此同时,吕思奕也收到了同样的邮件,陷入了相同的沉默。

不久前的担忧终于成了现实,横亘在两人的身前。有这件事扎根在心底,卫羽甚至没心情去做书画修复的准备了。脑子里一团乱,不过最终,卫羽还是做出了决定,一个让他整个人都轻松下来的决定——退赛。他选择了退赛,把冠军的位置直接让给吕思奕。

但就在他向活动方说明这件事的时候,得到了一个让他非常惊讶的回答,吕思奕居然也退赛了,而且就在他发去消息前几分钟。

唐浩然都有些发蒙:"你们俩到底怎么回事儿啊?各自为爱牺牲?"

"我也很想问问她在想什么呢。"卫羽道。

说着话,卫羽给吕思奕发去一个问号,然后很快,吕思奕也回复了卫羽一个问号。

"你怎么回事,怎么退赛了?"卫羽问。

"你又是怎么回事,也退赛了?"吕思奕道。

"因为我已经不需要拿到冠军了。"卫羽道。

"我也是。"吕思奕道。

"我是认真的。"

"我也是认真的。"

"所以,你的故事是什么?"沉默了一会儿后,吕思奕率先发问。

卫羽想了想,决定告诉吕思奕。

时间回到早晨卫羽刚刚接到活动方邮件的时候。看着那封让他与吕思奕对立的邮件,卫羽想起了童林昨天才和他说过的话,他现在已经算是点睛阁的人了。童林也很快会把自己的难言之隐告诉他,换言之,他已经不需要再拿到"京城之脊"的冠军了。

不过为了保险起见,卫羽还是去问了下童林,得到了肯定的答案后,立刻做出了这个不算困难的决定。至于冠军奖品这种事,虽然有些小不舍小心疼,但还是可以割舍的。

另一边,在卫羽锲而不舍的追问下,童林也终于告诉了他不愿收卫羽为徒的原因了。其实原因很简单,也很复杂,是卫羽的母亲找上了童林。

在听到这个答案的时候,卫羽沉默了许久,他想了很多很多种可能性,但从来也没料到会是这样。于是,在做好了心理建设之后,卫羽给自己的母亲打了电话,问了这件事。

卫母接到卫羽的电话,一点也不吃惊,也不慌张,语气平静,她做好了充分的准备。"我是不想见你吃苦。"卫母道,"我知道你从小到大就想像你童林老师一样做个文物修复师,但你这么优秀,你明明可以拥有更美好的未来，所以我求着童林老师，让他不要收你做徒弟。"

"妈……"卫羽也不好说了，因为他明白，他妈妈是为了他好，从小到大，卫母一个人拉扯卫羽长大，真的是苦怕了。哪怕做文物修复师已经很不错了，但作为一个母亲，她就是单纯地希望自己的儿子可以过得轻松些，有大房子住，有新衣服穿，而不用像小时候一样，吃顿肉都不是件易事，买画笔都要童林赞助。

卫母受够了那样的生活。不过最近卫母忽然看开了。看开的原因，还是源自那次卫羽给她转钱，以及后面的每一次转账。

从"京城之脊"活动开始到现在，卫羽通过活动方和微博打赏赚了不少钱，这其中绝大多数他都转给了卫母，让她去买房。他和他母亲从来就没有一套属于自己的房子，他也知道，他妈妈特别希望拥有一套属于自己的房子。

一开始卫母很诧异，但觉得理所应当，自己的儿子那么优秀，从别的地方赚点钱似乎也不是什么特别不可能的事。但随着一笔又一笔的大额收入转账过来，卫母不得不仔细询问来龙去脉了，事后也深入去了解过。

最后的最后，卫母猛地醒悟，自己一开始就不该去干涉卫羽的未来！以自己儿子的优秀程度，根本用不着她去操心，他肯定会过得非常好的，他在微博的火爆程度就是明证。

因为卫羽的关系，卫母最近很爱上网，也会看看微博、抖音、头条什么的，知道现在网上火的人都很赚钱。既然赚钱不成问题，那她作为母亲，当然要全力去支持卫羽的梦想。

卫羽母亲都动摇了，童林怎么可能坚持？他本来就把卫羽当弟子对待的。没有了阻碍，没有了必须夺得冠军的困扰，退赛就成了顺理成章的事。

听完卫羽的故事，吕思奕道："其实吧，我跟你差不多，能走到这一步，其实我觉得我已经证明过自己了，这么多年来，我从来没叛逆过，所以我打算这次就算拿不到冠军，我也要叛逆一次！"

"所以听起来，似乎还是你比较需要冠军一点。"卫羽道。

"还好吧，我也不太需要了。"吕思奕道。

"所以接下来怎么办呢？"卫羽有点不知所措了。

"要不然咱们还是接着比吧，不过呢，谁输谁赢并不重要罢了。"吕思奕道。

"也不是不行。"卫羽道。

因为经过这几个月以来的深入研究，两人都对中轴线文化产生了喜爱，而接下来的第七关卡对决内容是一起参加一个电视节目，是一个非常重要的宣传渠道，两人如果都退赛，其实对中轴线文化的宣传不太好。

"既然如此，那我们就认认真真地比一比吧。"卫羽道。

"我还是那句话，我不会放水的。"吕思奕笑道。

"我也不会。"卫羽道。

在与吕思奕聊完天后，卫羽整个人都轻松了许多，因为和吕思奕同台相争这个难题终于解除了。那么他就能专心致志准备后天的直播了。

关于这场直播，孟启阳为了挽回面子，可是花了大钱的，同时也欠了不少人情，不过被他求的人都乐于帮助他。

虽然孟启阳最近丑闻缠身，但真正明眼人都知道，是有人在搞孟启阳，而他们又是热爱古董这行当的，既然如此，孟启阳的人情就很值钱。网络媒体，街边广告，应有尽有。

私底下陈实向卫羽表达了他的艳羡之情："就这规模的广告，得花好几百万上千万吧？全都打着你的名头，你这次算是捡着了啊！"

事实也正如陈实所说的那样，卫羽捡着了。短短几天的时间，他的微博粉丝涨了二十来万，全都是那些广告引来的流量。不过引来的流量都是不稳定的，真正让那些粉丝留下来的，还是卫羽之前那些直播的回放以及他个人的作品。

时间总算来到了直播这天。晚上八点钟，卫羽准时登录了中国最大的直播网站，而后瞬时拥入了大量的观众。

"各位观众大家好，从今天开始呢，就由我代表点睛阁的二代弟子，为大家修复这十件古书画作品。"卫羽转过身，把一幅幅卷轴从案台上拿起来，一一展现在观众们的面前，"我们首先就从这卷绢本画开始。"

之前点睛阁之所以被针对，就是因为许兆聪在补绢上造了假。卫羽当然要先从这里找回面子里子。哪里摔倒了哪里爬起来。不过补绢并不是修复古书画的第一个步骤，所以一切都要按顺序慢慢来。

数以十万计的观众们，安安静静地坐在电脑前，或拿着手机看着画面里的卫羽，开始随着他的修复，一起体验这十幅古书画的前世今生。

第四十四章

拜 师

"绢本画所需要修复的破洞主要有三种形状：第一种是大而不规则的破洞；第二种是边口方直的破洞；第三种是米粒大小的细碎破洞。而不管是哪一种破洞，都必须在画心托纸揭净晾干后才能开始修补。"

"其中，对于大而不规则的破洞，首先要在边缘处刮出斜坡，再用毛笔蘸厚浆涂在边口上……"

"对于边口方直的破洞，则不需要挂口，补绢可以直接剪成条形或块状嵌入破洞中……"

"对于米粒大小的细碎破洞，就要把补绢裁成小方块形状，在小洞上涂抹糨糊后，把补绢贴上……"

卫羽一边向观众们讲解，一边把说到的补绢方法运用在画上，让观众们有了深层次的理解。

随着时间的流逝，一幅幅古书画被卫羽修复成功，并且经过了专家们的检测，得到了他们的认可。他的粉丝也是越来越多，而且因为他是凭实力吸的粉，所以粉丝们的活跃度和忠实度都要高于不少娱乐明星。

到了直播的后期，亲眼见识了卫羽能力的孟启阳，在确定他不会翻车后，花费了更多钱去做宣传。直播不仅为点睛阁找回了面子和里子，也让点睛阁名声大涨。再加上许兆聪的事情处理得还算圆满，孟启阳急速下跌的声誉也终于有了停止的趋势，这让他松了口气。

大量的宣传和上百万的忠实粉丝，这样优良的条件，自然让卫羽被许多网红公司甚至娱乐公司给盯上了，这些公司想尽了各种办法，都想把卫羽签在自己公司名下，成为他们的摇钱树。

微信、电话、QQ，亲人的朋友们的微信、电话和QQ，基本上处于轮番轰炸的状态，只不过面对着数字惊人的签约金和分成协议，卫羽的态度却很坚决，一概拒绝！虽然他现在已经不再那么抵触商业修复，但转行去当网红、演员，那不可能。他的目标一直很明确，那就是成为全中国最厉害的文物修复师之一。

不过在与那些公司负责人的交谈中，卫羽也发现了自己的几个优势。他现在的人气很旺。这么说吧，他现在绝对是全中国最火的文物修复师，因为他的颜值，因为他的手艺，也因为他无与伦比的曝光度。

这样的条件，让他可以去为文物修复师这个行业，为中轴线文化做许多事情。比如拍摄相关的vlog视频、为相关的公司做推广等等。

一个月后，卫羽终于完成了十件古书画的修复任务，结束了几乎没有休息时间的直播生活，接下来他准备放松一阵子，然后就要去参加节目与吕思奕争夺"京城之脊"活动的冠军了。

一场活动，跨度将近半年，也着实有点漫长。

这天，卫羽正在画画，忽然接到唐浩然的消息，看完后觉得十分惊喜——唐浩然的老板吕然打算签下卫羽。

听唐浩然的意思，他们公司是不涉及娱乐业务的，但他们愿意为了卫羽单独开一家公司，他们提出的条件相当有诚意。除此之外最重要的是工作任务让卫羽觉得很满意。

工作创意实在是太棒了！他们打算让卫羽先从 vlog 做起，不过他的 vlog 和其他博主的不太一样，是让他用放大镜去放大书画里的细节，为观众们介绍那些细节的具体详情。而第一幅要让卫羽去介绍的画，就是《正德中轴繁景图》。

不过仅仅是这样的话，还不足以让卫羽动心，但唐浩然的老板吕然提出了一个卫羽无法拒绝的条件。他为卫羽提供了一件东西。具体来说，是一件拜师礼。

其实按道理来说，拜师礼应该由师父给予徒弟，但卫羽觉得，自己二十多年来受童林照顾了那么久，应该表示些什么。在经过深思熟虑后，卫羽决定答应签约。

整个过程相当繁琐，用了好几天才完成签约，紧跟着卫羽就开始制作起自己的第一个 vlog。不过不是他一个人。吕然的公司给他派来一个助理，助理叫张子豪，之前有系统地学习过摄影和剪辑，可以在这方面帮助到卫羽。不仅如此，公司还给他专门配置了一个工作室，因为做书画讲解需要用到一些专业设备。

首先，两人要先把《正德中轴繁景图》全部扫描到电脑里去，然后根据画中的内容写文案台词，最后由卫羽一一把它们介绍出来。

因为是刚开始做，所以一切都在摸索阶段，两人也在找默契打配合，整个 vlog 或者说视频做下来估计要两周左右。

在此期间，卫羽收到了吕然公司寄来的"拜师礼"。也是一幅画，但主要画的是鼓楼那一块儿，画作的创作时间是一九二一年，之所以拿这幅画当拜师礼，原因很简单，童林在鼓楼那片儿出生长大，他又喜欢中轴线文化，这很有意义。

拜师这天是专门挑的好日子，拜师地点则是童林的家。参加这次拜师仪式的人并不多，只有童林的妻子，也就是卫羽的师母，还有卫母、童林的师弟孟启阳，以及他那刚刚从国外归来的大弟子韩冰。

拜师不仅有吉日，也有吉时，在正式拜师之前，当然是长辈们聊长辈的，晚辈们聊晚辈的。

"这次的事，真的麻烦师弟了。"韩冰身高一米七五左右，有点偏胖，圆圆的脸上永远挂着笑容，偏偏眼睛有点偏小，而且显得很阴鸷，总给人一种笑面佛的感觉。

"没事，这是我应该做的。"说出这句话的时候，卫羽有种心情很舒畅的感觉，要知道在此之前他可是没资格说这句话的。

"这次我在国外是为了修复一件汉朝时期的文物，实在是走不开，因为酬劳太诱人了，两幅明朝末年的古画。"韩冰见卫羽听到酬劳两个字微微看了他一眼，忍不住道，"我虽然爱钱，但有些东西我还是知道不该贪图的，那两幅我都转赠给博物馆了。"

卫羽听完后，顿时肃然起敬，对这个很少见面的师兄观感好了不少。

"这次拜师之后，我们就是真正的师兄弟了，以后一定相互扶持啊。"韩冰笑着道。

"这当然好啊。"卫羽道。

"不过呢,在我们相互扶持之前,我想替我师父找回点面子。"韩冰的笑容忽然缓缓收了起来。

卫羽有些措手不及:"嗯?"

"最近因为许兆聪,因为你,圈子里对师父的评价下降了不少,不论是自身的能力,还是教徒弟的能力。"说到这里,韩冰顿了顿,看了眼卫羽,"所以我决定,从哪里摔倒的就从哪里爬起来。卫羽,我们比一场吧!"

卫羽沉默了一会儿,接着道:"怎么比?"

"你不是要去参加一个节目吗? 跟中轴线有关的。"韩冰看着卫羽道,"我也要参加。"

卫羽有点想扶额,孟启阳他们那一脉是跟他杠上了吗?

"好吧。"卫羽无奈道。

"那就这么愉快地决定了。"韩冰忽然笑了起来,紧跟着拉着卫羽走到电脑前,打开卫羽的直播回放,语气颇有些激动道:"你的这个修复手法有点意思,我有点没太看懂,你可以跟我讲一下吗?"

"可以啊。"卫羽被韩冰突然间的兴奋搞得有点发蒙,但一谈到文物修复,他也亢奋起来。

两个小时后,卫羽终于等到了吉时。

童林家住北三环,因为买房比较早,所以房子比较大,有一百八十多平。此时客厅里坐着童林、童林的老婆、卫羽的母亲、孟启阳和韩冰,再加上卫羽本人,一共六个人,但却丝毫不显拥挤。

吉时来到后,童林在几位见证人的注视下,带着卫羽开始拜点睛阁的祖师,拜文物修复师行业的行业保护神。

拜完后是卫羽单独行拜师礼,童林和童林妻子坐在上座,卫羽跪在地上行了三叩首之礼。最后则是师父训话,宣布门规什么的,这个过程很短,因为童林其实没啥好说的,从小到大,该说的他早就言传身教了。

最后的最后,是卫羽把自己准备的拜师礼给了童林,童林收到后相当感动,同样回了自己徒弟一个拜师礼——一个U盘。

卫羽拿着U盘,就差脑袋上冒出三个问号了。

"这里面记录了我最近几年遇到的一些问题,修复方案、理念、手法之类的。"

听着童林的话,卫羽的神情渐渐变得认真起来,童林这一行为等于是倾囊相授啊!

"谢谢师父。"卫羽深深地鞠了个躬。

童林只是笑着摆了摆手。解决完师徒传承的问题,他也终于可以松口气了,这段时间卫羽为了拿下冠军累得不行,他何尝又好过过呢?

行完拜师礼,一行人去饭店吃了顿饭,然后就散了。卫羽则是把他妈妈送回了酒店,卫母是为了参加她儿子的拜师礼专程赶来北京的,明天还得回去。

临走前,卫母拉住卫羽的手坐在床边,有话准备对他讲。

第四十五章

《让古画活起来》

"之前是妈妈干涉你太多,我现在正式跟你道个歉。"

卫母说话的时候很认真,但有些难为情。想来也是,五十多岁的年纪了,还要给自己的儿子道歉,这应该是绝大多数父母都不曾有过的经历。

"没事,妈,我知道你是为了我好,再说了,现在结局不是很美好吗?"卫羽笑道。

"从小到大,童林老师帮了你太多太多了,你一定要记得他的好,将来好好报答他。"卫母语重心长地嘱咐道。

"妈,这些我都知道的,而且他现在不是我师父吗?一日为师,终身为父,这些道理我都懂。"卫羽道。

"知道你懂,你从小就聪明。"卫母笑道。

跟卫母聊完,卫羽才坐地铁回了宿舍,继续制作《正德中轴繁景图》的视频。与此同时,"京城之脊"活动方要他参加的节目方负责人也发来了一些节目内容的详情。

这档节目是由北京卫视制作的,名叫《让中轴活起来》,节目内容全都和中轴线有关,但设置得相当有趣味性,且请了不少明星。卫羽、吕思奕和韩冰等人,充当的是明星身边的专业人员,在节目里的镜头还算比较多,毕竟这档节目的名字是《让中轴活起来》,而不是《让明星火起来》。

节目组请来的明星一共有五位,歌星、影星、相声演员、脱口秀演员、选秀出身的偶像各一位,专业人员除了卫羽、吕思奕和韩冰外,还有两个微博很火的博主,一个是中国博物馆协会的会员,另外一个则是科普类的博主。

节目的第一期,主要讲让中轴线上的"老字号"活起来。

近些年,老字号衰落的消息时不时就会传出,其中不乏遗憾、惋惜之声,但也仅此而已。毕竟,老字号们虽然经历了岁月的洗礼,但也沉迷在了自己过去的辉煌当中,无法适应时代的变化,它们衰落的很大一部分原因,其实是咎由自取。

如果任由这些老字号自生自灭,那对这些老字号中所蕴含的历史文化来说,当然是非常可惜的。所以,节目组选出了五个已经"醒来"决心做出改变并顺应时代的老字号,让五位明星和五位素人专业人员帮忙改造并使之重生。

五个老字号店铺,有两个是做餐饮的,一个是做服装的,一个是卖茶叶的,最后一个是做综合性古董生意的。这五个老字号对于绝大多数老北京人来说都是耳熟能详的,但最近这些年它们的存在感已经越来越弱了。根据节目组提供的信息,它们存在的问题无外乎是商品的落后、较差的服务和缺少顺应潮流的改变。

现在已经是网络社会了,许多小的细节就会在网上形成滔天的舆论,想要真正做出改变,它们有很长的路要走。

五位专业人员和嘉宾需要抽签选择五个老字号店铺,然后再分组做出计划并加以实施,整个过程不会太久,所以计划不能太过长远,这是非常考验人的。

卫羽简单看完节目介绍,又去搜索了一下五个老字号的历史传承,心里面渐渐有了倾向性,是两个餐饮老字号中的一个,不过抽签这种事说不准的,所以他决定提前做点计划,以防万一。

在做节目前期准备的同时,关于《正德中轴繁景图》的第一期视频也快要做好了。说起这个视频,"京城之脊"活动方又给卫羽拉来点资源。

其实也不算拉来的。《让中轴活起来》这档节目最大的赞助商就是吕然的公司,而吕然公司只签约了卫羽一人,当然要力推他。吕然公司派来的负责人,让卫羽把系列视频的名字叫作《让古画活起来》,蹭一点《让中轴活起来》的宣传推广和热度。

节目组也乐得如此,卫羽的人气和他视频的创意本身也是对节目的一种宣传。

耗时两周,《正德中轴繁景图》的第一期视频终于做好了。做完后,他第一时间在微信群里拿给陈实和吕思奕看。

"怎么样?"卫羽有些忐忑地给两人发去消息。他也是第一次做这种视频,着实没什么太大的信心。

"很好啊!很有意思!"陈实回道。

"我忽然想知道,你这算不算局外作弊啊。"吕思奕开玩笑道。

"这……"卫羽无言,这次节目组依旧没有公布最后夺冠的条件,但想必人气依旧是绕不过去的坎儿。

正在卫羽斟酌要怎么办的时候,吕思奕接着发来消息:"跟你开玩笑的啦，我也有人气啊，是我没利用好，怪我自己咯。不过，你给了我一点灵感，我准备也剪点视频什么的。"

"需要帮忙吗？"卫羽道。两个星期下来，他也算是学到点东西。

"不用，我会剪辑的。"吕思奕道。

"很会吗？"卫羽问。

"我觉得还可以吧。"吕思奕道。

"那你教教我吧。"卫羽道。

吕思奕看到手机屏幕上闪烁的消息，愣了好几秒钟才笑道："好啊。"

跟吕思奕和陈实沟通完后，卫羽这才编辑了消息，发送到微博上。

作为全中国最大的社交网站之一，微博的活跃度可谓极高，卫羽的微博才刚刚发布，立刻有了数百条评论，但显然只是先抢前排的，他的视频内容有十二分钟，怎么可能这么快看完。

在网友们开始看视频的时候，卫羽也打开了自己的视频，跟他们一起看了起来。

点开视频，呈现在卫羽眼中的，是《正德中轴繁景图》的天安门部分。随着画面出现，卫羽的声音也缓缓响起："这是五百年前的天安门，不过它当时叫作'承天门'，承天门初建于明朝永乐十八年，也就是 四二〇年，取'承天启运，受命于天'的意思。承天门是皇城的正门，明清两朝都曾在这里举行颁诏礼。明代承天门广场是用红色宫墙围成的'T'字形广场，其左端为长安左门，右端为长安右门，长安左门是公布进士皇榜的地方，俗称'龙门'，长安右门是审查死囚案件的地方，俗称'虎门'……"

伴着卫羽的讲解，画面一边放大，一边移动，让观众们真切地看清了《正德中轴繁景图》长卷里的每一个细节，包括当时的城门材料、房屋制式、路上行人的穿着、门上面的花纹等等。对于这些细节，卫羽做了充分的调查和准备，讲述得有理有据，不仅令人信服，而且有着极大的吸引力。

当十二分钟的视频看完后，立刻有大量观众在下面评论起来。

"简单易懂长知识。"

"精彩有益的视频，我刚才看了一半把我家孩子也抱来看了，小朋友看了很受启发，这类的创作真好。"

"特别喜欢这个系列，感谢博主，希望以后可以多多创作类似的视频。"

"喜欢！喜欢！津津有味地翻来覆去地看，边看边联想看过的相关知识，一下子更清晰啦，谢谢。"

"好有趣哦，当时看原画根本没发现这些妙趣的人间烟火味！"

"之前一直以为这就是简单一幅画，没想到有这么多故事！"

"做得真好呀！谢谢分享给大家，这么丰富的知识点，一定下了很多功夫，向您致敬！也致敬原作画家！"

从粉丝们的反馈以及点赞转发评论量来看，卫羽做的这一期内容虽然不算爆火，但着实有很大一批人喜欢，愿意去宣传并等待下一期的视频，这就算可以了！

很多网红往往只火了一阵子，就因为内容太过单调而失去了粉丝的热爱。卫羽之前的直播啊，还有《我在故宫当御猫》现在虽然热度还在，但总有一天会慢慢下跌。这讲解画作的系列视频，算是给卫羽打通了另外一条路。

在评论区里，卫羽也宣传了一下他即将去录制的节目《让中轴活起来》，一万元的奖金让数万人心甘情愿地当了"分母"，为他宣传。

第一期视频热度渐渐归于平静后，卫羽继续着自己充实的生活。

与半年多以前的自己不一样，现在的他每天有很多事，要研究中轴线文化，要去做《正德中轴繁景图》的视频，还要画《我在故宫当御猫》的网络漫画连载。除此之外，他现在不只是童林的徒弟，还是他手底下的研究生，有相当多的学习任务，再有《让中轴活起来》的节目也要开始录制了。

卫羽每天可谓是连轴转，几乎没什么休息的时间，但他却乐在其中，因为这些事情每一件都切实地让他有所收获，或是粉丝，或是满足感，或是金钱。总之，他每天都在快速进步。

在卫羽第二期视频制作完成后不久，《让中轴活起来》的节目终于要开始录制了，录制的场地正是前门大街。

一大早，卫羽就起了床，洗漱、跑步、吃饭一气呵成，做完这些他才到学校门口和吕思奕会合，节目组派了车来接他们两个。在学校门口对望的时候，两人都忍不住微微一笑。这段时间他们两人的相处非常完美，不过从今天开始，他们就又是对手了。

第四十六章

思南阁

在正式录制节目前,十位嘉宾要先在录影棚录制一些素材,比如说个人介绍、分配搭档,以及抽签选择一对一帮扶的老字号。

巨大的录制厅里,到处都是工作人员,但是一切都显得井然有序。舞台上,主持人和嘉宾已经一一上台并做了自我介绍。当然,有些人根本用不着介绍,他们本身就很有名,像卫羽他们这些素人才需要介绍。

而当主持人介绍到卫羽是清华硕士研究生时,台下实时发出了一阵惊呼。而当他们听到吕思奕也来自清华的时候,又是一阵惊呼,台上的明星和演员也纷纷表示学霸大佬惹不起。

这个话题,韩冰和另外两名专业人士杨牧韬和寇晓自然是插不上话的,五个明星也跟他们差不多。

介绍完十名嘉宾后,主持人开始抽签分组。嘉宾和专业人士各有一个签筒,签筒里有五个装有纸张的圆球,拿起圆球,一样号码的就是同队。明星嘉宾先抽了签,然后才轮到卫羽他们。女士优先嘛,所以寇晓和吕思奕先抽了签,然后才轮到韩冰、卫羽和杨牧韬。

卫羽打开圆球,拿出里面的白纸,扯开一看,是三号,对应的是五个明星中的影星。他叫王霄,今年三十多岁了,演过的电影、电视剧不知凡几。可说红吧不是特别红,这也许是因为他这个年纪的影响，不靠网络的流量吧。

嗯，他的演技还不错。

"你好，搭档。"看到卫羽手里的纸张，王霄主动朝卫羽走来，并向他伸出了手，一脸笑意道。

"你好。"卫羽笑着道，"我看过你很多电影。"

"是吗？我就不问你看过什么了，万一只是客套话呢，哈哈哈。"王霄低声打趣着。

"我真的看过，那部《天兆》里你演的反派很真实，很棒。"卫羽道。

"谢谢谢谢，巧了，我也看过你的直播呢。"王霄道，"我平时也爱收集点文物字画古董什么的，有机会上我家坐坐，帮我掌掌眼啊？"

"没问题。"卫羽笑道。

两人聊了几句，算是认识了。

"这五个老字号，你最看好哪一个啊？"王霄站在卫羽的身边，偏头问道。

"孔雀楼吧。"卫羽想也没想就说。

"我觉得那个服装的最有意思。"王霄兴奋道，"把潮牌的理念融合到老字号里面去，说不定能火呢。"

"嗯。"卫羽沉默了一下，点了点头，心里却不太认同。

"希望我们能抽中这两个吧。"王霄搓了搓手。

"那一会儿你去抽吧。"卫羽道。

"好啊。"王霄道。

两人聊天的时候，另外四组队伍也在聊天。非常巧的是，吕思奕的队友是女生，一个比较年轻的香港歌星。

确定了队友，相互间认识了，下一步就是抽签了。同样是抽圆球，照样是女士优先。片刻后，王霄抽回来一个号码——五号，对应的是"思南阁"，一个做古董文化生意的老字号。

看到卫羽选中思南阁那一瞬间，吕思奕用一种说不清道不明的眼神看了卫羽一眼，看得卫羽有些莫名其妙的。

"这个，其实也行。"王霄看着手里面的号码，抬头看了眼卫羽，有些不好意思。

"的确还行。"卫羽点了点头，五个老字号，他其实哪个都想了至少一种方案。

看完号码，主持人就开始公布了。吕思奕和她的队友抽到了"孔雀楼"，韩冰则抽中了王霄喜欢的服饰老字号"霓裳馆"，另外两队分别抽中了餐饮老字号"刘义庆涮羊肉"和茶庄老字号"万盛茶庄"。

抽完签，五队人各被分派了一组摄制组，他们将在接下来的一段时间里，跟随拍摄这次一对一帮扶老字号的整个节目过程。

"那我们就先去思南阁看看吧。"卫羽面对着王霄道。此时在两人的身边，已经有摄制组的工作人员在拍摄了。

"好啊，其实我对这家店早有耳闻了。"王霄道。

"嗯，十几年前是挺火的。"卫羽道。他跟童林的时间比较早，所以自然对这方面了解得比较多。

思南阁，据说是一家自清末绵延至今的老店，中间虽然历经战乱和各种大事，但却始终矗立在前门大街的胡同里。早些年思南阁的生意还非常红火,但前些年接连出现了几次意外,导致它的名气大损,再加上网络和现实各方面的冲击,最终还是开始走起了下坡路。

"其实我很好奇,像这种古董文玩店,它怎么才算没落呢?平时生意也不会太好吧?"王霄转头问卫羽。

的确,古董文玩店,向来是"一年不开张,开张吃三年",除非它一直没生意才算没落吧?那思南阁又究竟是怎么一回事呢?

卫羽前几天已经有所研究了。原来,思南阁从来不靠卖那种价格昂贵的古董获取利润,而是收售一些有意思有意义的小物件,甚至是残品。它一开始就没有那种赚大钱的定位,它存在的意义是帮助宣传某个时间段的某种文化,某种蕴含着历史意义的故事。这不是一个寻常的古董店。

"这种地方,做好了不是应该可以做成那种网红店的形式吗?"王霄想了想道。

"不大可能。"卫羽道,"很多网红店其实都只是吸引人去拍拍照什么的,思南阁的布局不大适合拍照,而且东西再便宜,那也不会便宜到哪里去,不可能吸引到那么大的流量。"

"你说得有道理,但肯定得往网络上面靠。"王霄点了点头。

"这是肯定的。我研究了几个之前转型成功的老字号,它们无一不是选择了和时尚、科技、文化这些来相互结合。像思南阁这种店,虽然我暂时还不清楚它具体为什么没落,但它只要想重新焕发生机,那就必须要胆子大一点,步子迈得远一点,绝对不能沉浸在过去的光辉里。"卫羽道。

王霄拿着手机，查询着思南阁的相关信息："其实我还蛮好奇的，思南阁不缺货源，也没有太多的负面消息，怎么就忽然不受欢迎了呢？"

"应该是受到别的什么渠道的冲击了吧。"卫羽道。

两人聊着天想着法子，车也刚好从电视台开到了前门大街，接下来的路两人要自己走过去。摄制组跟在身旁，架势颇大，王霄毕竟是一个电影明星，粉丝不少，也因此吸引到不少人的围观。不过很意外的是，前门大街认识卫羽的人还不少。但想想也是正常吧，卫羽之所以能火起来，就是从这里开始的，这里也有很多他的熟人，也都经常在网上关注着他。

在人群的围观下，卫羽和王霄两人终于抵达了思南阁。思南阁上下有两层，装修得古色古香的。店内陈设着许多玻璃柜和木架，架子上和柜子里摆满了各式各样的物件儿，它们无一例外都是真品，价格也有高有低。

作为主动参加节目的老字号，思南阁的店长在两人到来之前，就已经在店门口等着了。店长头发微白，估计有五十多岁了，拄着根拐杖，慈眉善目地望向卫羽和王霄两人。

"欢迎两位，我是思南阁的店长马欣悦，这次就拜托两位了。"思南阁店长马欣悦微微朝两人鞠了个躬，卫羽忙去把他搀扶起来。

"这是我们应该做的。"王霄也走了过去。

"您还是跟我们讲讲这一切的起因吧。"卫羽道。

"那咱们进去说吧，我给你们泡杯茶。"马欣悦在前面引路。

在思南阁一楼的大厅，有几张红木的椅子和一个红木茶几，上面摆满了泡茶的用具。卫羽和王霄两人坐下后，马欣悦边泡茶边说："其实也没有什么太大的原因吧，就是信息多了，选择多了，有钱的有了更好的选择，钱少一点的也有了更多的选择。我们想要传承和宣扬的那种历史和精神，就显得太单调和没必要了吧。"

卫羽听着马欣悦的话，眼睛在四处看，只见靠最外面的柜子上摆放着一本本保存完好的书籍，看名字和字体就知道是几十年前的。柜子里有些五六十年代的古物，但并不珍贵，只是寻常纪念物。

"这就是定位出了问题啊……"卫羽想。

随着信息社会的到来，人们接触的信息多了，也就浮躁了起来，有钱的追求更多的钱，没钱的也有了许多可以收藏的东西，比如手办啊、乐高啊、鞋子啊，甚至是盲盒啊等等，这种古物太小众了。

这一整个下午，卫羽就留在店里面，听马欣悦讲思南阁的故事，同时在手机备忘录里记录了许多的信息，以及一些简单的灵感。两人也配合着摄制组拍摄了一些植入广告和特定的内容。

最后是研究整个思南阁售卖的物品，以及它的装潢这些。直到晚上七点多，两人才从思南阁走出去，这时天色已经很暗了，深冬的北京寒风呼啸，但路上行人却丝毫不减。

第四十七章

古董盲盒

"你有什么想法吗?"寒风中,王霄紧了紧羽绒服,把头缩在帽子里,哆哆嗦嗦地问道。

"不只有想法,而且已经有具体计划了。"卫羽也把羽绒服的帽子戴了起来,声音从帽子里传了出去。

王霄怔了一下:"说来听听?"

"找个暖和儿的地儿吧,我都快冷死了。"卫羽深深地嘶了一下。

"走走走。"王霄飞快地搓了搓手,跟卫羽一路小跑上了车。车上暖气早就开好了,两人缓了好一会儿,才又继续起了刚才那个话题。

卫羽整理了一下思绪,把自己一下午的所思所想全都一五一十地告诉了王霄。王霄听完之后,当场给卫羽表演了一个目瞪口呆,然后狠狠一拍大腿:"你这创意绝了啊!"

"行,我觉得行,我觉得非常行啊!而且我有人脉,你认识那么多手艺人,思南阁那边又有很多古董古物,卫羽,你简直是个天才!"王霄望着卫羽赞不绝口。

卫羽被夸得有点不好意思了。

"那咱们明天就出详细的计划书,开始做呗。"王霄兴致勃勃道。

"可以,咱们晚上回去的时候商量商量。"

因为节目需要录制到许多细节，所以节目期间，嘉宾和素人都是住在指定酒店的。

回到酒店，卫羽稍做洗漱就躺在床上休息起来，工作的事暂且先放一放，想了想，卫羽给吕思奕打了个语音电话："你们那边怎么样啊？"

"挺难搞的。"吕思奕道。

"我已经想到个好创意了。"卫羽笑道。

"你这是在嘚瑟吗？"吕思奕哼了一声。

"不小心被你听出来了啊，哈哈。"卫羽笑了起来。

"想捶爆你的狗头。"吕思奕又哼了一声。

"好啦，就是想跟你聊聊天，帮我们两个都放松一下，今天着实有点累。"卫羽道。

"嗯呢，你也要注意休息啊，你最近都忙成什么样了啊！"吕思奕有点埋怨的意思。

"知道的，知道的。"卫羽道。

之后两人又聊了几分钟才挂断了电话，然后卫羽立刻又给王霄发去消息，两人开始讨论起计划的细节来。讨论的同时卫羽还要去联系人，他和王霄即将要做的事，可不是简简单单几个人就能做得好的。

一直到晚上十一点半，两人才算讨论出个结果来，就等明天去思南阁和店长聊一聊了。不过因为涉及的东西比较多，他们也不知道店长能不能做得了主。

第二天，卫羽和王霄都起了个大早。其实上综艺节目对于王霄来说算是放假了,他拍戏的时候经常熬大夜起大早,不像综艺录制还能睡懒觉,但一想到他们即将要做的事,他竟然有些睡不着,内心略激动。

"我觉得吧,我们不能这么白给他们干啊。"王霄坐在车上,左想右想都觉得不对劲,"咱们出创意、出人力、出人脉,不行不行,咱们得跟他们谈谈。"

"肯定要收费啊。"卫羽道,"创意不创意的倒是其次,人力部分的费用肯定是要出的。"

他们要做的事,需要用到的人力不少呢。

"不行,创意也是有价的啊。"王霄道,"你这太亏了。"

"那待会儿再说吧。"卫羽道。

半小时后,两人又来到了思南阁,依旧是昨天的茶几。当三杯热茶袅袅升腾起雾气的时候,卫羽已经把一份计划书摆在了马欣悦的面前。马欣悦拿起计划书,戴上老花眼镜仔细查阅起来,他只看了一会儿就不停惊讶地望向卫羽和王霄。

"这是你们一晚上想出来的?"马欣悦惊讶道。

"不是,不是我想出来的,是他。而且,不是一晚上,他昨天下午在这里的时候就已经想得差不多了。"王霄指向卫羽。

"英雄出少年啊!"马欣悦感慨道,"这份计划书做得太好了,而且各方面都讲得很明白了,我们只要照着做就行了。"说着话,马欣悦忽然抬起头,道,"卫羽,你就这么放心把这个计划书给我啦?不怕我撇开你们自己做?"

"没必要吧。"卫羽道,"思南阁虽然不赚钱,但思南阁的老板很有钱,这我还是知道的。"

"呵呵。"马欣悦笑了笑,"卫羽啊,所谓在商言商,这档节目虽然是你们在帮助我们,但帮助肯定不能是无限度的,你的创意和你计划书上的那些过程都还蛮花钱的,所以我准备和你单独签一份合同。"说完他顿了顿,又看向了王霄,道,"你那部分也一样。"

"你可以做这些决定吗?"卫羽有些惊讶。马欣悦只是一个店主而已。

"我老板给了我很大的权限,我可以的。"马欣悦笑道。

"我这边都没问题,那咱们就尽快把合同签了吧,行动起来,行动起来。"王霄站起身,拍了拍手。

三人简单谈完后,就各自约了各自的律师。卫羽当然是没有律师的,不过他现在签了吕然的公司,公司的法务可以来帮他做这件事情。

拟好合同、谈条件,这些是律师们要忙活的事儿。在确定了初步意向之后,卫羽和王霄就开始联系自己的人脉,准备实施具体的计划内容了。他们和马欣悦都有理由相信,思南阁会凭借着卫羽的创意再度翻红的。

当天下午,三人就都忙活起来。按照计划,马欣悦开始去联系购买版权,卫羽则是联系学校的师兄师弟和一些毕业的师兄们准备做东西。王霄常年混迹娱乐圈,他朋友圈里有很多做广告的,可以帮到大忙。因为时间不长,所以一切都要抓紧加快。

时间转眼就来到了一周后,卫羽和王霄正在思南阁的店里面准备一场直播活动。关于这场直播,两人以及节目组早几天就在宣传了,不过没人知道活动的具体内容是什么,只大概知道和《让中轴活起来》的节目有关。尽管啥也不知道,但就卫羽和王霄的名气——好吧,其实主要是王霄的名气,就吸引到了两百名愿意冒着深冬寒风来参加节目的志愿者。

思南阁蛮大的,但肯定还是装不下两百人以及相当多的工作人员,所以节目组早就在思南阁店外面搭了临时的棚子,至少可以挡住寒风。其实节目组也有考虑过把地点挪到室内,但又不太妥,毕竟这节目的第一期不是要让思南阁焕然一新嘛。

"你们说,今天的活动内容到底是什么啊?"

"不知道,根本一点信息都没有。"

"这葫芦里到底卖的什么药呢?"

思南阁门口的棚子里,诸多志愿者们纷纷猜测起来。

在观众们的耐心等待下,节目组的摄制组终于准备好了,卫羽和王霄也准备好了,活动也就差不多可以开始了。但在开始前,自然要稍微介绍一下这个活动了。

而在这方面,见惯了大场面的王霄显然比卫羽要有资格得多,于是他拿起话筒,在店门口面向众多观众道:"感谢两百名热情的粉丝冒着今天零下十三度的低温来到现场,我们今天这个活动呢,给大家准备了很多小礼物,人人有份,感谢你们对我们的支持。"

一听到有奖品,原本只是冲着卫羽和王霄来的观众们顿时欢呼起来,纷纷开始鼓掌,如雷的掌声吸引了周边许许多多游客们的注意,有一些忍不住就围了过来凑热闹。

"我们今天的活动很简单,思南阁将会推出一系列全新的商品面向顾客，我和我的队友卫羽将会给大家一一展示。你们可以把这场活动看成是一个新品发布会。"

王霄简单介绍完后，和卫羽一起坐回到了思南阁店门口的案台椅子上。此时案台上摆放着一排排或大或小的盒子，盒子颜色各异，上面文着各式各样的花纹，似乎都是中轴线的场景。

"这些就是我们思南阁全新推出的古董盲盒！"王霄语气颇有些激动地说道。

听到王霄的话，观众有的疑惑，有的则恍然大悟。

盲盒是什么？所谓的盲盒，其实就是没有标注内里事物的盒子。盲盒里通常装的都是动漫和影视周边的作品，还有设计师单独设计出来的玩偶。因为没有标注，所以只有打开后才会知道自己抽中了什么。

不确定的刺激会加强重复决策，因此一时间，盲盒就成了一种让人上瘾的存在，从很多层面上来看，这和买彩票极为相似，都有赌运气的成分。近几年来，盲盒经济日益激增，其市场规模已经达到了数百亿人民币，而卫羽所想出来的古董盲盒，就是基于动漫盲盒而诞生的产物。

须知，思南阁以前就是卖古董古物纪念品的店，现在古董盲盒更加深了这种特质，而且更年轻化了，更趋向于年轻人的群体了。

在短暂的交头接耳后，观众们大概明白了古董盲盒是个什么东西，于是立刻又好奇起来：这些盲盒里到底都是些什么古董？都有哪些东西？真的假的？真的话是什么？假的话又是谁做的？

第四十八章

正反馈

思南阁的店门口,卫羽和王霄坐在案台前,上面摆放着一排排盲盒。

"那我们现在就来看看,里面都有些什么东西吧。"

王霄拿过一个盲盒,放在身前,卫羽则在一边看着。两人一个是人气明星,一个是素人专家,分工非常明确,王霄负责台前,卫羽则负责幕后。

"咔咔。"王霄把盲盒的外壳拆开后,里面是一块被塑料包裹起来的黄土,外加一柄小铲子和一个小刷子。

"大家待会儿开的时候可要注意了啊,这块土里虽然大都只是一比一的文物古董,但也有少量的真品存在,不要手滑给铲坏了哦。"王霄说着话,把黄土和小铲子、小刷子一一拆掉,摆放在自己身前。

王霄抬起双手合十,祈祷了一两秒钟后,拿起小铲子,开始轻轻地铲掉土块上面的土。台前的观众们纷纷拭目以待。随着黄土哗哗落下,王霄的手上沾满了土灰,但他没有在意,专心致志地盯着手中黄土。只见在黄土中间,一个红色的物件儿若隐若现。

"有了有了!"王霄有些高兴。

"是什么呀?"观众也都翘首以盼。

王霄继续铲掉黄土,然后又扫掉露出物件儿上的灰尘,终于看清楚了它的模样。

"是五脊六兽系列里的龙。"卫羽插话道,"五脊六兽系列一共十个,开出的概率有大有小,其中仙人的概率最低,而且有一定概率开出限定的特别颜色。"

"做工好精致啊!"

"不会又是学霸的同学们做的吧?"

"是的。"卫羽道,"因为还没有大规模生产,所以这些盲盒全都是纯手工制作的,不少盲盒盒子上的纹饰也都是我们自己画的。"

"这也太好了吧!"

"想买!"

观众在下面惊呼连连,王霄已经把整个脊兽给开了出来,摆在了身前,然后又继续去拿下一个。

"感觉好好玩的样子,有种考古的感觉。"

人们在底下议论起来。

王霄开出的第二个,仍然是脊兽,是脊兽中的"天马"。所谓一龙二凤三狮子,天马海马六狎鱼,狻猊獬豸九斗牛,最后行什像个猴。十个脊兽属于一个盲盒系列。除此之外,王霄还展示了中轴线十四处遗产点系列。这个系列的每一个造型都要比脊兽系列更加精美,也更加大,是按照实物原比例缩小做出来的,造价高,卖价自然也就高。

"这是天坛。"

王霄抱起小音响大小的天坛,咚的一声放在身前,先洗了个手,然后擦了把汗,深深呼了口气:"开盲盒是真的好玩儿,也是真的累,卫羽，下一个你来吧，我累了。"

天坛的盲盒非常大，不如说是盲箱，里面的土很多，是真的要用铲子来铲。

"好啊。"卫羽笑道。

"在此之前，我们先把开出来的这些都送给大家吧。"王霄道。

观众听到这段话，全都激动不已。紧接着，王霄开始随机叫人，把先前开出的二十几个盲盒全都赠送给了现场的幸运观众。

然后轮到卫羽来开盲盒，他一边开一边介绍着盲盒的系列。

因为他们参加的节目叫《让中轴活起来》，思南阁也是中轴线上的老字号，所以首先推出的系列自然是中轴线系列。其中又包含了许多小的系列，譬如十四处遗产点系列、脊兽系列、老字号系列、某些遗产点内的特殊文物系列，以及思南阁本身出售或者曾经出售过的文物古董系列等等，非常多。但前期肯定出不来那么多，要慢慢地推进。

开完了全部的系列后，这才进入到现场分发盲盒环节，供大家"考古挖宝"之用。很快，现场就响起了一阵阵惊呼声。

"我开出仙人限定了！"

"我这也太倒霉了吧，居然是空的。"

"哈哈哈哈，为了体现考古的艰难性，连挖空都考虑到了吗？真实真实！"

"太好玩了，这可是实实在在的盲盒呢，或者叫'盲坨'？一坨泥，哈哈哈。"

"做工太精美了，也太有收藏纪念价值了吧。"

"种草了种草了，等正式发售以后，我一定要买一百个来开！"

看着听着观众的热切回应和反响，卫羽和王霄两人对视一眼，都觉得稳了。等节目播出后，他们两人在网上直播开盲盒，再联系些朋友媒体稍做推广，绝对可以帮助思南阁焕发生机。那他们的目的也就达到了，不只如此，他们自己也能赚上一笔钱。

下午四点多钟，随着天色渐渐暗下去，这次活动也差不多要结束了，不过卫羽和王霄两人还要继续收集反馈，看情况改变计划。

反馈的主要来源当然是微博。两百名观众，全部会聚在一起，那当然是一个不小的数量，但放在整个网上就像是水滴入大海，连半点的风浪都翻不起来。但如果特地去搜的话，肯定还可以看到一些消息的，更何况他们里面有很多王霄和卫羽的粉丝，传播能力是有一些的。

于是，两人在这些参加节目的观众微博下，看到了许多的评论。

"哇，有创意，体会下挖到宝物的成就感！"
"别开！放上个千儿八百年，宝物二字就不用打引号了！"
"我如果不上交国家，会怎么样？"
"什么时候能买啊？哪里能买啊？"
"我有预感，等正式上市，肯定会特别火。"
"开局一把金铲，挖啥全凭运气！"

类似的正面评论多不胜数，让两人的心渐渐放了下来，这次一对一帮扶老字号的活动，基本上可以说是稳了吧？那接下来，就是要更细致地准备了，以免到时候品控出问题、货源出问题什么的，但那些就用不到王霄和卫羽了，他们只需要统揽全局即可。

晚上，卫羽和王霄单独在一起吃饭。

"来，干一杯。"王霄举起酒杯，笑道，"这次幸好抽中了你，我觉得第一期节目的第一名肯定是我们了。"

"希望吧。"卫羽举起酒杯，碰了一下，但只是抿了一小口。

王霄知道卫羽不太喝酒，也没劝酒，只是很高兴地吃着，聊着，其间卫羽收到了陈实的微信："有点意思，有空给我寄几个过来吧！"

"你说啥？"卫羽有点没反应过来。

"盲盒啊。"陈实道，"我家书桌上的搁板正缺点东西放呢。"

"知道了，地址发来，空了给你寄。"卫羽道。

"你们怎么样啊？"陈实那边还没聊完，吕思奕也发来了微信，"我看了你的微博，感觉很多人喜欢你们的创意啊。"

"还行吧。"卫羽"谦虚"地回了句语音，顿了顿，又道，"你要是感兴趣的话，我给你留了一整套。"

"好啊，我很喜欢。"

听着吕思奕的话，卫羽几乎能想象得到她开心得眯起眼睛的样子。

对面的王霄也一脸笑意。

"不过你也不要太得意了，我觉得我们的创意也不差，还有三天了，到时候就能初步评定一下谁的创意好、谁的效果强了。"吕思奕不服输道。

"好嘛，那就到时候看。"卫羽道。

"女朋友？"挂断电话，王霄立刻好奇道。

"还不是。"卫羽微微一笑，"就是吕思奕。"

"哦。"王霄恍然大悟地"哦"了一声，然后冲卫羽比了个大拇指，"是个很好的姑娘，祝福你俩。"

"谢谢。"卫羽笑道。

"我听说你和韩冰是师兄弟关系？"王霄问。

"是啊，不过我们现在算是竞争关系吧。"卫羽道，"他这次来参加节目，就是想跟我比个高低的。"

"你们这行啊，可真有趣。"王霄道，"如果有机会的话，我也想演一部类似的电影，哈哈。"

"我也希望，哈哈，帮我们多推广推广吧，这行的从业者实在是太少了。"卫羽道。

"以后会多起来。"王霄沉默了一下道。

吃完饭，两人就各自回了酒店，继续准备思南阁古董盲盒系列的发布。

转眼已是三天后。五队人再次回到舞台上，一一汇报此次的成果。

出于节目保密的原因，五队人的创意和计划当然不会直接大肆宣传，但仅从计划书的书写、前期的准备，以及小范围的试推行上，就可以管中窥豹地看出一点端倪了。节目组的评委们正是靠这些来评判高低的。

首先上场的是中国博物馆协会会员杨牧韬和他的脱口秀演员队友吕志净，他们抽中的是餐饮老字号"刘义庆涮羊肉"。说起这家店，卫羽也去吃过，说实话，味道挺不错的，就是服务员的态度之恶劣、价格之昂贵、店面之脏污，简直让卫羽无言以对。

想要让这样一家店焕然一新，像卫羽和王霄他们这样想创意是不行的，必须要从最基础的做起，也因此是最难出成果的。

事实也是这样。杨牧韬和吕志净首先是从卫生和服务人员的态度开始入手的，整个过程实在没什么看点，台下的观众都觉得有点无趣。

第四十九章

壁画修复

杨牧韬和吕志净之后,是寇晓和那名选秀出身的偶像,他们抽中的是老字号茶庄"万盛茶庄"。

作为一家上百年的老字号,万盛茶庄衰落的原因很简单,它们过于保守,没什么创新概念,而且没有严格把关加盟商的质量,导致消费者的情怀和消费激情被消耗殆尽,最终走向没落。老字号是一种文化符号,是许多人在某些年代特有的记忆,而不只是一个唬人招牌。万盛茶庄自己砸烂了自己的招牌,再想火起来,哪有那么容易?

寇晓和选秀出身的偶像认为,万盛茶庄需要从头改正。第一步就是要严格限制加盟商;其次要开始迎合年轻人,比如用茶叶做一些甜品或者零食,以及茶饮料小罐茶什么的。总之,先获取一些年轻人的好感,再去唤醒老顾客的记忆。

观众们听完后,依然不觉得有什么特别的,全场的热度都有下跌的趋势。

直到第三位,卫羽和王霄登场。

"你们的产品我们已经在网上看到了。"台下有评委说道。

"非常有创意,而且那些原比例缩小的手工艺品做工都很好,听说都是你同学做的?"另一位评委说道。

"对，有同学，也有校内校外的师兄弟，多亏了他们的帮忙。"卫羽道。

"我觉得卫羽和王霄的这个创意非常好，虽然还没有大规模地生产销售，但网上已经有一定的热度了，看得出来，网友对古董盲盒还是非常感兴趣的。"最后一位评委夸赞道，"不过你们还是给我们电视机前的广大观众说一说，什么是古董盲盒吧。"

"谢谢，谢谢三位评委。"

卫羽和王霄先后做了感谢，然后才由王霄从工作人员手中拿出了一系列的盲盒。

"这些是给现场观众准备的礼物。"王霄笑看着观众席，引起了一阵欢呼。

"盲盒是什么，大家都知道。古董盲盒嘛，就是里面开出来的都是古董文物，大多数都是我们自制的，但有一部分是小型的真品。"王霄道，"我们的想法就是，尽可能帮助思南阁在他们原本的存在价值上继续拓宽市场，盲盒大都是年轻人喜欢的事物，我们希望把更多有历史的文物，通过这一渠道传递给年轻人，再由他们传递给他们的下一代。这些盲盒外面的土壤，全都是我们从中轴线上采集回来的，盲盒里的古董文物全都是一比一复刻，不过有一些加上了创新，希望大家会喜欢。"

看着不远处认真介绍古董盲盒的王霄，又看了看他身边满脸笑意的卫羽，吕思奕内心是满满的自豪，她也不知道自己在自豪些什么。与此同时，她也非常高兴，高兴思南阁能够有可能重新焕发生机，这关系到她自身。

而在吕思奕身边不远处,韩冰也正望着卫羽。他内心非常感慨,自己这个师弟实在是太聪明了,短短几天时间,居然可以想到这么一个神创意,并且将之付诸实践。他原本是自信满满来参加这个节目,但现在却有些担忧了。他来之前狠狠地恶补了好一阵关于中轴线文化的知识,可似乎远远比不上他。

不过也没有太大关系,他之所以答应来参加这个节目,是因为其中有一期涉及文物修复。那才是他要跟卫羽去比拼的地方,别的地方也不是他的本职啊。

王霄和卫羽介绍完他们对思南阁的改造后,接着就是吕思奕和她的队友黄睿淇了。她们抽中的是"孔雀楼",一家老字号北京菜餐馆。这家店其实各方面都蛮好的,但这其实也是它最大的不好,因循守旧,不顺应潮流,生意尚可,但远不如以前了。

吕思奕和黄睿淇做得也很简单,就是对整个孔雀楼的装修风格做出了一定的改变,取了孔雀尾羽的颜色,有点像 Tiffany 那种绿,装修虽然还没完成,但已经有许多网友表示对新风格感兴趣了。

最后就是韩冰和他的队友了。他们抽中的是服饰老字号"霓裳馆"。他们以现下最为火爆的汉服作为突破口,做出了一系列新品的设计,并请了不少网红拍摄照片,现在已经在宣传阶段了。

五队人,五种不同的计划方法,让五个老字号有了新的尝试,虽然未必会成功,但总算是迈出去了那一步。

五队人的法子短期内看不出太大的成效,评委只会根据眼下有的东西给出评分,至于他们最后的总分则会到节目播出后,由观察团的嘉宾和广大观众给出。不过绝大多数现场观众和评委都觉得,到那时赢的极有可能是卫羽和王霄那一组。

第一期节目录制完后,节目组立刻公布了下一期节目的内容。具体内容是根据每一位素人的专业能力而定的,譬如卫羽和韩冰两人都擅长文物修复,所以他们的录制内容就跟文物修复有关。

因为节目内容是分开发放的,所以卫羽也不知道韩冰拿到了什么,反正他和王霄是要做面对小孩子的文物修复小讲堂。

关于这个节目任务,卫羽有百分之一百二十的兴趣。他热爱文物修复,自然也肩负着推广它的重任,而培养一个人的兴趣最容易的时期就是小时候。哪怕他的文物修复小讲堂可以让一个孩子将来踏入这行,那也值得他付出百分之二百的努力。

不过在此之前,卫羽有一个小任务,那就是先教会王霄文物修复,当然也不需要很复杂那种,但他必须得会,这是节目的任务目标,同时也是他们开小讲堂的前置条件。作为一个经常做家教的老手,卫羽知道自己虽然长得好看微博有点粉丝而且能力很强,但小孩子却不在意这些,他们只对酷的有趣的有名的人或事感兴趣,换言之也就是王霄了。

他是个电影明星,他亲自下场去教小孩子文物修复,他们的专注力和配合度绝对会非常高。哪怕是卫羽动手,王霄在旁边讲解,小孩子们都会觉得津津有味。

……

"所以,我们应该从哪里开始?"卫羽的工作室案台前,王霄搓了搓手,兴奋地看向卫羽。

"先从最简单的开始。"卫羽道,"认工具。"

"那我们就开始吧。"王霄激动不减。

"首先,'文物修复'只是一个统称,下面细分了很多类别,比如古书画修复,瓷器修复,青铜器修复,壁画修复,漆器修复,纺织品修复,古筝古琴修复……每种修复工作也有不同的工具和方式。我现在手里面拿的注射器是用来给风化的文物注射液体加固剂的……这些是各种型号的钢锤、钳子、砧子、钻子、剪子、刀子、镊子、尺子、毛笔、刷子、容器、天平、裁刀……"

卫羽想也不想地说出了一大长段话,直接把王霄给说得头晕脑涨,好半晌才平复下来,然后问道:"哪种最酷?"卫羽张了张嘴,刚想要说话,王霄忽然打断了他:"算了,我说一个,壁画修复,你会吗?"

"会啊。"卫羽毫不犹豫地点了点头,"我师父童林曾经在敦煌待过很长一段时间,修复了不少壁画。"

"我也是在网上看到了很多关于敦煌莫高窟的壁画修复,所以对这个相当感兴趣。我真没想到你也会,我还以为你只会修复古书画呢。"王霄惊喜道。

"其实我还会修复一些别的东西。"卫羽微微笑了笑,"不过我们现在就先来说壁画修复吧。壁画修复呢,是有一套标准的修复流程的,前期调查与资料提取,制订保护方案,前期保护与样块实验、病理处理和修复、美学修复和加固封护,最后是编写修复报告。

"前期调查和资料提取加保护方案的确定,这一步的目的很明确,就是了解壁画的现状和记录壁画的原始状态,方法很多,涉及颜料分析、病害分类统计、原始资料的留存、保护现场啊什么的,然后根据这些制订如何进行保护的方案……"

听着卫羽的话,王霄又一次觉得脑子不够用了。

"我们到时候给小孩子们说这些,你觉得他们听得懂吗?"王霄问。

"肯定听不懂啊。"卫羽道,"到时候我会拿出一个最简单的待修复品,然后告诉他们最简单的修复方案,他们只需要亲自上手感受修复成功的成就感就行。不过他们不懂没关系,我们只是培养他们的兴趣,但你得懂啊。"卫羽深深地看了王霄一眼,仿佛是在告诉他"别想偷懒"。

这一瞬间,王霄忽然有些后悔选壁画修复了。他忽然想道:"我们这档节目是《让中轴活起来》,我刚才突然想到,中轴线上有什么壁画类的文物吗?"

"有是有,但很少。"卫羽道,"你说得很有道理,到时候咱们也要把这个加进去。"话音落下,卫羽开始继续告诉王霄一些理论知识,同时辅以实践教起他来。

第五十章

全能修复师

三天后,王霄基本上了解了壁画修复的理论知识,以及一些简单的工具使用方法和修复技巧。两人也终于在节目组的安排下,和文物修复小讲堂的学员们见面了。

学员一共二十个,年纪从六岁到十岁不等,都是小学生。小讲堂是北京卫视一个录制厅改建而成,卫羽和王霄两人到来的时候,二十名学员正在叽叽喳喳地玩乐呢。有的和同伴玩儿,有的和父母玩儿,有的自己玩儿,完全没有拘束感。

"小朋友们,马上就要上课了,大家先回到自己的座位上坐下吧。"

卫羽和王霄两人就位不久,现场负责小朋友们的副导演大声喊了一声。但是七八岁的小孩子怎么可能听一个陌生人的话,还是得他们的父母一个个出场。

"宝贝,看镜头了哈,要上电视了。"

"忍一忍,待会儿再玩儿。"

"你看那是谁?那就是你经常在电视里面看到的明星叔叔啊!他就是你的老师,快坐好上课。"

二十个小朋友在各自父母以及节目组工作人员的帮助下,总算是一一落座,但依旧阻止不了一些离得较近的小朋友交头接耳。

"开始吧。"能做到这份上已经很好了,导演示意卫羽和王霄两人可以登场了。

随着两人走进布置得像模像样的教室里,小朋友们的目光也聚焦在了两人的身上,其中一些立刻就激动了起来。

"是南歌大侠!"

"南歌大侠!"

小朋友们口中的南歌大侠,显然是王霄某部电影作品里的主角名字。

"小朋友们安静一点哦,南歌大侠要给你们上课啦。"王霄站在讲台上,面向下方,露出一个灿烂的笑容。

小孩子不听导演和现场工作人员的话,不听父母的话,却非常听王霄的话。他话音落下后,现场顿时安静了许多。

"小朋友们,你们知道今天我们要学什么吗?"王霄大声说道。

"不知道。"

"学画画。"

"妈妈说是学文物修复,可是,文物修复是什么呀?"

"就是,文物修复是什么呀?"

"文物可以吃吗?"

小朋友的思想天马行空,让卫羽和王霄两人哭笑不得。

"文物啊,文物就是……"卫羽想了想,说,"你们平时会在墙上画画吗?"

"我会!"

"我会!"

"我会在画板上画画。"

小朋友们大声回答道。

"你们在墙上画的那些画，如果两三百年之后还存在着，那它们就是文物了。"卫羽道。

"两三百年，那是多久啊？"

"听起来好久啊！"

"是啊，特别特别久，所以它们才珍贵啊，所以我们才要修复它们啊。"王霄接话道。

"我们今天就来教你们修复文物好不好？"卫羽道。

"好啊！"

"听起来没什么意思呀！"

小朋友们各自发表了意见，其中感兴趣的占了绝大多数，因为导演在选人的时候就已经考虑过兴趣问题了。

在王霄和卫羽以及节目组工作人员的引导下，小讲堂终于步入了正轨，来到了教学这一步。

"首先，小朋友们，你们可不可以告诉我们，你们最喜欢什么动画片呀？"王霄问道。

"《小猪佩奇》！"

"《熊出没》！"

"《猪猪侠》！"

"《斗罗大陆》！"

"《精灵宝可梦》！"

小朋友们一个个争相发言。

"小朋友们的品位都很棒嘛。"卫羽笑道,"我们在来之前呢,其实已经向你们的爸爸妈妈询问过你们都喜欢什么动画片了,也为你们做了个礼物。不过呢,这些礼物有些特别,需要你们自己来修复。"

"礼物!"

一听到"礼物"两个字,小朋友们的眼睛都发光了,纷纷翘首以盼。

工作人员得到示意,立刻把一个个"礼物"分发下去。小朋友们收到自己的礼物,有的开心,有的困惑,有的把失望都写在脸上了。

此时他们所有人身前的课桌上,都摆放着一个石板。石板有断裂和破损的地方,上面画着一幅原本应该是非常精美的图画,全是出自他们最喜欢的动画片,譬如《精灵宝可梦》的皮卡丘和《斗罗大陆》的唐三、小舞。这些超小型的壁画是卫羽和他的师兄弟画的,由他和王霄做旧的——当然,王霄只是打个下手而已。

小孩子性子比较跳脱,跟他们肯定不能像跟王霄一样,那么枯燥地去给他讲,而是要一点点地引导,用他们最喜欢的漫画形象当作修复品,这会调动他们的积极性的。

"好了,接下来就由老师我来教你们修复这些壁画好不好?"王霄道。

"好!"小朋友们齐声叫好。

"那首先呢,我们来给这些壁画照相。"卫羽说话的时候,工作人员给小朋友们一一递上了包着保护套的相机,以防小朋友们摔坏。

小朋友们平时是很少用到相机这种设备的,都非常地好奇且激动。

他们各自的父母帮助解说、教导了相机的使用方法后，壁画修复正式开始，首先第一步是照相记录。光是这一步就足足用了半小时，因为小孩子们沉迷在了相机的有趣中。

在拍完照之后，卫羽开始根据壁画不同的损坏，向孩子们讲解他们需要解决的问题以及方式。关于壁画的损坏，有许许多多种不同的表现形式。常见的有起甲，就是壁画的底色层或颜料层发生龟裂，壁画呈鳞片状翘起。还有疱疹状脱落，疱疹病害发生后，将颜料层或者底色层顶起形成疱状突起。以及裂隙、划痕、龟裂、覆盖、涂写、烟熏、盐酸、空鼓、褪色、水渍、泥渍等等。

卫羽给每个小朋友都设置了一个要修复的难点，但程度都特别低，他们毕竟只是小朋友而已。而且修复方式，他也尽量选择了比较炫酷的、比较没那么枯燥的。不过，依旧有不少小朋友，修复到一半就累了、乏了、不感兴趣了，就连王霄这个小孩子们眼中的明星偶像去哄也不管用。对于这些学生，卫羽也早就想好了应对办法。

"你们不喜欢壁画修复也没关系，那你们喜欢什么呀？"卫羽问话的时候，从讲台上拿出了许多东西：一柄破损的青铜古剑、一幅残破的古画、一件古代的衣物、一件竹木漆器，以及一个陶瓷的罐子。他把这些待修复的仿品摆在几位不喜欢壁画修复的小朋友们面前，道："你们喜欢这些吗？我都可以教你们。"

"我喜欢这个！"

"这个是什么呀？"

"这个是漆器。"

果不其然，这些小朋友对其他各个待修复的物件儿很感兴趣。

对于这群小朋友，卫羽开始了单独授课。

一整天下来，所有小朋友都有了收获，他们大都完成了自己的修复任务。尽管古书画的修复，可能只是把画上面大块的脏污取掉，但这对于一个小朋友来说，已经很不容易了。

之后的两三天时间，卫羽和王霄通力合作，帮助这二十名小朋友完成了更多作品的修复。然后终于来到这节课的尾声了，二十名小朋友要齐心协力，在没有王霄和卫羽的帮助下，修复一幅较大的壁画。这幅壁画上的场景是清朝时期的中轴线，不过是动漫版的——卫羽画的。

在修复的过程中，小朋友们运用了许多不属于修复壁画的修复方式，也在修复的过程中发挥了许多自己天马行空的想象，但王霄和卫羽没有去制止他们，而是乐见其成。他们本身也没想这群小朋友现在就可以独自修复文物，只是想培养他们的兴趣而已。

时间一天天地流逝。前期，卫羽和王霄的文物修复小讲堂面对的是小朋友，然后是大学生，再然后是已进入社会的成年人，每组学员最终都修复了一件和中轴线相关的物品。等节目播出后，这一作品会拿出来义卖，最后用于中轴线上的某种慈善捐助。

在卫羽和王霄完成各自节目任务的时候，其余四组人也纷纷完成了他们的任务，慢慢充实了整个节目。

转眼又是二十天过去。《让中轴活起来》的节目终于完成了全部的录制，进入了后期制作阶段。卫羽也终于能够松口气了，这段时间他真的是太忙了。

完成节目录制的当天，节目组有一个大的聚餐活动。活动上，卫羽自然是和王霄坐在一块儿的,但吕思奕和韩冰也在旁边。

经过一段时间的节目录制,参与了好几项跟文物修复相关的活动后,韩冰早就没有了当初的不忿,而是对卫羽有着深深的认同。

当初他之所以参赛,的确是出于一些想要找回面子的想法,毕竟他不在的期间,卫羽几乎抢走了点睛阁所有的关注度,再加上他师弟许兆聪的丢人行为,连带他也有了污名。不过现在他觉得,卫羽将来可能会成为点睛阁的招牌,他简直是个天才。这一点,是在他知道卫羽会许多种文物类别修复的时候知道的。

不过正是因为他是天才,韩冰想要挑战和击败他的念头也就更重了,毕竟他不也是顶着天才的名头崛起的吗?这档节目的最终胜者究竟是谁,等节目播出后也就知道了,现在想什么都为时尚早。

……

| 第五十一章

销售量

三月一号，新年刚过去不久，《让中轴活起来》就要正式播出了。

播出前，节目全方位的广告轰炸，让卫羽的人气和粉丝日渐上涨，进而让《我在故宫当御猫》和《让古画活起来》系列的热度也都更高了。卫羽俨然已经成了文物修复界的网红，更是中轴线文化最坚定的宣传者。

节目开播的时间是周六晚八点，不过早在半个小时前，卫羽就守在电视机前了，跟他一起坐在沙发上的还有吕思奕。

嗯，卫羽在吕思奕家。他不是第一次来吕思奕家了，但还是像第一次那么紧张，毕竟这次跟之前不太一样。

"终于要开始了。"吕思奕裹在毯子里，侧靠在沙发上，捧着杯奶茶，脸上洋溢着笑容。

"是啊。"卫羽双脚穿着拖鞋，略微有些拘谨地坐在沙发上，捧了杯白开水，不时抿一口。

"最后给你一次机会，你觉得最后谁会赢？"吕思奕斜睨了卫羽一眼。

"肯定是我啊！"卫羽想也不想道。

"你就这么确定啊？"吕思奕有些好奇。

"我觉得我跟王霄大哥配合无间，没可能输啊。"卫羽说。

吕思奕翻了个白眼给卫羽："我们配合也不差的好吧，我觉得我们才是胜者组。"

在两人闲聊中，节目终于开始了。伴着电视切入节目画面，一个在全国范围内都颇为有名的主持人和一桌子的观察团成员，出现在了观众们的眼里。这些观察团相当于场外的裁判，最后将会由他们投出这次的胜者组。

节目组请了五队人来《计中轴活起来》，重点就是它要活起来，那谁的点子、计划和能力最为出众呢？观察团将会从节目剪辑过的视频里推选出来。

当节目在电视上播出的时候，网络也同步更新了一整集的内容。现在毕竟是网络时代，而这档节目的主要受众也是年轻人。卫羽和吕思奕虽然坐在电视机前，但沙发中间放着台电脑呢，他们都想看看观众的评论。

前面十来分钟，是主持人介绍比赛机制和观察团人员的时间。十五分钟后，正片才终于开始了。刚开始的第一幕画面，是五队人来到节目现场相互认识，然后抽签、选队、拿号、取任务的一段内容。

看着视频画面中的十人，无数网友纷纷发表了自己的评论。

"你确定这是一个比赛节目吗？我怎么觉得是一个选秀节目？大家的颜值怎么都这么高的？"

"绝了！两个清华的学霸。"

"学霸的口头禅：不是很好，一般般，还行。"

"前方学霸警告,学霸请自动躲避。"
"不就是两个艺术生吗?至于吗?"

网上的评论,有正面的,自然也有负面的。

卫羽通常都是直接无视负面消息,但吕思奕不一样,她会在卫羽面前吐槽和辩解,不时气鼓鼓的模样让卫羽忍俊不禁。

"你好上相啊。"看着看着,卫羽突然来了一句。

"你也不差,我是指眼光。"吕思奕想也不想地回道。

"停止商业互夸,让我们继续看吧。"卫羽无奈一笑。

节目进展很快,抽选完各自的任务后,观察团的嘉宾聊了一下让五个老字号焕发生机的难度,这才切换到故事中去。

可能是出于吸引观众的目的,第一组就是卫羽和王霄组。看到卫羽和王霄两人坐在车里出发前往思南阁,吕思奕的身子都坐直了一些,且不着痕迹地瞥了卫羽好几眼。

电视里,卫羽和王霄去到思南阁,和店长马欣悦在聊天中带出了思南阁的问题。网友们陷入了激烈的讨论当中。然而,他们的讨论才没开始多久,卫羽的一个神创意就直接把他们给击溃了 —— 溃不成军。

"古董盲盒?这真的是卫羽临时想出来的办法?这简直是个神创意啊!听起来就非常有意思。而且你们看,这做工也太精美了吧,有点好奇定价。"

"完了,我有预感,我马上就要对这东西上瘾了。"

"我是之前参加线下活动的观众之一,我一个对盲盒没兴趣的人,看到思南阁推出的盲盒,都觉得非常有趣,还附赠洛阳铲!这扫文物的仪式感太赞了,我绝对要收集齐一个系列!"

"什么也别说了,怎么买?"

因为节目的剪辑问题,观众是先看到卫羽想出办法,再下一步是他和师兄弟制作盲盒的一些画面,不过遮遮掩掩,没有明讲。直到两百名观众去到思南阁的店门口,卫羽和王霄两人主持开启盲盒,他们才知道这一切是怎么回事。

"真想敲开你的脑袋看看里面是怎么长的。"吕思奕转过头盯着卫羽,认真道。

"就跟大家的一样啊。"卫羽道。

"其实,我想谢谢你。"吕思奕看了会儿电视,忽然开口道。

"啊?"卫羽不解地望向吕思奕,"谢我什么?"

"其实,有件事我想告诉你,但一直都没找到合适的机会。"吕思奕道。

"什么事啊,这么严肃?"卫羽道。

"就……"吕思奕凑近了卫羽,一副小心翼翼的表情,"你知道我爸是谁吗?"

吕思奕突如其来的凑近,带来了一阵香风。但卫羽莫名地紧张起来,他摇了摇头,道:"这我哪知道啊。"

"其实,吕然是我爸……"吕思奕抿了抿嘴,道。

"啊?"卫羽闻言,当场呆愣,脑袋上就差浮现出四个问号了。

"你认真的吗？"

"当然是认真的啊。"吕思奕撇了撇嘴。

"这……"卫羽有点没缓过来，"这有点太令人震惊了吧！"

"我早就想告诉你了。"吕思奕道，"你会很介意吗？"

"介意什么？"卫羽没听明白。

"介意你跟他的关系，我跟他的关系，你我他的关系。"吕思奕真想给眼前这个呆子的脑袋一巴掌。

"哦哦，你是说工作关系？"卫羽恍然大悟，想了想问道，"他知道我和你的关系吗？"

"不知道啊。"吕思奕摇了摇头，然后忽然醒悟过来，笑着问道，"等等，我们是什么关系啊？"

卫羽无言，沉默了一下道："先掠过这个话题。既然他不知道我和你的关系，那我跟他的工作关系就跟你无关啊。我能签在他公司下面完全靠的是自己吧？我不介意啊。"

"那就好，我就怕你觉得很奇怪。"吕思奕道，"你知道我想表达的是什么意思吧？"

"嗯，吃软饭？凤凰男？"卫羽笑了笑，"放心吧，我不介意，而且我也不是一定要签在他公司啊，只是他提出的条件最符合我的心意罢了。"

"那现在就说回我要跟你道谢这件事了。"吕思奕道，"其实吧，思南阁是我家的祖产，我小时候经常去店里玩儿。可是长大后，爸爸忙别的生意，思南阁反倒是逐渐没了人气，谢谢你让它重新焕发生机。"

卫羽再度沉默，随后道："既然是你小时候的回忆，那就更是我应该做的了。不过，你觉得它真的可以重新焕发生机吗？"

"我觉得可以，这一点是绝对的。"吕思奕道，"不信，你看看你微博？"

"看微博干什么？"卫羽问。

"如果我是观众的话，现在肯定想知道，怎么才能买到古董盲盒，找你不是应该的吗？"吕思奕道，"你怎么一点也没有网红博主的广告敏感度呢？"

卫羽听完解释，这才理解。等他拿起手机打开微博，发现自己的微博果然比往日要多了好几千条评论，而且评论数还在以每分钟数百条的速度激增。这些评论内容大都一致，果然是在问卫羽该怎么去买古董盲盒。

"我微博要爆了。"卫羽正要上传之前编辑好的内容和链接时，收到了王霄的微信。

两人之前商量过节目播出后的宣传推广，但他们万万没想到，这一步会提前这么多。要知道现在节目还在播啊，那些观众就边看边来微博追着要购买链接的。

不过这样当然是更好了，卫羽和王霄几乎是同时把宣传推广信息发布，然后加以置顶，链接指向了思南阁在淘宝的官方旗舰店。

卫羽发布后，也点击到了淘宝店里面，然后惊得说不出话来。

"我才发了十秒钟啊！"卫羽把手机递给了身边的吕思奕。

十秒钟！短短十秒钟，已经有七百多的销量了。这是要火啊！

"现在信了吗？不出意外的话，思南阁肯定可以重新焕发生机的。"吕思奕却一点都不惊讶。早在当初古董盲盒这个创意刚刚在网上被爆出来的时候,她就知道肯定有这么一天了。

节目还在继续,卫羽和王霄的微博评论数也在激增,淘宝店的销售量更是疯狂暴涨。短短半个小时竟然销售出了五万多份,直接把思南阁的库存给买光了。

看着灰色的点击购买键,刚看完节目的观众欲哭无泪。是谁啊,究竟是谁啊,手这么快!

第五十二章

门　面

"古董盲盒爆火,让文物出圈!"

"古董盲盒大火,古董行也开始抢钱了!"

"一档节目,一个创意,让一家中轴线上的老字号重新焕发了生机。"

"古董盲盒,让博物馆里的文物活起来!"

"铲开土堆,刨出宝物,思南阁推出的这款古董盲盒让你们心动了吗?"

当天晚上节目播出完后,立刻有大量的自媒体开始发送节目组事前准备的推广软文。但是也有许多自发性的内容,相比起节目组准备的话题,那些自发性的内容反倒是冲上了微博热搜。

内容很简单——"什么时候上新!"这是所有看完《让中轴活起来》这档节目的观众的一致想法。

"思南阁的古董挖宝盲盒是哪个小机灵鬼想出来的点子啊?好像每晚八点补货,打算今晚蹲守一波!"

"请问这是有多火?发货时间已经排到三十天以后去了……"

"绝了绝了,是不是工作人员还要去挖土才能制作啊?那么久才发货!"

"赶紧补货吧!"

"我也想抽一个系列摆在家里!"

古董盲盒的火热,出乎所有人的意料,仅这一个点就直接让其他四个点都黯淡无光了,根本没什么人去关注。这种情况直接让韩冰就蒙了,不过关于这点他心里早就预感到了,所以倒也还能接受。

节目组见热度这么高,也让卫羽和王霄趁热打铁,赶紧直播拆盲盒以扩大热度。

第二天,卫羽就去了王霄家,和他进行了一场拆盲盒的直播。整场直播几乎达到了现下最火的带货主播的流量。不过货是卖出去了,但思南阁的盲盒却没这么快供应上来,实在是没有任何人想得到古董盲盒居然可以火到这种程度。

古董盲盒的火爆,带动了思南阁本身的名气,继而唤起了不少老顾客的记忆,让它线下的实体店销量也大幅上涨,成了《让中轴活起来》这档节目的首位受益人。

热度继续发酵的后两天,甚至连北京市的官媒都开始主动宣传这件事。毕竟,无论是《让中轴活起来》,抑或思南阁这一老字号推出的关于中轴线的盲盒,都是在为中轴线和北京市做宣传。官媒下场,等于是给思南阁的古董盲盒加了一个巨大的 buff,让它的销量继续腾飞。

……

热度再高,终有减弱的那一天。

《让中轴活起来》第一期结束后三四天,古董盲盒的热度渐渐归于平静,但也只是说不那么频繁地上热搜。观众和网友对于它的关注度还是在的,每天都在淘宝旗舰店蹲守着它上新。

转眼一周过去,《让中轴活起来》的第二期也终于播出。这一期就是卫羽教王霄文物修复,然后两人再去教学生们文物修复那一期。除了卫羽和王霄之外,韩冰也接到了同样的任务。

在节目正式播出前,节目组早早地就宣传了点睛阁以及卫羽和韩冰之间的关系,甚至就连不久前许兆聪那场风波也有所提及,不过都在可控范围,而且做的是正面引导,只是在最后特别点出了两人的对立和竞争关系。

点睛阁下一代弟子的一哥地位之争。一个是早已成名的师哥,一个是后来居上的师弟,谁输谁赢?孰强孰弱?

节目组不只在节目外这么宣传,在节目里也刻意把两人剪辑得有些对立。比如说两人对视的眼神啊,两人之间较冷漠的交流啊,他们各自拿到任务时候的表情啊,等等。总之处处都在暗示观众:卫羽和韩冰"终有一战"。

"这剪辑,不知道的还以为你们有仇呢。"吕思奕看到节目里的画面,忍不住笑道。

卫羽在一旁也很无语,什么凝视师兄的眼神啊,他当时明明就在想事情发呆啊。还有那个冷漠的交流,他们又不是队友,在节目里也是竞争对手,同时才认识不久,要怎么才不算冷漠啊?欲加之罪,何患无辞啊!卫羽轻轻叹了口气。其实他心里也理解,这只是节目套路而已,但多少还是有点怪。

"卫羽师哥，你也太有耐心了吧？"吕思奕看着视频中卫羽蹲在课桌前，细心教导学员的画面，有些心动。不过话又说回来，卫羽做什么她不心动呢？

"卫羽师哥，节目组是不是也有让你们直播开个小讲堂？"吕思奕忽然问道。

"你怎么知道？"卫羽有点惊讶。

"我猜的。"吕思奕道，"这不就是他们需要的吗？ 热度。"

"对，没错，等节目结束后就要开播。"卫羽道。

"那我能不能跟你商量件事啊？"吕思奕道。

"嗯？"卫羽疑惑地挑了一下眉毛。

"我能不能当你的第一个学生？"吕思奕转过头，盯住卫羽的眼睛。

"你想学文物修复？"卫羽惊讶道。

"说起来，假如我这次输了，没拿到冠军，你猜我打算做我喜欢的什么事来完成我人生中第一次叛逆？"吕思奕笑道。

"不会是文物修复吧？"卫羽想了想道。

"就是啊。"吕思奕点了点头，看着卫羽道，"因为你，我一直特别喜欢文物修复。但我爸觉得这行太苦了，所以不想我去学。"

"这行的确挺苦的。"卫羽点点头。

"但是我不怕苦。"吕思奕道。

"你要跟我学吗？ 可是我也是个学生啊。"卫羽道。

"那你要是不想教，或者不能教，你就找个能教我的呗。"吕思奕笑道，"或者我们做真正的师兄妹，你觉得怎么样？"

"你什么意思?"卫羽不解道。

"我想考童林老师的研究生,同时向他拜师学文物修复。"吕思奕道。

"呃……"卫羽道,"这倒也不是不行,但你这种行为,还真是够叛逆的啊……"

"那也没办法,谁让你不让我赢呢?"吕思奕轻轻哼了声。

卫羽没说话,他知道吕思奕只是在开玩笑。

"考吧,我真心地希望从事文物修复这个行业的人可以多一点。虽然苦,但如果喜欢的话,还是很幸福的。"卫羽道。

"那你先教我点基础呗? 看看我的天赋。"吕思奕兴奋道,"其实之前看你修,我也有点心得了。"

"可以啊,那抽空我带你去修复室试试。"卫羽道。

吕思奕是清美的学生,审美在线,有一定的美术功底,是天生的文物修复师的好料子。事实上,现在许多博物馆和文物修复工作室,都喜欢录取高校的美术生,他们一早就打好了文物修复的底子。

卫羽和吕思奕两人聊天的时候,电视里卫羽和工霄的片段已经播得差不多了,接下来是韩冰和他队友的镜头。

"韩冰看样子没有太多哄小孩子的经验啊。"吕思奕看了几眼道。

"的确是的。"卫羽笑道。

视频里,韩冰费了好大的力气才配合工作人员、小朋友的爸爸妈妈们安抚好他们。可他们根本不愿意跟着他学习文物修复,倒不是没兴趣,而是韩冰的方法非常没劲,就是手把手地教。七八岁的小孩子,哪里会愿意这么去学啊!

"感觉韩冰是来送人头的吧？给卫羽当垫脚石的？单看卫羽我还不敢说他有多优秀，但看到韩冰的这些行为，我就知道了，有的人他就是天才啊。"

"他要是不来参加这个节目还好，一参加就让我更清楚点睛阁未来大概就是卫羽的天下了。"

"这个不只是学不会哄小孩的问题了，你们有没有发现，卫羽会的东西也比韩冰多得多。"

"是啊，他简直是个全能修复师，希望以后能看他修复点别的东西。"

卫羽和吕思奕在看节目，韩冰当然也在看节目。当他看到电视里卫羽说的那些话、做的那些事，心中渐渐有一种服气的情绪升腾起来。

好半晌后，他深吸了一口气，拿起手机给卫羽发了条消息："我服了。"他再没什么不服气了，卫羽有资格享受点睛阁门人甚至门面的名头，他的确还差了很多。

"谢谢师兄。"卫羽看到后回了句。

"以后大家多多关照。"韩冰道。

"多多关照。"

……

一档节目，让卫羽火上加火，短短一周多时间，又涨了好几十万的粉丝。因为他，网友们对于中轴线文化的喜爱程度也在直线上升，照这个趋势下去，卫羽几乎要成为中轴线文化的官方形象大使了。

当天晚上节目结束后，卫羽和王霄一起开了直播，简单地介绍了一些文物修复方面的知识，并宣布接下来每周的周三、周五晚上，都会有相应的"文物修复小讲堂"。

许多家长都表示愿意让孩子去看卫羽的直播。尽管他们内心深处未必想让自己的孩子学习文物修复，但是体验一下清华学霸的文化熏陶还是很不错的。

日子就这么一天天过去了。《我在故宫当御猫》《让古画活起来》《文物修复小讲堂》，以及每周一期的《让中轴活起来》节目的更新，卫羽的日子过得可谓充实至极。直到最后一期节目的到来，节目内外的评审嘉宾终于要宣布胜者组了。

……

第五十三章

中轴博物馆

电视上,五位观察团嘉宾加上主持人围坐在桌前,根据这段时间每期每组选手的表现做出综合评分。

具体的评分标准是所有人在《让中轴活起来》中的指数。

其实关于这点,观察团成员早就有过简单但深入的讨论了,由于卫羽的专业能力过强,王霄基本上是被带飞了。

事实也是如此。在他们淡定的注视下,主持人宣布了最终获胜组是卫羽和王霄组。这基本上也等于是宣布了"京城之脊"活动第七关卡的优胜者,以及整个活动的最终获胜者。

"恭喜你啦,师哥。"吕思奕笑着道。

"也恭喜你啦,能迈出自己人生新的一步。"卫羽道。

"最近半年多都在忙'京城之脊'活动的事,现在突然结束了,还真有点不知道该做点什么呢。"吕思奕转头望向卫羽感慨道,"师哥,你有这种感觉吗?"

"我倒是没有。"卫羽摇了摇头,"最近师父的课题就跟中轴线有关,往后《我在故宫当御猫》《文物修复小讲堂》和《让古画活起来》也要接着做,所以以后很长一段时间,我都没办法真的远离中轴线。"

"你这等于跟中轴线捆绑在一起了啊。"吕思奕道。

"也没什么不好吧,而且你也差不多呀。"卫羽笑道。

"我还是要有别的重心,不然我觉得我很难脱离我爸的掌控。"吕思奕道。

"说起你爸爸……"卫羽拿起手机摇了摇,"刚才活动方给我发来短信,说到时候颁奖人就是你爸爸。"

"哈哈哈,到时跟我讲讲是什么感觉。"吕思奕愣了一下,笑了起来。

卫羽苦笑一声,不知道该说点什么。他和吕思奕虽然还没有挑明关系,但终归是朝着情侣的方向前进着的,也就是说,吕然将来有可能会成为他的岳父。这么早见岳父,他能不紧张尴尬?

时间转眼就来到了两天后。卫羽按照活动方发来的地址,到了吕然的集团公司总部,在办公室里再次见到了他。

两次相见,内心的感受却是不一样的。

"喝茶吗?"吕然坐在茶几前,正在泡茶。

"喝的。"卫羽走到他侧面,问了声好后坐了下去。

"不用拘谨,我们之前不是见过吗?"吕然笑道,"之前怎么没见你那么拘束呢。"

卫羽无言,总不能跟吕然讲自己跟他女儿关系匪浅吧。

当然了,吕然肯定也知道了一点端倪,毕竟电视上网上强行给两人组 CP 的评论和弹幕多不胜数。

"今天找你来呢,除了把奖品给你之外,还有件事想跟你商量。"吕然道。

"您说。"卫羽正襟危坐。

"我打算创立一个中轴博物馆,想聘请你当博物馆的首位修复师。"吕然道,"在接下来的日子里,我打算加大力度去收集国内外跟北京中轴线有关的文物古董。你的任务就是帮我修复好它们,好让博物馆如期开展。"

卫羽闻言,没有第一时间回应,而是陷入了沉思。不过他没有思考吕然为什么选他,因为这是明摆着的事:他的能力够,同时又有一定的名气,更是"京城之脊"的冠军,请他当博物馆的修复师是再正确不过的决定了。

"这个决定的确很难做,你可以慢慢考虑。"吕然道。

"其实也没什么好考虑的,我可以啊。"卫羽道。

"你不问待遇吗?"吕然笑道。

"不必了吧?"卫羽笑了笑。

"来,喝茶!"吕然愣了一下,也笑了起来。

半小时后,卫羽从吕然的办公室走出。接下来他只需要签署一份合同,就可以正式成为尚未建成的中轴博物馆的修复师了。

这在他看来不算商业修复。首先中轴博物馆是公益性质的,其次合同内容非常的宽松,卫羽可以选择性地修复自己想修复的文物古董,也可以拒绝他不想修复的那些文物。

更何况,他现在非常喜欢中轴线文物。他的生活因为中轴线有了翻天覆地的变化,和母亲的感情有了更深层次的交流,同时还拜了童林为师,眼见着感情也要有着落了。他有什么理由不喜欢中轴线文化呢?

才走出吕然的公司,卫羽就给童林发了微信,告诉他这件事。

童林听完非常高兴:"好啊,很好啊。"

"我也觉得很好。"卫羽笑道。

"如果收到什么有趣的东西,可以告诉我,一起做。"童林道。

"好的呀。"卫羽道。

之后,卫羽又告诉了吕思奕。谁知道吕思奕听完后却有些不高兴:"哼,如果他早点答应我去学做一个文物修复师,哪里还用得着找别人啊,找我不香吗?"

卫羽无言。

"你要抓紧教我学文物修复了,我以后也要当博物馆的修复师。"吕思奕道。

"之后的机会多得很。"卫羽非常相信吕然藏东西的能力。

"对了,你能不能来接我一下?"卫羽忽然发了条消息,"我现在不敢去坐地铁,打车也打不到,排队也排好久啊。"

吕思奕愣了下,心想卫羽还长能耐了啊,居然要自己去接他了。

然后她就看到卫羽接着道:"我现在手里抱着清乾隆的青花玉瓠呢,我怕啊,手都在抖呢。"

"财迷……"

吕思奕说着话,拿起包就出门了。因为一些私事,她昨晚就住在国贸附近。卫羽知道,要不然也不可能叫她从海淀跑过来。

开车接上卫羽后,吕思奕饶有兴趣地看了眼车后座的箱子,道:"这玉瓠你打算怎么办呢?收藏还是卖了?"

"卖了吧,我现在哪收藏得起这么贵重的东西,正好可以给我妈买套房再装修一下。"卫羽道。

"那我可以帮你。"吕思奕道,"我有渠道。"

"那当然好啊。"卫羽惊喜道。

吕思奕闻言,心里面很高兴。

终于啊。努力了那么久,总算让这个傻子开窍了,不但会主动找她,也会接受她的帮助和善意了,哪怕是一些超过朋友的好心。就是这傻子怎么还不表白呢?要等到什么时候?都这样了,难道还要她再主动一次吗?

想着想着,吕思奕竟然有些生起气来,不时轻蹙眉头望向卫羽,看得卫羽莫名其妙的。

回到宿舍没多久,卫羽就收到了来自吕然那边的签约合同电子版。从合同的内容来看,人家应该是早就准备好了,只修改了几个关键的信息点而已。

打印好签完合同,卫羽找了个快递寄出,紧跟着唐浩然就发来微信:"接下来在博物馆开馆前,你反正有空就宣传宣传,趁着你现在热度很高。"

"明白。"卫羽回道。

回完后他就开始思索起来,该怎么给博物馆做宣传呢?他想了许久,还是觉得应该从直播和文物修复这两点下手,并结合博物馆的特点。很快,卫羽想到了一个好办法。

在和唐浩然商量过后,卫羽当即就编辑了一条微博发了出去。

微博的内容很简单。为了中轴博物馆的顺利开馆,也为了馆内的展品足够丰富,从现在开始,卫羽将开始对外承接修复工作。但无论修复什么,都必须拿和北京中轴线相关的文物或古董来交换,如果是中轴线文物本身拿来修复，则可以按市场价收购。

微博发出后，立刻有不少粉丝回复。

卫羽的粉丝有很多都是中轴线文化的爱好者，在看到卫羽的微博后，都产生了回去翻看一下的念头。手边的宝贝价值低呢就直接捐了，但要是价值高的话，自然是卖给中轴博物馆。

于是，在接下来的几天内，卫羽接收到大量私信。他先根据照片判断网友发来的文物古董的真伪和价值，确定是真货且具有一定价值后，就会让他们寄到他的工作室进行修复。

短短一周的时间，卫羽足足收到了上百件与中轴线相关的文物古董。还真别说，有些网友的藏品还真有点东西，只是损毁程度大都较高。不过没关系，卫羽的工作不就是搞修复的吗？

对一件件文物的修复，卫羽基本都是通过直播完成的。粉丝数量每天都在增长，寄送文物古董的人数也在增加。

眼见卫羽收购中轴线文物的速度比自己还快，吕然很是惊讶，也对卫羽愈发满意了。

转眼间，春去秋来。《我在故宫当御猫》的连载终于结束了。

忙碌了大半年的卫羽，总算又能从繁忙的工作中抽出一点时间了。

这半年时间，他足足帮博物馆收购到二百多件价值或高或低的文物，不过其中绝大多数都被损坏了，要经过他的修缮才能进驻中轴博物馆。好在距离博物馆的正式开馆还很早，暂时不用着急。

这半年里，卫羽的粉丝量每天都在增多，同时他也参加了不少跟中轴线相关的活动,帮助宣传它的申遗。认识他的人越来越多,他的知名度也越来越高。不少学校和公司都想邀请他去演讲,传授人生和工作经验。

第五十四章

礼 物

在深思熟虑之后，卫羽选择性地答应了一些学校的邀请。而第一个就是他的高中母校。

时隔多年再次回到母校，卫羽的心情是很复杂的。事实上他刚考上清华的时候，也曾回去过母校演讲，但那时他只是一个才考上大学的高中毕业生，现在他已经大学毕业且做出了一定成绩，经历和社会地位已经非同往昔。

四年多以前，母校里就有很多人喜欢他、崇拜他，四年后，这个数量更是成倍地增长。距离他回去还有好几天呢，学校的各种群、贴吧已经满是关于他的消息，且基本都是正面的。

一个长得帅、学历高、能力强的人，没有特殊原因，谁会刻意去针对他、讨厌他呢？

三天后，在全校学生的期待下，卫羽总算回到了母校高中，在学校最大的教室和喜欢他的师弟师妹们见了面。

讲台前方、座位上、过道间、走廊上，挤满了学生乃至于老师。他们学校是本市最好的高中，这间大教室也算大，可依旧被挤得满满当当，动弹不得。

"卫羽师哥，正式开始前，可不可以问几个小八卦呀？"

"网上都说你和吕思奕师姐在一起了，是不是真的呀？"

卫羽望着下方大家殷切好奇的眼神，也没有遮掩，笑着点点头道："是真的。"

"也太棒了吧，我可太喜欢你们两个了，简直郎才女貌！"

"你们是怎么在一起，怎么相识相知的呀？你能不能和我们讲讲呀？"

卫羽抬起左手看了看表，见距正式开始演讲的时间已经差不多了，索性走到讲台前，道："我今天演讲的内容，本来就涉及我和她的感情，那我们现在就开始吧。"

话音落下，嘈杂的教室迅速地安静下来，但依旧可以听到一点点小声的议论以及略显尴尬的拍照声，引来教室里老师的一阵怒视。

"我跟她呀，之所以结缘，是因为画画；而之所以定情呢，就是因为中轴线了。"卫羽道，"网上都流传说我和她是在大学认识的，是她追的我，实际上并不是。我和她早在很久很久以前就认识了，而且虽然是她追的我，可实际上我一直都很喜欢她，只是碍于许多原因羞于表白。"

许多学生虽然很喜欢卫羽，但也做好了这次来听一场心灵鸡汤的准备，万万没想到卫羽居然从八卦感情开始讲起，这顿时让他们注意力高度集中，专心致志。

"这一切的转折点，都源于你们所知道的'京城之脊'，那个和中轴线有关的活动。"卫羽道，"这次活动教会了我许多东西，也让我更加明确了我的未来目标就是当一个文物修复师。"

"我知道，你们之中有许多人都因为我，觉得文物修复师是一个很酷的工作，我这次来也是想宣传这个职业，让你们加入其中。但实际上呢，我必须说一些打击你们的话，好让你们做出真正正确的决定。"

卫羽继续说道："文物修复师这个职业看起来很神秘，但实际上很枯燥，修复师常年与镊子、糨糊、各种化学用品以及破碎残片为伍，每天的工作都高度重复且不知道最终结果。想要从事这个职业，必须拥有一个强大的内心，一颗匠心！"

"你们必须真正喜爱这个职业，所谓'择一事，终一生'，用来形容这个行业再合适不过。"

"文物修复师，可以让古画、古书重新活过来，而往往那些古书、古画就是一段历史。"

"文物修复，修的虽然是物，但同时也在修身，修心。"

"历经时代变迁，许多文物陷入沉睡，只有我们文物修复师才能还原它们的本真。文物修复师既是一个职业、一门手艺，也是一种文化传承。"

"如果你们之中真的有决定要从事这一行的，找我吧，我愿意成为你们的领路人。"

……

在母校高中做完演讲后，卫羽前前后后又去了四所高中和五所大学，算是竭尽全力在为文物修复师这个行业吸收新鲜血液。

做完了全部的演讲，卫羽又回到北京，继续做着中轴博物馆的筹建工作。

这段时间他一直都在忙这个。好在他有一个帮手。说到这个帮手，正坐在电脑前的卫羽转过头，看见吕思奕从房间里走了出来，一脸睡意蒙眬的样子。

"喝杯橙汁吗？"卫羽笑着站起身。

"嗯。"吕思奕打了个哈欠，点了点头。

卫羽立刻走到开放式厨房，拿出三个橙子榨起汁来。吕思奕则用双手撑着下巴，坐在一边静静地看着卫羽，外面晨光透入，时光静好。

没错，正如他之前告诉高中母校学弟学妹们的那样：他和吕思奕在一起了，不仅如此，还住在了一起。

时间回到半年前。

卫羽在发布完微博后，几乎每天都能收到来自网友的相关文物，而与此同时，他也因为这个和吕然的联系变得密切起来。吕然很关心中轴博物馆的建立，两人交流得非常多，在交流的过程中，吕然很轻松就从卫羽口中套出了他和吕思奕的关系。

被喜欢的女孩子的父亲得知自己的感情，卫羽稍微尴尬了一下就恢复正常了。因为他发现吕然很喜欢他，不仅如此，还愿意帮着他追求自己的女儿。卫羽没好意思告诉他，其实是吕思奕一直在追他，怕被吕然打。

在弄清楚卫羽和吕思奕的感情后，吕然给了卫羽一大堆东西，全都是吕思奕小时候的玩具、书信、画作等小物件儿。

吕然给卫羽这些，是为了让他更了解吕思奕，然后去照顾她。可他没想到的是，卫羽有新的想法。卫羽把那些小物件儿收拾起来，抽出空来，居然把它们全部修复得像新的一样。

那天是吕思奕的生日，那天也是卫羽搬家的日子。

读研后，学校虽然依旧有宿舍，但他的工作日益变多，所需要的场地也更大了。仅一个修复室就不是学校宿舍所能容纳的，所以他决定搬出去住。

房子是吕思奕陪他一起选的，房子里的家具之类的也是吕思奕陪他一起挑的，所以搬家那天，吕思奕理所当然地出席了他的"乔迁宴"。当然了，这所谓的"乔迁宴"只有他们两个人而已，加上是吕思奕的生日，就弄得有点小隆重。

两人一起买了菜，但基本全是卫羽做的。吕思奕只做了一个拍黄瓜。

饭做好后，两人坐在茶几前，背靠着沙发，面前是一个一百英寸的投影仪。

窗帘拉上，灯光渐暗，茶几上的蜡烛缓缓亮起。投影幕布上，电影画面缓缓呈现。温馨的气氛充盈在整个屋子里。两人吃着饭聊着天看着电影，时间缓缓流逝。

一个半小时后，电影看完，两人吃得也差不多了。卫羽见吕思奕要去吹蜡烛开灯，忙阻止了她："我有礼物要送给你。"

"什么啊？"吕思奕知道卫羽今天会送她礼物，但不知道什么时候送，送的是什么，所以内心还是有些小期待的。

"好多呢。"卫羽神秘地笑了笑。说着话，卫羽起身，顺势牵起吕思奕的手，推开了书房的门。

为了工作学习以及方便母亲来住，卫羽租的是一个四室二厅的房子：一个主卧，一个次卧，一个修复室，一个书房。书房内，书架上摆满了各种各样的书籍，国内国外，各种类别专业，应有尽有。

不过吕思奕没去注意这些，她的所有注意力都在地上那一堆精美装扮的礼盒上。

"这些是什么啊？"吕思奕望向卫羽，心跳加速。

"你自己拆开看看不就知道了。"卫羽道。

吕思奕看了卫羽一眼，直接坐在地上拆起礼盒来。拆礼盒的时候，她发现这些礼盒是有顺序的，她想了想，决定按顺序来拆。

打开第一个礼盒，她愣住了，里面是一张照片。吕思奕拿起来一看，发现照片里的人居然是自己的父母，以及自己？正在襁褓中的自己。

"这是你刚出生时，父母和你的第一张合照，你爸爸说后来因为浸泡了什么东西已经看不清了，我想办法修好了。"卫羽解释道。

吕思奕闻言没说话，开始拆第二个礼盒。里面是一个近乎全新的奶瓶。

"这是你人生中第一个奶瓶。你爸爸说，当时你和家里的狗狗抢来抢去弄坏了，但他没扔，都收了起来，我给修好了。"卫羽再次解释。

然后吕思奕打开了第三个、第四个、第五个礼盒……

"这个是你四岁时最喜欢的洋娃娃，但是头发被烧焦了，腿也缺了一个，我都给你补好了。"

"这本书你记得吧？小时候你看小说，暑假作业忘了做，你妈妈一生气就给你撕了。她后来很后悔，所以就留下来了。"

"这是你的第一个画板。"

"这是你的第一个滑雪板。"

"这是你的第一台相机。"

"这些东西我全都修好啦，你可以找个地方摆起来，留作纪念，以后再坏了我也可以给你修。你别看现在没什么实际价值，但这么修个几十年，等我们老去故去，下一代接着修，说不定几百年后，它们也能成古董呢。到时候未来的人们就可以通过这些东西，了解现在的你了。"卫羽笑道，"以后你再有什么新东西坏了，我也可以给你修好它们，就像对待每一个文物那样。"

第五十五章

纪录片

卫羽说完，吕思奕沉默了好一会儿。忽然她朝卫羽笑道："你这就连我们老去故去的事情都想好了吗？还有下一代，怎么就下一代了呢？"说着说着，吕思奕忍不住就开始撒起娇来。

卫羽听了，也有些脸红。

然后只听吕思奕继续道："而且，你就拿这些原本属于我的东西打发我呀，我可不接受啊。"

吕思奕开玩笑的口吻很明显，所以卫羽没有局促不安或是什么的，而是道："也有新东西，你继续拆呀。"

吕思奕听完眼前一亮，继续拆起礼盒来，很快就拆出了"新东西"。

是一幅画。是那天卫羽在故宫画的画。

吕思奕认出这幅画来，脸上的笑当时就收不住了。虽然她心里有数，卫羽可能一直都喜欢她，但自己想的和得到"官方"确认的感觉还是不一样的。

"以后，希望你喜欢的东西全是我送的。"卫羽顿了顿，接着道，"或者是我画的、我修复的。"

话落，卫羽目光紧紧凝在吕思奕身上："以前都是你在主动，以后换我来对你主动吧。思奕，你愿意做我女朋友吗？"

听到卫羽的表白，吕思奕的眼睛一红，差点哭了出来。

她的心情太复杂了。她一直觉得，表白这件事虽然的确需要仪式感，但如果被人当面说出"你愿意做我女朋友吗？"这种话却会非常尴尬。可当这种事真的发生在自己身上时，吕思奕却没有了平时那种感觉，而是很开心、很快乐、很激动。

自己的主动和努力没有白费！

面对卫羽的表白，吕思奕出神的时间有点多，不过等她回过神来的时候，卫羽依旧定定地看着她。她想了想，轻"嗯"了一声道："首先，你的表白呢，我答应了；不过，以后别人要是问起来，你都得跟他们说是我追的你！"

听见吕思奕答应，卫羽心脏都快跳出胸腔了，但紧跟着一愣，没有跟上她的脑回路："啊？为什么啊？"

"哼，我是想让你一次次重复记得，本来就是我追的你，虽然是你表白的。"吕思奕道，"以后这件事，我要说一辈子！"

卫羽完全没有意识到这句话里有多大的坑，只听到"一辈子"三个字就开心得不行了："好好好，都听你的。那以后，你就是我女朋友了？"卫羽傻呵呵地笑了起来。

"傻子。"吕思奕笑道。

"那我可以牵你的手吗？现在是情侣的那种牵手。"卫羽看着吕思奕道，"其实我早就想这么做了。"

吕思奕又用看傻子一样的眼神看了眼卫羽，然后脸色一红地说道："过来。"

"啊？"卫羽没反应过来。

"唉，傻子！"

吕思奕脸色更红了，然后猛地拉过卫羽的衣领，在他惊愕的表情中，亲在了他的嘴上。两唇相对，卫羽直接傻眼了。

卫羽和吕思奕相识多年，有着坚实的感情基础，相恋后因为学习和恋爱的需求，基本上每天都待在一起，感情自是突飞猛进。虽然过程中也会有这样那样的小矛盾，但对于热恋期的两人来说都不算什么。

短短四个月后，吕思奕就搬来和卫羽同居了。两人就这样，白天起来进行文物修复，空了一起画画或是教学，小日子过得简直不要太幸福。

如果没有什么意外或是突如其来的工作，两人的小日子还将这么平凡而幸福，不过两人都是优秀的人，又怎么可能真的闲下来呢。

就在卫羽去各大学校演讲完回来不久，一个自称是央视纪录片导演的男人找上了卫羽和吕思奕。导演叫郭守，是央视的御用纪录片导演，曾经拍摄过多个火爆全国的现象级纪录片。

"我这次呢，打算拍一个中国文化传承的纪录片，其中有一段是关于中轴线的。恰好我知道你们两个都会文物修复，所以准备找你们参与这次拍摄，不知道你们感兴趣吗？"郭守拉了一个小群，发了条语音。

卫羽和吕思奕听完语音，对视一眼，都点了点头，紧接着卫羽拿起手机回复道："我们都很感兴趣啊。"

"那既然这样，找时间咱们碰个头商量下，把合同给签了。"郭守那边接到卫羽这么肯定的回复，很是高兴，不过想了想还是问道，"吕思奕呢？"

"我跟他在一起呢，我们都很希望参与这次纪录片的拍摄。"吕思奕忙也回复了一句。

"那就太好了。"解决了一件不大不小的事，郭守开心地忙去了。

两天后，卫羽和吕思奕跟郭守签了合同，然后静静地等待着纪录片的开拍。

因为郭守本就筹备了许久，而且卫羽和吕思奕更是第一组被拍摄的人，两人没有等多久。

在正式开始拍摄前，两人当然已经看过剧本了。其实也说不上是剧本，因为纪录片拍摄和影视剧不太一样，为了追求真实，纪录片基本上就是开机、拍摄，然后剪辑。郭守之所以给两人"剧本"，是因为他们在纪录片里有很多需要去做的内容。

开拍当天，一个说不上大但也不小的摄制组跟着卫羽去到了专门布置过的修复室。

郭守导演预想中的第一幕，是从卫羽修复与中轴线相关的文物开始，继而引申出中轴线文化，再加以扩大并展开。

第一幕镜头诸多，主要是细节 —— 文物修复的细节。

面对众多工作人员和镜头，卫羽没有丝毫紧张，他像往常一样拿起要修复的物件儿，就开始工作起来。

摄像机镜头环绕在他手边，拍摄他那双修长纤细又稳如泰山的双手。

郭守是一个要求非常高的人，尽管卫羽发挥得很出众，几乎没有失误，但他仍然希望多拍些素材，对此卫羽没有任何的异议。反正除了人多点之外，他现在做的事和平时也没太大的差别。

转眼，一早晨过去。下午三点多钟的时候，现场一片寂静，所有人都盯着卫羽。

他即将展现一个难度系数较高的修复手法。这种手法，纪录片剧组的人只在电视上看到过。

卫羽要给一幅被一揭为三的古画添加命纸，并在特定条件下，使画心上的墨迹渗入新添加的命纸。这涉及一个专业术语叫"揭二层"。所谓的"揭二层"指的是把一件作品的画心揭成两层，甚至三四层。

在传闻中，最厉害的揭画大师可以做到一画九揭，而这九幅画如果拿去鉴定，全都是真品。毕竟它们本来就是真的。

不过这一切都必须有个前提条件，普通的生宣不行，必须是经过多层加厚的夹宣，也叫作双宣。这种宣纸的吸水性和平整性都很好，有韧性不易折，是揭二层绝佳的原材料。

卫羽手头这幅画，是清末时期无名氏的作品，所画内容也是中轴线上的景象，因为流传时间较短，而且作者难以考证，作者的画技也没有很优秀，所以并不是特别值钱。

不过，不知道怎么的，它却成了揭画大师用来炫技的画作。它居然被揭成了三层！这可是非常难得。要把一幅真画分离成三幅一模一样的画，还要让收藏家和鉴定师分辨不出来，其中有很多限制条件，不是谁都能这么搞的。

揭画难，想要修复更不简单。毕竟因为已被揭去了两层，画心本身就很薄了，再加上年代久远产生的老化、受潮、脏污，使得它非常脆弱，给它加命纸更是难上加难。

郭守就是要让卫羽展现这种高难度。

而到了这一环节，吕思奕也出场了，她是作为卫羽助手出现的。

半年来卫羽的亲自教学，加上吕思奕坚实的绘画艺术功底，让她已经有了初步的修复能力，做个助手绰绰有余。

正式修复增加命纸之前，依旧是那些常规步骤。先把画面上的尘土、霉点、黑点或水痕等一系列轻浮于表面的污渍用刀尖挑起、刮去，然后是用水清洗画作。

虽然早晨已经见识过了，但看见卫羽把一张古画扔进水里，工作人员还是觉得很不可思议。

不过卫羽给他们解释了。因为宣纸和墨的粘牢度非常强，基本上不会出现跑墨的现象。一张旧画甚至要泡半个月，即便如此，它的颜色也不会脱落。

做完这许许多多的准备工作，卫羽终于开始贴命纸了。全剧组的眼睛都盯住卫羽，盯住他的双手，仿佛那不是一双普通人的手。

时间缓缓流逝，一层层薄如蝉翼的命纸贴在画心上，使它渐渐变厚，也从即将破损的境地里转危为安。

一连两三周的时间，卫羽和吕思奕全程配合郭守剧组的拍摄。

拍摄完的那天，郭守请两人吃了顿饭，并郑重承诺，纪录片播出时，一定会添加画外音来帮助宣传文物修复师这个职业，也会替他们向全中国的观众求购那些关于中轴线文化的物件儿。

对此，卫羽和吕思奕两人自是喜不自胜。

第五十六章

文化输出

纪录片拍完后,卫羽和吕思奕两人的生活又回到了正轨。而郭守那边,纪录片的拍摄进度飞快,不过短短三个月,就已经正式进入了前期宣传阶段。

当网友知道卫羽和吕思奕联袂出镜时,都感到非常激动。毕竟纪录片的画质不同直播,会更加鲜活而且精致,更何况宣传资料中还说,卫羽会用到一种特别高难度的修复手法。

在无数粉丝和观众翘首以盼下,时间缓缓流逝。随着释放出的宣传片段和物料越来越多,观众们也就愈发地期待。然后,时间终于来到了那一天。

开播的那一天。晚上八点钟,卫羽和吕思奕也守在电视机前。

伴着一阵激昂的音乐声,这个名为《我在中国两千年》的纪录片终于正式播出。第一集讲的正是诞生自元朝、历经明清、至今已有六百多年的北京中轴线。

导演郭守采用的是由小见大的拍摄手法,画面中最先出现的是一支画笔,紧跟着镜头缓缓拉高,露出了画笔下雄伟庄严的紫禁城,再往上是握笔的手,这只手正缓慢而坚定地补全着画中缺损的墨色。

镜头再度拉高,人们看到了一个身穿灰色卫衣的青年正专心致志地埋头工作于画上。

许多坐在电视机前的网友认出来了,他正是卫羽!

卫羽出来的时候,画外音也终于响起。

画外音从卫羽从事的职业讲到了他笔下的古画,再通过这幅古画延伸到了整个北京中轴线,这条历经六百多年风雨、被无数次毁坏并且又修复的世界上最伟大的直线。

接下来的剧情,暂时没有卫羽的出现。画外音从紫禁城开始,先向北,再向南,从历史的角度、人文的角度、当下的角度,分别讲述了许多有关中轴线的内容,然后开始讲述它的未来。而这个未来,将由现在的人们来创造。

卫羽就是其中之一。

在第一集即将结束的末尾,卫羽把那幅被一揭为三的大写意作品修复成功,带来了整集的高光时刻。越来越多的观众认识了卫羽和吕思奕。短短一晚上的时间,卫羽和吕思奕的粉丝量都小涨了十万。与此同时,《我在中国两千年》也登陆了各大视频网站。

相比起央视纪录片频道面向全国观众,视频网站则是偏向于年轻人的。他们的反馈也是最快、最直观的,因为有弹幕这种东西。

"啊,卫羽大眼睛里满是热爱的感觉,真的爱了爱了,他做修复工作的时候,就像是在和历史对话,浑身都闪着光。"

"别想了好吗?你没看到吕思奕望他的眼神?跟卫羽看那些待修复古画时有什么差别?"

"看完这集纪录片,最大的感受就是传承和热爱。没有那一代代文物修复工作者的摸索前行,没有年轻人在老一辈师傅的悉心指导下继续传承这份工作，哪里会有现在咱们看到的故宫及至中轴线啊。我们国家的历史传承，很大程度上就是因为有了这群人的不懈努力，向他们致敬。"

"纪录片里那支在抗战时期为中轴线做测绘、留下七百多张测绘图的团队也太伟大了吧。"

各大视频网站上的弹幕评论，均以正面评价为多。纪录片良好的口碑成功地把它送上了微博热搜，同时也给卫羽和吕思奕两人增加了不少的曝光度和粉丝量。

按道理来说，一部纪录片带来的人气不会很持久，可让人意想不到的事情发生了。就在《我在中国两千年》播出一周后，第一集讲中轴线的故事竟然在外网火了。具体来讲，是卫羽修复古画的那几段内容火了。

外国人纷纷对卫羽把古画拿到水里浸泡、清洗的做法感到不可思议。有人说是真的，也有人说是假的，凡此言论，不一而足。不过相当大一部分外国网友，对中国的文物修复技艺表现出了很大的兴趣，认为这是一种很厉害的技能。许多观众表示希望看到更多关于文物修复方面的视频。

当卫羽从微博粉丝那里知道这件事的时候，很感兴趣地去外网看了网友的评论，然后跟吕思奕商量过后，他决定跟她合开一个视频账号。能够在国外宣传中国的文物修复这个职业，以及正在进行申遗准备的北京中轴线，何乐而不为呢？

于是，接下来的一段时间，卫羽和吕思奕把他们之前拍摄的一些视频剪辑好，添加好字幕放在了外网的视频网站上。借着《我在中国两千年》带来的热度，这些视频都收获了不少的点击量和点赞，一时间成了短期内涨粉最快的中国博主。

国内国外全面开花的直接结果就是，让卫羽和吕思奕有了更多的机会。国内的一些活动，甚至国外的一些活动都找到了两人。

两人选择性地参加了其中一些活动。眼看着自己的名气越来越大，卫羽在外网也开了几次直播，并且面向外网的观众，也提起了一次有关中轴线文物古董的修复和回购计划。

许多人可能疑惑，为什么卫羽会面向外国人提起这件事，似乎不太合理，但仔细想想就知道了。在过去的一百多年时间里，中国有多少文物流失海外？其中北京又是重灾区，所以，万一呢？万一可以回收到一些有价值的文物古董，那就算是为国家、为中国的历史做贡献了。

不过基本上没太出乎卫羽、吕思奕以及广大网友的意料，在很长一段时间里，都没人联系过卫羽。直到他的人气越来越高、影响力越来越大的时候，才逐渐有一些外国的网友把疑似中轴线文物古董的东西寄给卫羽。然后卫羽竟然真的从中发现了几件价值不菲的古董。它们在被卫羽成功修复后，自然也成了中轴博物馆的展品。

转眼间，一年半的时间过去了。

在这一年半的时间里，卫羽的微博粉丝已经突破了五百万，各大视频网站粉丝加起来有数千万，在外网最大的视频网站也有了数百万的粉丝，是一个名副其实的大网红了。不过他并没有忘记初心，这一年多他一直在努力地和吕思奕一起为中轴博物馆开馆做准备工作。

时至今日，博物馆的准备已经差不多了。再过三天时间，就是它正式开馆的时间了。

得益于卫羽和吕思奕长年累月不停的宣传，以及用绘画和文物修复等方式加深大众对它的印象及好感度，网友对中轴博物馆也充满了兴趣。

中轴博物馆坐落在中轴线上，它的位置正是前门大街珠市口附近。开馆当天，作为馆内大量文物的收购者和修复者，卫羽和吕思奕也充当了一个向导的职位。馆长吕然则是在前面接待各方面的客人。

早晨八点半，尚未开馆，馆外已经排起了一条长龙，这些人大部分都是年轻人。他们在网上看到了相关的宣传消息，有一些人是卫羽和吕思奕的粉丝，是专门来看他们的。除了这些人之外，卫羽的许多朋友也专门前来捧场。

之前在"京城之脊"活动中帮了卫羽许多的陈实自然位列其中，他是带着女伴来的，经过一年多不懈的追求，他和韩竞颐终于在一起了！郑晴也来了，早就清楚两人关系的吕思奕对此倒是很看得开。毕竟郑晴跟卫羽真的没什么，也不可能有什么。

距离开馆还有半个小时，卫羽他们一群人就在门口聊着天。随着大家年纪越来越大、工作越来越忙，聚在一起的时间也是越来越少了。

然后，在万众期待之下，九点钟终于到了！历经两年多准备的中轴博物馆正式开馆!

人们拥入了其中,开始了参观。卫羽也领着自己的朋友们开始了参观。

整个中轴博物馆共分为三个展区:过去展区、现在展区和未来展区。其中以过去展区最为丰富,原因自然不必多说。

在参观的过程中,经常可以听到人们激动的讲解声。他们许多人都看过卫羽的直播,知道这些展品的来历,知道它们是怎么被修复的,也知道其中的故事。

当天晚上统计首日参观人数,竟达到了惊人的八千多人!要知道故宫的日均参观人数也只在三万左右。不过这也是因为首日,所以人才多。可即便如此,也足以说明中轴博物馆的成功。

晚上,卫羽和吕思奕躺在床上,各自都在刷微博,看今天去参观中轴博物馆的网友的评论。基本上全都是好评。两人都刷了差不多一个小时才美滋滋地放下手机。

"怎么办,好开心啊!"吕思奕转头望着卫羽。

"我也是。"卫羽露出一个舒服的笑容,躺在床上,望着天花板。

"感觉没什么事情会比今天开馆更开心的了。"吕思奕道。

"我觉得你说早了。"卫羽偏过头,认真地看着她,"我向你求婚,我们结婚,你不会很开心吗?而且,要是有一天北京中轴线申遗成功了,你不会更开心吗?"

吕思奕闻言,愣了一下,旋即笑得眯起了眼睛,道:"也是,那就让我们一起努力吧!"